孤女當自強

下

文創風 1011

盧小酒 著

目錄

第十八章

雲裳也不知道該去哪兒，從前她在慶城待過一段時間，但那時是跟隨穆司逸來的，記憶已經變得模糊，唯一記得的是，每日她都要去城外的湖邊釣魚，穆司逸經常會給她燒魚吃。穆司逸鞍前馬後，只為博她一笑，成親前，她才知道穆司逸是為了討她歡心，特意去學的廚藝。他燒的魚味道極好，就算跟北冥城醉食樓裡最好的廚師比，也不相上下。

現在想想，穆司逸還真的是能屈能伸。

雲裳笑笑，不再去想以前的事情。

一時想不到要買的東西，就帶著玉奴去買了些布料和廚具。

從首飾鋪出來的時候，有輛馬車停在門外，一個臉生的小廝走過來，恭敬鞠躬。「少族長，何徜司有請。」

雲裳瞥了那輛馬車一眼，上面的珠簾是是影石族人特有的，但這幾個小廝她都沒見過，心想何徜司怎麼會知道她來影石城了，還點名要見她，只怕其中有詐，於是問道：「何徜司現在何處？」

「您過去了就知道了。」小廝笑咪咪的呈上信物。「這是何徜司差小的帶給您的東西，說您見到此物，就能明白他的意思了。」

雲裳只是看了眼，心中的疑慮便消失，朝著馬車的方向走去。「帶路吧。」

上了馬車，雲裳時不時伸出頭往外看，那小廝是個熱情的。

「少族長是第一次來慶城吧，住得可還習慣？這兒啊，和影石城不同著呢，有空的時候您可得多出來逛逛。仙醉樓的飯菜最好吃……」

小廝絮絮叨叨說了不少話，等他說到城裡最好的首飾店是哪家時，就聽另一人道：「少族長，到了，請您下馬車。」

雲裳下車後抬頭看，是間素雅的宅子，吩咐玉奴不要東張西望後，便跟著小廝進去了。

進了院子，就有人迎上來。「何蓿司在後院練刀，少族長請隨我來。」

她上門拜訪，按理何蓿司應該出門迎接，但是何蓿司年紀大，又德高望重，他不願意出來，她也不好說什麼，就跟著下人過去了。

到了後院，遠遠的就看見有個人在揮刀，雖然頭髮花白，但高大魁梧，步伐穩健，刀揮得極快。

下人通報雲裳到了以後，何蓿司也沒有停下手。雲裳並沒有叫停，站在一旁觀望。

等何蓿司一套刀練完了，她鼓掌笑道：「何爺爺好刀法。」

這是雲裳小時候的稱呼，四、五歲的時候她就喜歡舞刀弄槍，有一次何蓿司去雲府，她看到了他腰部掛著的小匕首，覺得十分精巧，鬧著要。

雲碩臉上掛不住，輕喝了她幾聲，但何蓿司只是誇了句這小女孩以後必定大有作為，就把匕首解下來送給她了。

自那以後，她就一口一個爺爺的叫著，覺得何衙司家裡有很多寶貝，兩、三日就往何府跑，每日過去都要滿載而歸。

何衙司出了名的冷面，所有人都懼他、躲他，偏偏雲裳喜歡親近他。或許正因如此，何衙司十分寵愛她，給她送了不少好玩意兒。

直到六歲之時，不知為何，何衙司與父親發生爭執，意見不合，就再也沒有去過雲府。過沒多久也搬離了影石城，而她再也沒見過何衙司。

不過何衙司對她的情分，到底還是留著，不然上一世也不會冒險救她。

聽到爺爺二字，何衙司把刀遞給下人，轉過身，肅穆的臉變得柔和起來。

「還記得我這個老頭子？」

雲裳鬆了一口氣。

她剛剛在賭。三年過去，他們都變了模樣，也早就生分，一聲爺爺就是在試探，不過從何衙司的態度來看，她成功了。

她一直是感恩於何衙司的，情分是最難割捨的東西，儘管四、五歲時的記憶在她腦海裡模糊得只剩影子，但她始終記得，何衙司是真心疼過她的。

想要拉攏他，並非只是為了利用，也是有幾分情義在的。

念此，雲裳揚起頭來，笑容滿面的走過去，挽住何衙司的胳膊。「怎麼記不住，您離開以後，我去何府走了好多回呢，可惜都沒見著人，哭了好幾回呢。」

說著，雲裳像是想起了什麼，撇撇嘴。「您都不給送小玩意兒了，沒有那些東西，我在府中悶了好久。」

說話的時候，她悄悄的打量著何衙司，許久不見，何衙司蒼老了不少，但精神奕奕。還是記憶中的樣子，面色有些凶狠，但是會對她笑。

「妳這丫頭。」何衙司笑道：「就知道惦記我府裡的寶物。」

雲裳不好意思的低下頭，小聲道：「那還不是因為您府裡的寶貝好嘛。」

這誇讚十分受用，雲裳一撒嬌，何衙司的心就軟了下來，爽朗笑道：「那我可要叮囑下人，把府裡的東西看好了。」

「何爺爺這是把我當作賊呢？」雲裳嬌俏的嗔道，隨即話鋒一轉。「對了，何爺爺怎麼跑到慶城來了？」

「此事說來話長。」何衙司說完這話，前頭有下人疾步走來，他停下腳步，那下人到了跟前，低頭道：「老爺，膳食好了。」

何衙司點頭，轉頭看向雲裳。「用過膳了嗎？」

雲裳笑嘻嘻的道：「吃過了，但是想著何爺爺家裡的飯菜，就饞得慌。」

「妳這丫頭。」何衙司被雲裳逗笑了。「既然饞了，就留下來用膳吧。」

年紀果然是孩童與生俱來的優勢，雲裳裝起俏皮可愛來得心應手。席間她與何衙司絮絮叨叨的說起自己曾經的見聞，何衙司聽得合不攏嘴，兩人默契的不提影石城裡的事情。

等天色徹底沈了，雲裳直起身。「何爺爺，天色已晚，我得回去了，這段時間都會在慶城住著，等有閒暇了，再過來找您。」

何衙司看了看她。「妳是跟著顧公子來的？」

她一進城何衙司就得了消息，雲裳知道什麼事情都瞞不過他的法眼。

他這麼直爽，反倒讓她輕鬆自在，於是誠實回答。「是，顧公子單名一個閆字，是父親生前幫我指婚之人。等過幾日有空了，我就把顧公子帶過來，讓您幫忙把把關。」

何衙司慈笑道：「是該帶過來。慶城裡人多眼雜，妳這小丫頭，可別亂惹出事端來。」「有何爺爺在，我可不怕。誰要是敢欺負我，我就打斷他的腿。」雲裳挺直腰板。「我可是有兩把刷子的。」

何衙司笑笑，讓人送她出門。

等雲裳走遠了，何衙司笑容收斂，有個護衛走到他身後，小聲道：「老爺，少族長的性子與傳聞中的似乎不太一樣。」

何衙司瞇了瞇眼睛，似在沈思，許久後，淡笑道：「是個乖巧可愛的。」

此話一出，護衛瞬間就明白他的意思了。

起族火一事鬧得沸沸揚揚，何衙司早有懷疑，見少族長一面是為了打探虛實，既是誇讚的話，那便是認可了。

「那小的把人撤了。」

何衙司不語，算是默認，他搖了搖手中的茶杯。「這小丫頭，還是那麼聰明，比她父親討喜多了。」

雲裳坐上馬車的時候，身子半癱著，如釋重負的呼了口氣。

存了心思，到底還是不能如孩童那般自然而然，不過去何府這一遭，收穫不小。

何衙司性格直率，神態是裝不出來的，他一生無子，妻子早逝，當初是真的把她當成孫女對待。能夠重新與他親近，不是一件壞事。

剛回府，何衙司就差人送來了東西，雲裳打開一看，都是些小玩物，她吩咐玉奴把東西收好。見顧閆還沒回來，問了護衛。

護衛道：「顧公子去酒樓見了一個人，屬下不敢跟得太近，就一直在外頭候著。」

「可有看清是何人？」

「未曾。」護衛仔細想了想。「顧公子對那人十分尊敬。」

顧閆初入慶城，不可能有結識的朋友，八成是顧老太爺的舊交。雲裳吩咐護衛回去把人盯緊，便開始思索起往後的事情來。

她記得，顧閆當年到慶城參加秋試，因為犯了錯，再次被放逐，途中險些丟了性命，福大命大，被謝鶯救下，後來兩人順理成章的暗生情愫。

穆司逸在慶城擔任縣令的時候，經常讓她輔佐整理案件資料，當時她翻出了顧閆的陳年舊案。秋試那日，他從考場剛出來，與袁秀才發生口角，失手誤殺了袁秀才，當時的許縣令以殺人罪取消了他的縣試資格，並將人流放到南丹城。

顧閆平步青雲後，穆司逸重翻此案，原來袁秀才家境貧寒，父母皆逝，為救懷有身孕的妻子，犧牲了自己的性命，顧閆也因此被誣陷。

想要讓顧閆逃過這場禍事，袁秀才是關鍵。

雲裳算了算日子，距離秋試還有半個多月，只要在此之前擺平袁秀才，就算許主事想給顧閆羅織罪名，也罪不至於放逐。

翌日，玉奴帶來了袁秀才的消息。

他是慶城中人，在郊外開了一間茶鋪，生意慘澹。他的娘子已有五、六個月的身子了。

雲裳帶著玉奴要去茶鋪，出門前不見顧閆，問了護衛，才知道他一大早就出門了。

這兩日顧閆總是神出鬼沒的，也不把行蹤告知他人。雲裳懶得事事管他，只吩咐護衛保護他的安危，不再問顧閆去了何處。

兩日過去，雲裳已經慢慢習慣了新住處。兩個護衛一個叫忠信，負責跟在身側保護她，另一個叫忠厚，被派去保護顧閆。

路上，忠信總是小心翼翼的回頭，四處張望，確認自己沒有看錯，他走到雲裳身旁，小聲道：「小姐，有人跟著我們。」

「別回頭，以免打草驚蛇。」雲裳放緩腳步，不動聲色的往前走。「可知道是誰派來的人？」

「是何府的人。」

「何時跟的？」

雲裳蹙了蹙眉頭，自從到了這兒，她處處小心謹慎，早就察覺有人跟蹤她了，也想過來人是何衙司派來監視她的，證實了跟蹤之人的身分之後她並不驚訝，只是若那些人一直跟著她，確實不太方便。

「進城之後便一直跟著了。」忠信皺眉，似是疑惑。「奇怪的是，昨日好像換了人。進城之日跟著我們的，藏得極為隱蔽，見不到人。倒是今日跟著的，露了馬腳。」

聽他這麼一說，雲裳也覺得此事蹊蹺，她左思右想良久，也沒想出緣由，便打算暫時不去搭理此事，於是道：「讓他們跟著吧。」

她行得端坐得正，一不殺人二不放火，何衙司就算知道她做了什麼，也拿她無可奈何，若她計較起來，還是他理虧。

忠信聽了，就沒再說什麼。

三人到了袁秀才的茶鋪時，只有兩個客人。

袁秀才透過窗戶看見有人來了，快步從木屋裡出來。「幾位稍等，麵過會兒就好了。」

雲裳抬頭看了眼，袁秀才長得不算高，笑起來眼睛都瞇成一條線了，十分憨傻。

玉奴道：「我們沒說要吃麵。」

「不吃麵嗎？」袁秀才有些訝然，不過很快就反應過來，繼續笑臉相迎。「喝茶也是好的。」

雲裳隨意打量了一下周遭的環境，總共只有五張木桌子，桌子後面是個木屋，有兩個窗戶，大的能看見裡頭冒著煙，是煮麵和煮茶的地方，小的緊閉著，看起來是個寢屋。她們頭上搭了草棚遮陽，掛著一條布，上面寫著的「茶鋪」二字蒼勁有力，能看得出寫字之人筆力不錯。底下立著一塊木板，簡單寫了幾個字——本店只有麵和茶水。

袁秀才注意到雲裳的神色，倒好茶水，笑著解釋。「本店就只有一種麵，茶水也只有這個，客官若是喝不慣，往後走一里處，有個鋪子，那兒吃喝的多。」

雲裳收回目光。「前面還有茶鋪？」

「是。」袁秀才似乎並不擔憂自己的生意被人搶了。「往前頭這條小路，直走一會兒就到了。」

「不用了，給我們上三碗麵吧。」

袁秀才看了玉奴一眼，見她不吭聲，大致猜得出作主的是雲裳，便笑著折身回屋裡了。

雲裳盯著他的身影，看見袁秀才衣襬處有幾塊補丁，確實家境貧寒。

不過雲裳又疑惑了，這茶鋪離慶城大約有三里的路程，並不算近，旁邊的這條小道一看就是官路，一路上他們與不少人擦肩而過，茶鋪裡的客人卻寥寥無幾。

按理生意應該是不錯的，難道都往前面那家茶鋪去了？

雲裳吩咐忠信去一里外的茶鋪觀察那兒的情況，忠信二話不說立即出發。

玉奴好奇，小聲道：「小姐，他有什麼過人之處嗎？」

「他是個秀才。」

「秀才？」玉奴往廚房的方向看了看，震驚道：「他既是秀才，為何不在家讀書，而是到這兒開茶鋪？」

雲裳道：「怕是有什麼難言之隱吧，若是家境好，也不會有寒窗苦讀十年一說了。」

玉奴點頭，觀察了片刻，道：「不過這個人，從相貌來看也不像是秀才。」

別說玉奴，就連雲裳初見他的時候，也覺得袁秀才長得與自己想像中的有落差，於是饒有興致的問：「為何？」

「秀才身上才有讀書人的氣質，那是讓人裝不來的。他看起來雖然斯文，卻……」玉奴話到此處，突然就想不到說辭了，支支吾吾半晌，也沒能說出一個準確的形容詞來。「奴婢不會說。」

雲裳失笑。

這丫頭雖然像隻麻雀，嘴巴總是嘰嘰喳喳的，讓她耳根子不得清淨，但眼力不錯。

她見過的書生分為三種人。

第一種書生自恃清高，仗著自己識幾個字就目中無人，傲慢無禮。

第二種人真的是滿腹經綸，溫文儒雅，文質彬彬，談吐極好，相處起來讓人如沐春風。最後一種便是懷才不遇之人，終日怨世不公，或是家境貧寒，仕途不順，鬱鬱寡歡，一邊繼續苦讀一邊埋怨沒有遇到伯樂。

像袁秀才這樣滿身都是煙火氣的極為少見，和秀才形象天差地遠。來之前原以為袁秀才是個迂腐懦弱又偏激之人，看來是她想錯了。

玉奴突然道：「小姐，廚房裡還有人。」

雲裳抬頭，有個小娘子幫忙拿了幾根柴，正要添火，袁秀才趕緊跑到她身邊，拿過她手中的木塊，扶著她的手帶她回屋，整個人都小心翼翼的。

雲裳心想，應該就是袁秀才的娘子了。

她盯得緊，不小心與袁秀才的目光交錯，袁秀才頓住腳步，小娘子順著他的目光疑惑的看過來。

雲裳揚起笑容，友善的對他們點了點頭，袁秀才點頭回禮。

過了一會兒，袁秀才端著麵從屋裡走出來，笑盈盈道：「久等了。」

見少了一人，他也不疑惑和多嘴，只道：「隨行的客官若是不在，這碗麵不吃的話，可以端回去，不收錢。」

這是個懂得分寸的。

雲裳如此想著，隨後解釋道：「他出去解手了，過會兒就回來，麵就先放著吧。」

說完，雲裳話鋒一轉，直言道：「剛才那個人是你娘子？」

袁秀才有片刻愣住，應該是沒想到雲裳如此直截了當，不過他很快反應過來，想著年紀小的孩子好奇心盛，淡笑回道：「是內人，原先茶鋪都是她打理的，最近有了身子，就不敢讓她再忙活了。」

說起自己的娘子金氏，袁秀才滿眼都是掩藏不住的愛意，聲音都不由自主的柔了幾分。

雲裳對袁秀才徹底改觀。

這個人重情重義，疼愛娘子，又知禮，沒有因為她看起來年幼而怠慢。就是不知道才識如何，若是有才，被許縣令利用，就可惜了。

雲裳又問：「那幾個字是你寫的？」

「實在慚愧。」袁秀才謙虛道：「在下略識幾個字，題了幾個字，讓客官見笑了。」

「字寫得好。」雲裳毫不吝嗇的誇讚，另一桌的客人突然叫了聲結帳，袁秀才笑著過去了。

雲裳方才嚐過茶，品質不好，勉強能入口。

麵做得非常簡單，每碗上頭只有一點肉末和少許青菜，她嚐了一口麵，湯很清爽，麵軟軟糯糯的，口感還算好，就是寒酸了些。

收拾完另一桌客人留下的碗筷，袁秀才說了句客官慢用，就進屋照看他娘子去了。

「這人也挺不錯的嘛。」玉奴跟著雲裳吃了兩口麵以後，開口讚許。「寵妻，眼色還不錯，做的麵味道還可以。」

雲裳輕輕點頭，表示同意她的話。

吃完麵，忠信就回來了，他不僅去查看了另一家茶鋪的經營情況，還在周圍走了一圈。

「小姐，另一家茶鋪建得極好，客人眾多，菜品豐富，跟城裡的酒鋪比，絲毫不差。」

「仔細說來聽聽。」雲裳挑了挑眉，把麵推到他面前。「既然來了，就嚐嚐袁秀才的手藝吧。」

忠信是暗衛，他們都是雲碩培養的殺手，吃慣了苦日子，並不嫌棄麵食簡單，兩三口就吃乾淨了。

「那家酒鋪喚作興陽酒樓，也算是客棧，一共有三層，可供人吃住。屬下去問過價格，雅間一晚要一兩銀子，全都住滿了。」

普通農戶一年收入也不過三、四兩銀子，興陽酒樓要價如此高，卻能滿客，不是普通酒樓。

「住店的都是什麼人？」

「多為客商，屬下仔細觀察，口音不盡相同，有不少越疆人，富庶的不在少數。」

「可見到老闆？」

雲裳追問後，忠信低頭回想。「問了酒樓的一個小二，他們都把老闆喚作公子，至於什麼身分，不得而知。」

短短一會兒，能打聽到這麼多實屬不易，雲裳便不再問下去了，聽得忠信這話，她更加好奇興陽酒樓了。

如果她沒有記錯，這條官道是往南丹城的方向，南丹和越疆、北蠻國接壤，來蒼梧國做生意的客商，必經之路就是慶城。

在城外開客棧是明智之舉，一來就在城郊，距離慶城不遠，方便進城，二來城內有官員鎮守，眼線眾多，住在城裡不方便。

袁秀才生意慘澹，並不只是茶水和麵食的問題，與興陽酒樓也有關係。興陽酒樓的老闆不是普通人，財力雄厚，有錢有勢的都去那兒落腳了，剩下的都是來這兒將就。

她把這兒盤下，短時間內怕是要虧本。

雲裳沈思間，忽然聽忠信喊了句。「顧公子。」

聞言抬頭，雲裳看見了站在不遠處的顧閆和阿福。

四目相對，兩人都怔住了，顯然沒想到會在這兒碰面。

雲裳秀眉輕蹙。

他怎麼跑這兒來了？

第十九章

顧閆此時心裡也是千迴百轉。

他始終記得從前的事情，十七歲的他，初出茅廬，被人下套，無力反抗。

但那是前世的他，今時不同往日，他不會任人宰割。正因如此，才想趨利避害。之前年少不知人心險惡，也不會與人交好，以至於被人陷害險些丟了性命。他是記得袁秀才的，上一世兩人秋試前有過點頭之交，這個人頗富才華，只是被家中之事連累，才被許縣令鑽了空子。

袁秀才品性佳，不失為一個良友，他要搶在許縣令瞭解此人之前，與人結交，避免秋試的禍端。

但是他千算萬算，就是沒料到雲裳會在這兒。

不過相處久了，他大概也能摸清雲裳的性子，她素來任性，不喜歡按牌理出牌。無論她為何而來，他都不能與她相認，不然憑藉袁秀才的機伶，會懷疑他有所圖謀。

顧閆垂下眼簾，沈思對策。

見顧閆沒有回應，忠信剛想再叫一聲，只見顧閆若無其事的走過來，帶著阿福去了離他們最遠的一張桌子，從容坐著。

忠信奇道：「顧公子怎麼了？」他第一反應想的是自家少族長又惹怒了顧閆，以至於顧閆裝不認識。

雲裳也猜不出顧閆來這兒的意圖，但他既然不想與她相認自有他的用意，便小聲道：「就假裝不認識吧，別讓袁秀才看出端倪。」

顧閆大老遠的跑到這兒來，肯定有所圖謀，雙方各取所需，互不干涉。況且，她也挺好奇顧閆來此地的目的。

見又來了新客人，袁秀才從屋裡出來招待。「兩位吃麵嗎？」

顧閆淡道：「來兩碗。」

袁秀才不動聲色的上下打量著他們兩人，目光在顧閆身上多停留了一會兒。「這位公子是來慶城參加秋試的？」

阿福詫異道：「你怎麼知道？」

顧閆問路來城郊茶鋪的時候，他還頗為震驚，沒想到剛坐下，身分就被識破了。

袁秀才笑著解釋。「這位公子長得清秀儒雅，一看就是秀才。小店接待了不少客人，便大膽猜了，如有不妥，還請公子見諒。」

「無妨。」顧閆神色淡然，看不出什麼情緒，早在袁秀才走過來的時候，他就把此人給觀察了一遍，大致有了一個印象。

不需要深交，但是絕不能讓此人成為他的擋路石。

念此，顧閆又道：「兄臺可知道，這城裡有什麼方便打雜的地方？」

聽得此話，袁秀才略略吃驚。「打雜？」

顧閆神色窘迫。「不瞞兄臺，我和我的書僮遠道而來，家中吃緊，現在盤纏所剩無多，距離秋試還有半個多月，若是不找點活計餬口，怕是撐不到秋試了。初來乍到，也不識路，才斗膽問了兄臺。對了，還不知道兄臺貴姓呢。」

「公子說笑了，我姓袁。」

「袁兄好，我姓顧，單名一個閆字。」

袁秀才喊了句顧兄，見他們兩人穿著樸素，對顧閆的話沒有絲毫懷疑。打從兩個月前，就陸陸續續有人過來慶城準備參加秋試了，不少人在他這兒喝過茶，閒聊幾句。

慶城周邊除了影石城和南丹城，都是普通人家。影石城幾十年來鮮少有人入朝為官，至於南丹，那兒是重兵鎮守之地，時常發生動亂，多出武人，讀書入仕之人少之又少。

除了慶城裡的大戶人家，其餘想考取功名的書生家世都不顯赫，家裡東拼西湊借了盤纏才過來的，捉襟見肘在情理之中。

袁秀才思慮須臾。「酒樓裡經常收夥計，給的銀錢也合理。就是那些地方人聲嘈雜，又要經常跑腿，怕是會打擾顧兄看書。若是顧兄不介意，我倒是可以推薦個地方，城裡的福章書院偶爾會收幾個人幫忙整理書籍，活兒輕鬆，也能看書，管吃住，就是沒有銀錢。顧兄可以去那兒碰碰運氣。」

「多謝袁兄。」顧閆抱拳，隨後似是無意的轉移了話題。「那幾個字寫得剛勁有力，可否冒昧問一句，是誰寫的？」

「顧兄說笑了，是我自己寫的。」

「是袁兄寫的？」顧閆故作驚訝。「難不成，袁兄也是讀書人？」

袁秀才不好意思的撓了撓頭。「顧兄說笑了，在下不才，讀了幾年書。」

「是我眼拙了。」顧閆追問道：「袁兄既是讀書人，為何在這兒開茶鋪？」

袁秀才對他惺惺相惜，如實相告。「不瞞顧兄，我參加過一次秋試，才疏學淺，沒有考上。如今已成家立業，娘子有了身子，家裡無人操持，便在這兒開茶鋪討口飯吃。」

顧閆先是一愣，然後道喜。「恭喜袁兄。」

「讓你見笑了，過去之事，實在不值一提。」

顧閆借機問道：「今年的秋試，袁兄參加嗎？」

袁秀才回頭往寢屋的方向看了看，輕輕嘆息一聲。「要參加的，但是我學識淺，就是過去湊個熱鬧的。」

說到這兒，袁秀才突然拍了拍腦袋，說麵還沒煮，就進屋去了。

顧閆收住笑容，開始琢磨起來。

當年他當上宰相以後，就向少帝請求翻案，因為他不容許自己的人生留下任何污點。

當時因為父母親含怨而終，他恨不得手刃許縣令，親自到慶城走了一趟。參與陳年舊案的人還在，嚴刑逼供下全都招了個一清二楚。

袁秀才的太祖父做過慶城縣令，家中都是讀書人，不過他的祖父和父親才識不高，沒有謀得一官半職，幫人寫信寫字帖賺錢，一代不如一代，到了袁秀才這一輩，家境清苦。

袁秀才雖出身低微，心氣卻很高。第一次秋試的時候，成績本是當年的第一名，被人偷梁換柱落榜，得知真相以後憤恨官場的污濁，發誓此生再也不踏上仕途一步。

他後來再參與秋試，是因為金氏的緣故。袁秀才與金氏兩情相悅，而金氏出身於富農之家，金氏父母看不起袁秀才這個窮酸書生，但是金氏不顧反對，嫁給袁秀才，娘家因此和她斷絕關係。

成親以後，兩人用攢下的所有銀子開了這家茶鋪，但是生意一直不好。

為了讓袁秀才謀得官職，讓母家改觀，金氏一直催促袁秀才考取功名，平日裡自己操持茶鋪的事情，不讓袁秀才插手。有了身孕以後，她經常孕吐，身子不好，袁秀才主動攬活。

原本袁秀才是想換個地方開鋪子的，不再讀書考試，但是金氏不同意，袁秀才愛妻，無奈的答應，卻沒想到陰差陽錯丟了性命。

許縣令挑中他，原因無他。因為他是那些書生中，家世最貧賤的人，好拿捏。

這家茶鋪本就門可羅雀，許縣令一招呼，就徹底沒人來了，袁秀才家中窮困潦倒到無米下鍋的地步。後來許縣令又拿金氏和她腹中未出生的孩子的命來要挾，袁秀才走投無路，答應陪許縣令演戲。

袁秀才的軟肋就是金氏，只要擺平了金氏，許縣令就左右不了他。不過此事還得從長計議，不能急。

經歷一世，顧閆心境平穩，拿捏有度，知道袁秀才這件事情怎麼做對自己最有利。跟袁秀才打了這次照面，短時間內就不打算再繼續套近乎了。

於是吃完麵以後，付了錢，他就帶著阿福離開了。

路過雲裳身邊，猶豫了一會兒，終是一聲不吭的走了。

他們方才的對話雲裳聽得不太清楚，但看他和袁秀才相談甚歡，猜想兩人應該是在說讀書的事情，但她依然沒摸清顧閆的心思。

顧閆這一走，她更加摸不著頭腦了。

這家茶鋪不在城中熱鬧處，除了過路商旅，鮮少有人特地來，顧閆怎麼會跑這兒來呢？

事情毫無頭緒，雲裳心裡就發堵，亂得就像一團麻，下意識抓著筷子，在手指間來回轉動。

這是她以前養成的習慣，只要心煩意亂，就會把東西抓在手裡轉動。

玉奴也看出了不對勁。「小姐，顧公子也跟著跑這兒找袁秀才來了？」

「也？」雲裳擰眉，手指鬆開，筷子掉在桌上。

袁秀才祖上都是老實本分的讀書人，他雖然也有才情，但名不見經傳。上一世被許縣令挑中，是因為他參加了秋試，又無權無勢，才成為了替死鬼。

這樣的人，除了她，還會有誰知道呢？她是因為前世，才知道袁秀才這個人，刻意來訪。那顧闆呢，他是衝著袁秀才來的，還是另有所圖？

雲裳靜坐沈思，忠信驟然開口。「小姐，那這茶鋪，我們還要買嗎？」

一言點醒雲裳。

她此行是要買下這間茶鋪，幫助袁秀才度過難關的，順便保護金氏，不讓許縣令乘虛而入。

想通了這點，她把顧闆的事情暫時拋之腦後，起身。「來都來了，自然是要買下的。」

「可是……」忠信有些為難道：「看情況，就算小姐接手了茶鋪，只怕也是虧本。」

「無妨。」

她買下這間茶鋪不是為了掙錢，只為顧闆鋪路，區區錢財，她可不缺。

說著這話的功夫，雲裳已經走到了袁秀才的面前。

袁秀才剛收拾好桌子，看見了她，以為是過來付帳的，說了數目。「總共八文錢。」

雲裳不假思索的掏出十兩銀子，放在桌上。

第一次看見這麼多銀子，袁秀才有些震驚，更多的是疑惑不解。「姑娘這是……」

「你這間茶鋪，我買了。」

袁秀才良久都沒緩過神來，這是第一次有人說要買下他的茶鋪，他以為自己聽錯了。

「姑娘可是在說笑？」

雲裳語氣堅定。「我誠心想買下你這間茶鋪，如果十兩銀子不夠，價格可以再談。」

見她意志堅決，袁秀才百思不解。

他情不自禁地再次打量起雲裳來，雖然穿著樸素，看起來年齡也不大，但是說話的口吻很像大人，身後跟著的兩人對她十分恭敬，其中一人手裡拿刀，應該是護衛。出行有婢女和護衛跟著，定是某個大戶人家的小姐，且聽口音，不是慶城中人。

但是他依然不解。

他這茶鋪地理位置雖然不錯，但有興陽酒樓在，一個月賺不了幾個錢，有時候都難以餬口，買下它可不是什麼明智之舉。

想不明白，袁秀才只好從雲裳那兒尋找答案。「姑娘為何要買下這間茶鋪？」

雲裳知道，不說出一個好的藉口是無法讓袁秀才信服的，畢竟他的茶鋪看起來真的沒有什麼價值。

她早有準備，張口便道：「實不相瞞，我看上這塊地段了，方才我讓人去興陽酒樓查探過，他們家門庭若市，生意很好。途經客商眾多，若是經營得好，日進斗金不是難事。」

袁秀才這才恍然。

原來是眼紅興陽酒樓的進帳，不過一個小姑娘，只是派人查探了興陽酒樓的情況就想買他的茶鋪，只怕是一時興起，鬧著玩的，當不了真。

袁秀才默了默，溫和道：「小姐若是想在這兒開茶鋪，可以找個好的地段再開一家。我這茶鋪，並不想賣。而且離興陽酒樓近，賺不了什麼銀子。」

「你已經在這兒開了茶鋪，我若是再在附近開一家，就是奪了你的生意，這種不厚道的事情，我可不做。」頓了頓，雲裳接著道：「你不需要問我買下這間茶鋪的緣由，不過你若是願意，我可讓步，以後茶鋪的本錢我來出，你繼續經營，賺的錢我們平分。」

聽了這話，袁秀才默聲。

雲裳語氣誠懇，不像說笑，她身邊的婢女和護衛從頭到尾沒說過一句話，也沒制止，聽起來不像是胡鬧。難不成是她家中長輩看中了地段，讓她過來交涉的？

聽口氣，家裡應該是做生意的，並且賺錢有道，不損他人利益。

袁秀才是個聰明的，知道雲裳已經讓步，可他從未想過要把茶鋪轉手賣給別人。

他臉上笑容越來越寡淡，難為情道：「小姐有所不知，這間茶鋪是內人用自己的嫁妝開的，我作不了主。」

「既是如此，可否讓我跟夫人談一談？」

袁秀才沈默，明顯在猶豫。

「掌櫃的大可放寬心，我想買下你這茶鋪，純粹是看見興陽酒樓生意不錯，才想與他們一較高下。我在別的地方也有家業，最近只是到慶城小住一段時間，抽不開身來管理茶鋪。即便是買下了，這茶鋪還是讓你來掌管的。這筆買賣，您只賺不虧。」

話已至此，雲裳不再多言。

她知道袁秀才是個聰明的，只需要稍微提點，他就能明白意思了。

袁秀才遲疑不答，他也知道雲裳買下這間茶鋪，他一點都沒吃虧。近幾個月來，興陽酒樓一家獨大，茶鋪的生意越來越慘澹。賺不了錢，進的茶葉都是品質差的，客人都不愛喝。這樣下去，過不了多久，他的茶鋪就要關門了。

到了年底，孩子也要出生了，若是攢不下銀子，孩子的吃穿用度都保障不了。

良久後，袁秀才緩緩道：「請問姑娘貴姓？」

雲裳聞言，有些疑惑，不過很快就明白他的話外之意，一面想著袁秀才果然不是好糊弄之輩，一面應道：「雲，單名一個裳字。」

「雲小姐，此事事關重大，我需要與內人商議，可否過幾日再給答覆？」

雲裳爽快的答應了。

擺平了袁秀才，立即打道回府。

臨走前，袁秀才讓她把銀子帶走。

玉奴問：「小姐，袁秀才會答應把茶鋪賣給您嗎？」

她之前沒想通雲裳買下茶鋪的意圖，直到聽到了雲裳與袁秀才的對話，反覆思考後，終是恍然大悟。

雲家在影石城有不少鋪子，雲家的大部分錢財來自於那些鋪子，老爺在世時，就有意要擴大鋪子，到慶城開分店，可惜因為種種原因，沒能如願。小姐目光長遠，倒是把老爺的願望給實現了。

然而她到現在也沒想明白袁秀才的意思。

「他既在猶豫，就是有意，賣不賣，就看他們怎麼想了。」今天的茶水，苦澀難入口，大概是幾年前積的貨了。一間茶鋪，用的是最次的茶葉，可見生意差到何種境地。

若袁秀才是個聰明人，就應該賣了茶鋪。

大魚是要放長線慢慢釣的，漁夫要做的就是等待。

何況顧家處境尷尬，許多人欲除之而後快，沒了袁秀才，許縣令還是會想方設法阻攔他的仕途之路。雲裳要應對的，不止袁秀才一人，沒心思花太多時間。

回到家的時候，忠厚在門口給雲裳呈了一張帖子。雲裳進門，看見顧闓在院子裡坐著。

雲裳先開口。「午膳要一起吃嗎？」

顧闓轉頭，說了句好。

院子裡擺了一張桌子，雲裳走到他身邊坐下。「我給許縣令遞了拜帖，今晚許縣令在府中設宴，到時候你跟我一起去吧。」

兩人默契的不提及茶鋪的事情。

「衣裳我都給你備好了，等會兒讓忠厚拿到你房裡，你記得換上。」雲裳絲毫不給顧闓拒絕的機會，她一切都準備妥當了。

顧閆也不遲疑，只道：「多謝雲姑娘。」

「以後少說這些客套話，我幫你鋪路，也是為了我自己。」雲裳忽然正色。「只希望顧公子將來飛黃騰達的時候，不要忘記我今日的付出。」

顧閆靜了一會兒，認真道：「雲小姐想要的，只是顧家主母的身分？」

雲裳理直氣壯，坦蕩道：「是，至於為什麼非顧公子不可，顧公子也不必問，我有自己的打算。當然，從今以後，顧公子要做什麼，我也不會攔著。有需要我幫忙的地方，說一聲就好了。」

「好。」顧閆一如既往的言簡意賅。

雲裳站起身來。「我累了，回屋歇一會兒。」

目送她離開的背影，顧閆沈下眼，目光深邃。

若說在影石城的是巧合，那袁秀才的事，該如何解釋？

他上一世是因為和袁秀才有牽扯，並因為他才被陷害，遭到流放的。今生找到此人，是為了讓這顆絆腳石離開他的腳下。

雲姑娘和袁秀才素不相識，來了慶城不久，去見的人卻是他。她到底要做什麼？

疑惑埋在心裡，顧閆想不通，掃了眼雲裳的寢屋，心裡的答案幾乎呼之欲出。

顧閆斂了斂心神。

案。

他這人，向來不喜歡脫離他掌控的東西，一切都要在他的謀劃中才能心安。他要知道答案。

剎那間，顧闓做了一個決定。下決心的那一刻起，顧闓就不再猶豫。

敲門聲響起的時候，雲裳睡眼朦朧的起身，下意識認為是玉奴。「進來吧。」

「雲姑娘，是我。」

顧闓的聲音在門外響起，雲裳頓時就清醒了幾分，問道：「何事？」

「方便進屋裡談談嗎？」

雲裳還弄不清楚狀況，一邊穿衣裳一邊道：「進來吧。」

顧闓推門進屋的時候，雲裳正好剛穿好衣服，顧闓望著閨房裡的擺設，遲疑著站在門口不動。

雲裳口渴，搖了搖桌子上的茶壺，裡面還有水。

她見顧闓乾站著，大致猜出他不進屋的原因，覺得有些好笑，門都開了，還在門口裝君子呢，於是招招手。「過來幫我倒杯茶。」

這話給了顧闓臺階下，也有了一個進屋的正當理由。他不緊不慢的走過去，倒了杯茶水遞給雲裳。

雲裳也不客氣，大方喝下。「坐著吧。」

兩人一同坐下，顧闓看了看她，斟酌著措辭。

他迫切地想知道答案，可是一面對雲裳，就有些退卻。若猜想是錯的，雲裳估計會把他當成瘋子。

雲裳見他呆愣，催促道：「不是有話要問我嗎？」

聞言，顧閆的心漸漸平靜，神色坦然。「雲姑娘可相信轉世之說？」

轉世？雲裳聽得心裡一緊，她盯著顧閆的眼睛不說話，靜待著他接下來的話。

「幾年前，我曾夢見祖父被賊人所害，然後這夢成真了。後來又夢見有個開茶鋪的袁秀才，被人利用，陷害了我，而城郊，正好有個叫袁秀才的人。」

雲裳面上不動，心裡卻宛若掀起了驚濤駭浪，她深吸一口氣，努力保持鎮靜。「還有其他的嗎？」

顧閆想了想，淡笑道：「夢見了許多事情，大多都成真了，有的時候，甚至分不清是夢還是前世。」

見雲裳神色平靜，他忽然有些失望，轉換話頭。「都是些糊塗話，雲姑娘若覺得奇怪，聽聽就算了。」

雲裳思緒萬千，她思量一會兒，鄭重其事。「顧公子，你說的話，有幾分真？」

話出口的那一瞬間，雲裳的心幾乎提到了喉嚨。

自從看了閒文殘卷以後，她就越發懷疑，那本閒文是有人有意為之。曾大膽想過，這世間也有人同她一樣。

樣了。

而顧閆許多事情，在旁人看來或許都是稀鬆平常的，可對於留有記憶的她來說，就不一

現在顧閆親口說了這些話，她不得不猜想，顧閆是不是已經知道了什麼，並且和她如出一轍，都想證實自己的猜測。

畢竟有些夢是會成真的，但並不是所有的夢都能預見，顧閆方才的話很有可能在撒謊，試探她。

被她這麼一問，顧閆愣住了。

雲裳壓著心緒。「若是顧公子坦誠相告，我也會敞開心扉，如實告知。」

這句話如同一顆靜心丸，顧閆半開玩笑半似真的道：「若說我是轉世之人，記得前世所有的事情，雲姑娘會信嗎？」

哐噹一聲，茶杯落地，落在兩人雙腳之間。

兩人不約而同低下頭，手撞在了一起，皆是一愣。

還是顧閆先反應過來，他把茶杯撿起來，放在桌子上，隨後看向雲裳，但只能看到雲裳的髮絲，看不見她的神態。「雲姑娘似乎很吃驚。」

說實話，他這會兒心情也不平靜，但來之前做了準備，因此才比雲裳鎮定些。

雲裳有片刻失神，過了一會兒，她終於緩過來，抬頭。「顧公子此話當真？」

她的呼吸有些急促，已然有些失態。

兩人對視著，顧闓似乎明白了什麼，一顆心瞬間提了起來。

雲裳手指輕顫，不可思議道：「你居然……」

她哽了哽，艱難的說出後面的話。「居然也重生了？」

說完這話，雲裳心亂如麻，身子往椅子後面挪了挪。這一切，彷彿在意料之中，又在意料之外。她怎麼都沒想到，顧闓竟然跟她一模一樣。

顧闓聞言，也是失神了片刻，然後蹙眉道：「也？」

畢竟也是見過大風大浪的人了，雲裳的情緒慢慢平復下來，道：「難道今日顧公子前來與我說這話，不是因為懷疑我嗎？」

顧闓被說得啞口無言，無從辯解。

在朝堂混跡多年，他知道如何收斂自己的情緒，不會輕易示於他人，只是知道了真相的那一刻，還是不免驚訝。

兩人相對無言，許久以後，終於雙雙接受了這個事實。

「顧闓……」

「雲姑娘……」

兩人幾乎是同時開口，顧闓頗有君子風度，道：「妳先說。」

雲裳沈吟半晌。「我們都對對方坦誠吧。」

顧闓微微蹙眉，片刻後，同意了她的提議。

兩人對了自己記得的事情，有關聯的幾乎分毫不差。交換了記憶以後，兩人再次陷入沈默，不知從何開口。

這個消息對他們來說，太震驚了，一時半會兒消化不了。

「小姐，午膳做好了。」玉奴的聲音突然從門外傳來，推開門後看見顧閆也在，怔了怔，與此同時停下腳步，猶豫著要不要進屋。

玉奴的闖入拉回了兩個人的思緒，顧閆起身。「我先出去了。」

他們雙方都需要各自冷靜一下。

雲裳點頭。

送走了顧閆，玉奴往雲裳的方向走，頻頻回頭往門口的方向瞧。「小姐，顧公子什麼時候來的？」

「來沒多久，商量了一下晚上去許府赴宴的事情。」雲裳心事重重，說完這話便沈默不語。

雲裳此時心緒很亂，比起顧閆重生這個事實，她更希望顧閆什麼都不知道。

兩人坦白，好處是可以憑藉著記憶，一起謀劃下一步要做的事情，並減少兩人之間可能會出現的誤解。可同時也意味著，顧閆已經知曉了她接近他的目的。

上一世他憑藉自己的手腕與氣運，最後也能當上宰相，沒有她的幫助，顧閆的人生軌跡並不會發生太大的變化。

之前同意讓她跟著，接受她的示好，也許是為了利用雲家和影石族的權勢，幫顧家和顧闓自己擺脫一些不必要的麻煩。

他既然記得以前所有的事情，就說明他也記得謝鶯。

謝鶯是他當年明媒正娶的妻子，郎才女貌的佳話在蒼梧國廣為流傳，就算市井傳聞有誇大失真的地方，顧闓對謝鶯未免沒有真情實感，不然也不會在謝鶯去世以後，悲痛欲絕。

他既然屬意於謝鶯，今世怕是不會輕易改變心意，割捨這段情感。等兩人重逢以後，舊情復燃在所難免。

那她呢？

她和顧闓之間的牽絆，僅有父親留下的那一紙婚約。顧闓的心裡既已住了別人，就很難再容下她。

即便這一世顧闓無法娶謝鶯，那她能容忍自己的夫君心裡一輩子住著別人嗎？

她捫心自問，不能。

她想要的感情純粹得如同白紙，上面容不得一丁點污穢。儘管最初的目的是成為宰相夫人，做這世間數一數二的女子，但她心裡對顧闓是存著一絲期盼的。

她想得到顧闓的心，全心全意的。

前世穆司逸是負了她，但她無法否認，自己對穆司逸曾經是動了心的，在還沒去北冥的時候，她把穆司逸對自己的好都看在眼裡，也做好了相守一生的準備。

生在權貴之家，婚姻之事向來是身不由己，她雖然沒有阿爹、阿娘的干涉，但當時皇帝對影石族人的忠誠有疑心，為了掌控影石族，以族人性命相脅，將路放在她面前。她必須嫁給蒼梧國那些沒有什麼前途的官宦子弟。

穆司逸雖然也出身官宦之家，但因為顧家的關係，當時在官場上並不會有什麼大作為，雖然不是皇帝心中的最佳人選，但娶了她並不會影響到蒼梧國，因此才點頭答應。

而穆司逸與她相識已久，對她又是百依百順，她也認為穆司逸是最佳的夫君人選。

只不過她對穆司逸的那份喜歡，就如同一張薄薄的窗戶紙，一捅就破，底下是穆司逸掩藏在深情下的虛情假意。

後來那幾年，二人表面上雖然相敬如賓，但她已徹底斬斷了情絲，一心為族人謀劃，至於穆司逸，卸掉偽裝以後，對權勢的渴望和追逐也讓他僅有的良知消失殆盡，只剩下算計。

這一世，她除了阻斷穆司逸的官途之外，不會再與他有任何瓜葛。想要相守的人，自然而然就變成了顧闉。

原本以為一切都能重來，沒想到，到頭來還是全都化為了泡影。

雲裳看向窗外，那兒蒼茫茫的一片，什麼都沒有。

她低頭苦笑一聲。

或許她就不該對真情有奢望，可是她真的就甘心，這輩子只為權勢與富貴而活嗎？

玉奴不知道為何雲裳對著窗外發呆，以為是她與顧闉發生了矛盾，心情不愉快，在旁邊默默陪了一會兒，開口提醒。「小姐，過去用膳吧，晚了菜就涼了。」

雲裳回過神，看著青澀的玉奴，心情好轉不少。

或許，她是在庸人自擾罷了。

她還年少，幾年的時間，什麼變故都有可能發生，她不必將心思全放在顧閆的身上，為今之計，應該是走一步算一步。

雲裳看通透以後，再見顧閆時，神色從容，彷彿什麼都沒發生過一樣。

顧閆亦是如此。

在此事上，兩人還是有默契的，似乎誰先開口，就會落了下風，還不如順其自然。

第二十章

傍晚，雲裳和顧闓準時到許府赴宴。

赴宴的賓客，雲裳已經讓玉奴全部打聽好了，除了許縣令一家，還有許主事，侯師爺和幾個小官吏。

許縣令是陷害顧闓一案的主謀，自是不必言說，此人城府深，面對他得小心謹慎。

那些小官吏並不打緊，許主事這個人可就不能小看了。許主事是慶城的監察史，官職比許縣令要高一等。他雖與許縣令同姓，兩人並無血緣關係，不過，都是為太子做事。

雲裳對許主事的瞭解不多，只知道他屬於太子黨。從前穆司逸調到慶城擔任縣令時，許主事已經被調回北冥城了，因此未曾見過面。

奇怪的是，此人明明是太子一黨，在皇位之爭結束後，太子落敗，許主事不僅沒有受到牽連，反而升官，成了大理寺卿。若真的屬於太子黨，不可能在太子敗勢後相安無事，只有一種可能，許主事是皇帝的人。

當初顧闓被放逐的時候，許主事也參與其中，想來當時皇帝對顧闓也是動了殺意的。

因而這慶城中都不是善茬。

至於顧家的舊交到底是誰，她暫時不得而知。

雲裳一邊想著賓客的身分，一邊跟著許府的下人進府。

晚宴設在後院，雲裳和顧閆到的時候，其他人已經都到場了，簡單打過招呼後，雲裳便入座。

男眷和女眷的位置是分開的，隔得不近。

宴會過後，許縣令讓顧閆留下，許夫人交代婢女帶其他女眷到後花園逛逛，並喚雲裳同她走一會兒。

「雲姑娘第一次來慶城吧，住得可還習慣？」

許夫人單獨讓她留下，意圖顯而易見，雲裳不動聲色的與她並排走，淡淡回道：「這兒一切都很好。」

「聽聞影石族從北方遷徙而來，族中女子都長得比較高眺，性格豪爽，不輸男兒，今日見了雲姑娘，倒覺得雲姑娘的模樣，更像江南女子。」

聽了許夫人的話，雲裳並沒有去思量她的話外之意，而是頗有些驕傲道：「我長得像我阿娘，我阿娘是出了名的美人，貌美溫婉。」

這話不假。

雲夫人確實是數一數二的美人，影石族中也不乏美人，但族裡的人，無不讚美雲夫人的美貌，以至於後來族裡出了事的時候，大家都說是因為雲夫人禍國殃民的緣故。

雲裳記得自己長大以後的模樣，有六分像她阿娘，劍眉像阿爹，溫婉中多了兩分英氣。

愛慕她的男子也有不少，即便是有了穆司逸，北冥城中也有幾個盛族男兒向她表達過愛慕之情。

她以長得像阿娘為榮。

許夫人笑著誇讚。「早就聽聞雲夫人如同仙女下凡，有天人之姿，此生不得一見，頗覺得遺憾。如今見了雲姑娘，才發現美人就是這般骨相。」

雲裳道：「夫人看起來不過三十，保養得如此好，年輕的時候一定也是個大美人。」

許夫人年輕的時候也是個美人，不過現在年老色衰，歲月在她臉上留下了痕跡，她也時常在哀嘆歲月不饒人。

聽了雲裳這誇讚的話，喜笑顏開。「雲姑娘說笑了，我這個年紀，哪裡比得上妳們，皮膚啊，嫩得都能掐出水來。」

「夫人謙虛了，影石城裡的不少夫人，跟您一樣的年紀，看上去，比您要大上不少歲數呢。許縣令娶了您，是他的福氣。」

許夫人被她誇了一通，笑得合不攏嘴。兩人又閒聊了一會兒胭脂水粉的事情。

「夫人，小心路，別摔著了。」許夫人貼身婢女的聲音硬生生的擠進來。

聽見她的聲音，許夫人像是想到了什麼，臉上的笑容漸漸變淡，岔開話題。「對了，我這兩日聽了幾句閒話，說是雲姑娘和顧公子已經訂親了，此事可屬實？」

許縣令讓顧閔留下陪他說話，許夫人又單獨把自己叫到後花園裡聊天，肯定是想從他們嘴裡打探消息。

雲裳早就想到了這原因，如今總算等到許夫人問出來了，落落大方的承認。「是。」

只這一個字，便沒有了下文。

方才雲裳十分健談，許夫人以為她會多說幾句，沒想到等了好一會兒，也沒聽到雲裳說話，一時有些尷尬，不知道該不該問下去。

「顧公子看起來頗有才識，雲姑娘嫁給他，不吃虧。」

雲裳心想這些夫人說話是真的冠冕堂皇，假話說起來得心應手。

顧家還是戴罪之身，還沒被赦免呢，隨時有可能人頭落地，而顧閆雖然破了李木匠的案子，可做屠夫的事情早就傳到了慶城，許夫人不可能不知道。晚宴的時候就遠遠見過一面，有沒有才華哪能看得出來。

至於她，她現在還是影石族少族長，身分顯赫，以外頭的眼光來看，此時的顧閆，確實是配不上她的。

雲裳默了默，反問道：「是嗎？顧公子六歲的時候就到影石城生活，十歲出頭就做了屠夫，夫人是怎麼看得出來，他是個有才華的？」

被她這麼一問，許夫人面色有些僵硬。

她拿起手帕捂嘴故作咳了咳，掩飾尷尬，須臾後，淡笑道：「能被雲姑娘看上，可見顧公子有過人之處，非同一般。」

「這夫人可就說錯了。」雲裳出聲反駁，佯裝嗤之以鼻。「我可沒覺得顧閆有哪兒配得上我。」

一連被她反駁兩次，許夫人的臉色掛不住了。她艱難的憋出一句話來。「那雲姑娘，怎麼會同意與顧公子訂親？」

「還不是怪我阿爹。」雲裳鼓起腮幫子，忿忿不平道：「他就喜歡跟讀書人打交道，見顧夫子滿腹經綸，就與人家稱兄道弟，把我給賣了，留下遺書，讓我與顧閆成親。」

說到這兒，雲裳翻了個白眼，十分不屑。「顧家沒錢沒勢，一直靠著我阿爹接濟，我怎麼會瞧得上他們？也怪我阿爹看走眼了，讓我來收拾這個爛攤子。」

聞言，許夫人沈默。

她看了看雲裳，試圖從她臉上瞧出點什麼來，可雲裳一副高高在上的模樣，顯然是真的看不上顧閆。年紀這麼小的孩子，情緒是作不了假的，於是她開始糊塗了。

雲裳不露聲色的觀察許夫人的神色變化。

她故意在許夫人面前貶低顧閆，自然是作戲給他們看的。

她現在的身分，明眼人都能看得出來，是顧家在高攀。既是高攀，有了她的支持，顧閆的身後站著的就是整個影石族。

這是皇帝不願意看到的，也是其他人不想看見的。

婚事只要一成，顧家即便是戴罪之身，也不是任人宰割的板上魚肉，有影石族做後盾，顧氏一族再次興起是遲早的事情。
因此，她不能和顧閏表現得過於親近，否則就會為顧閏招來殺身之禍。
許縣令安插在影石城的眼線肯定早就把之前的事情一五一十的告知許縣令了，但傳言總會有失真的地方。許夫人單獨見她，就是為了打探虛實。
他們想看戲，她就順從他們的意演一場。只要事情與他們聽到的有出入，他們就會懷疑真假，放鬆對顧閏的戒心，那顧閏的麻煩自然就能少些了。
當然，既已決定要扶持顧閏，也不能讓人看低了他。
這麼想著，雲裳就道：「不過麼，我向來孝順，阿爹屍骨未寒，他老人家唯一的遺願我不能違背，只能勉為其難接受這樁婚事了。至於能不能成，就得看顧閏以後的表現了。」
「這也是今日我帶顧閏來許府的原因，我爹看中他，他就是雲府的人，讓他多來見見世面，對他將來大有益處，夫人，您說是不是？」
許家的請帖是給雲裳的。
她是影石族的主人，來了慶城，許縣令於情於理都要接待。而顧閏身分尷尬，許縣令沒必要與他接近，走得太近也容易讓人懷疑。
許夫人陪笑了兩聲。「雲姑娘心地善良，顧公子能與雲家結親，三生有幸。」
雲裳截住話口。「夫人這麼關心我的婚事，敢問夫人的孩子多大了，可有婚配？」
話一出口，許夫人的臉徹底垮下來，彷彿烏雲密布，十分難看。

她曾生過一個兒子，孩子是早產，活了不到三歲，而她在那一次生產中大出血，身子受損，從那以後再也不能生育。

見許夫人臉色難堪，貼身婢女主動替她回話。「夫人膝下只有大小姐，比雲姑娘大上六歲。」

「是嗎？」雲裳不解道：「宴會上怎麼不見姊姊？」

那婢女看了看許夫人，為難的支支吾吾。「大小姐她……」

許夫人終於從失子念子的悲痛中緩過來，強顏歡笑。「我這女兒，從小就體弱多病。最近身子不好，去莊子裡小住了一陣，過兩日才回來。」

雲裳似是恍然的哦了一聲，笑意盈盈的說：「那等姊姊回來了，夫人記得派人通知我一聲。我在這城裡沒什麼認識的人，若是有姊姊作伴，再好不過了。」

許夫人生硬地回了一句好。

雲裳暗自在心裡冷笑。

家家都有本難念的經。

這許縣令的家世，她已經調查得一清二楚了。原本就是一個窮秀才，考取功名後被許夫人看上，喜結連理。許夫人的父親是慶城的上上一任縣令，許縣令來慶城上任的時候，只是一個小小的文官，靠著許夫人一步步高升。

成親以後，許夫人才知道許縣令之前就和一女子有過肌膚之親，但是尚未成親。

兩人成親的時候，許縣令並不知道那女子已有身孕並生下了一個女兒，直到那女子窮困潦倒，生了重病，走投無路，才帶著孩子上門認祖歸宗，取名叫許清令。

許夫人的家世比許縣令高上許多，本就低嫁，心高氣傲，雖然接受了許清令，把許清令養在名下，但心裡始終嚥不下許縣令背叛和隱瞞自己的那口惡氣，不怎麼待見許清令。

至於許清令的生母，聽說她的病原本是可以救治的，許夫人不僅不讓人幫她找大夫，在人死後，連個體面的棺材都不捨得給，直接讓下人將屍體草草下葬。

直到許夫人的親生兒子夭折，又知道自己再也無法生育以後，才終於記起了許清令這個女兒。許清令兩歲進府，那時候還不記事，一直把她當作親生母親。

而許夫人性子霸道，不允許許縣令娶妾，如今這許府，只有許清令一個小姐。

許夫人藉口說自己頭痛，要回房歇息，吩咐婢女將雲裳送出府。

雲裳問那婢女顧闆的去向，婢女說顧闆剛剛出府，在門口等她。

於是雲裳隨著婢女徑直出門。

「婢女姊姊，我剛剛是不是說錯什麼話了？為何問到許家姊姊的時候，夫人的臉色就不太好看。」

婢女頓時滿臉驚恐，彷彿這是許府不能說的秘聞。「婢女剛進府，什麼也不知道，雲姑娘還是莫問了。」

她不說，反倒勾起了雲裳的好奇心。「好姊姊，妳就告訴我嘛。不然下次我進府，言語中不小心衝撞了許夫人，豈不是不好？」

婢女搖搖頭，閉口不談。「雲姑娘多慮了，夫人只是身子不舒坦，並非是您的緣故。」

說完這話，她似乎是怕雲裳纏著自己，步子極快。

雲裳見她驚慌失措，也不為難，出了府，果真看見顧閆在馬車旁等著。

兩人什麼都沒說，上了馬車，等離開許府的視線之後，雲裳才緩緩開口。「顧公子今日可有收穫？」

顧閆知道她所問何事，平和道：「都是一些披著羊皮的狐狸。」

雲裳笑道：「若不是老狐狸，對付起來沒意思，又怎麼能凸顯顧公子才識過人？」

都是活過一次的人了，顧閆聽得出來她是在開玩笑，淡然道：「雲姑娘呢，和許夫人都說了什麼？」

雲裳把玩著手裡的扇子，嗤笑一聲。「逢場作戲，互相試探，我說了些不太中聽的話，許夫人就聲稱頭痛，回屋歇息去了。」

從前穆司逸並沒有往府裡塞過女人，但是穆家人丁興旺，他光是成年的堂兄弟，就有五個，還有三個小的。一群人對穆太老爺的家產虎視眈眈，她在穆家生活過一段時間，裡面的勾心鬥角，可不比那些妾室之間的爭寵讓人省心。

後宅爭鬥，她司空見慣，像許夫人這樣的，也見了不少，知道如何對付。

顧閆聽著她話裡的得意，看著她燦爛的笑容，忍不住多瞧了她幾眼，一時間不免有些分神。

兩人說開了之後，相處起來反而自然許多，沒有了顧慮。

顧閆記憶中，這個女子只跟他有過幾面之緣。他是記得她的，站在穆司逸這個小官的身邊，也沒有掩飾她的光芒。

她比尋常女子要高䠷一些，兩次見面，穿的都是紅衣裳，秀美中透著英氣，可偏偏面容清冷，如同高山上的冰雪，毫無笑容，卻奪走了所有人的目光。

那是和謝鶯迥然不同的美，她的美，帶著攻擊性，讓人不敢靠近。

就連見慣了美人的他，第一次見到她的時候，有一瞬間也走神了。他雖然不是個注重女子容貌的人，但也曾經被她所驚豔。

第一次見到她九歲時的模樣，並未聯想起來。現下雲裳雖然還沒長開，可已經能窺見以後貌美動人的模樣。原來她九歲的時候，也是喜歡笑的，並且總是笑得肆無忌憚。

他最後聽到她的消息時，是她死在了穆家，而死法不怎麼體面。

誰能想到，毫無瓜葛的兩人，如今竟面對面坐在同一輛馬車上。

顧閆的失態，雲裳自是看到了，她把臉湊過去，打趣道：「顧公子，雖然我貌美，但是你也不必看得如此入神吧？怎麼說我現在也才九歲，對你來說，是不是太小了些？」

聞言，顧閆胸口有股氣頓時堵到了胸口，他被嗆到，偏頭猛咳幾聲，耳朵泛紅。

雲裳先是一愣，而後彷彿發現了什麼了不得的事情。「顧閆，原來你也會臉紅的呀？」

說著，她突然玩心大起，伸出手輕輕地戳了戳他的耳朵。「原來十七歲的顧宰相，是這樣的呀？」

顧閆的咳嗽聲又加劇了，一張臉燙得嚇人。

「顧閆，你臉都紅了。」雲裳拍腿大笑，不可置信道：「原來你這麼靦覥呀？」

顧閆哪裡是雲裳的對手，三言兩語，被她調戲得啞口無言。

他想反駁，可是又不知道該說什麼，或者應該說，不管他說了什麼，看起來都像是在掩飾。

雲裳第一次看到一個男人面紅耳赤的模樣，還是一個曾經在朝堂叱吒風雲的人，覺得十分新奇。

記憶中的顧閆，年紀不大，卻老成持重，對誰都是沒什麼情緒的笑容，讓人琢磨不透。

少年的顧閆，比幾年後的他可愛有趣多了。

雲裳還想再逗逗他，忽然聽到外面傳來一陣高昂的悲哭聲，夾雜著喪樂，大晚上聽著渾身雞皮疙瘩都要起來了，令人毛骨悚然。

是出殯的哀樂。

雲裳剛抬手掀開車簾準備看看，就被玉奴拉了下來。「小姐，有人出殯，您別亂看，小心嚇著。」

聽著玉奴話中想要隱藏卻藏不住的顫音，雲裳心裡湧過一股暖意。

玉奴的年紀比她大不了幾歲，膽子比她小許多，但無論是以前還是現在，她總是這樣，遇到任何危險，都會擋在她身前。上一世為了保護她，連出嫁的機會都放棄了，錯失了一輩子的幸福。

這個小丫頭，有時候愚笨得有些可愛。

雲裳趁她不注意，直接把車簾掀起來，玉奴嚇得抬手拉住簾子。「小姐，使不得。」

雲裳笑了笑。「放心吧，我不怕。妳若是怕的話，就上來車裡坐著吧。」

玉奴偏頭，驚恐地往聲音傳來的方向望了望，然後又迅速扭過頭，板起臉色。「小姐，有人出喪，不能亂看，會沾染上不乾淨的東西。您趕緊坐好。」

雲裳無奈道：「妳這丫頭，不看就不看。妳若是怕了，等會兒出殯的隊伍過來的時候，記得閉上眼睛。」

「我才不怕呢。」玉奴故作鎮定。「小姐不要小瞧我。」

哭聲和喪樂聲越來越近，是從對面來的，雲裳依稀看到出殯的隊伍，想著這確實不是什麼吉利的事情，便坐回馬車裡了。

她吩咐忠厚把馬車退到一旁，給出殯的人讓路。

停了一會兒，聲音漸行漸遠，馬車繼續往前行駛，但悲傷的哭喊聲仍時不時傳來。

剎那間，雲裳腦海裡有個念頭一閃而過。

她下意識看向顧閆。

顧闇的神色已經恢復如初，看向她的眼神十分坦然。「雲姑娘有話要問？」

雲裳一改嬉皮笑臉的模樣，認真且嚴肅的問道：「顧闇，你可曾聽聞，我死了之後，屍體被埋在何處？」

顧闇神情微變，他看了看雲裳，似是想說什麼，但又忍了回去。

看他的表情，雲裳能猜得出來，自己的結局，顧闇是知道的，而且死得並不體面。

可她還是想知道，穆司逸到底狠心到什麼程度，於是輕笑道：「顧公子但說無妨，這個年紀了，我什麼都見過，心裡能承受得住的。」

顧闇從她堅定的目光中，看到了自己的影子。倒不是留念過去，只是想知道一個結果，化去心中執念。

他又何嘗不是如此？可惜他到死的那一刻，也沒弄明白，為什麼殺他的人是謝太傅。

而這個答案，他永遠都不會知道了。

因為謝鶯的緣故，他對謝家可謂是盡心盡力，不虧待任何一個人，但凡是有點才華的謝氏子弟，都不會讓他們被埋沒。

而謝太傅，他將他當成親生父親對待，對他毫無保留，十分信任。

正是因為沒有過懷疑，他才喝下了那杯讓他喪命的毒酒，而謝太傅連知情權都不給他。

顧闇斂了斂心神，雖然有些於心不忍，但還是說了。「屍體丟在了亂葬崗。」

雲裳輕撚著扇面。「死因呢，是什麼？」

顧閆靜默片刻，言簡意賅。「與人通姦，自刎身亡。」

「通姦？」雲裳冷笑。「穆司逸這麼看重名聲的人，竟然向外宣稱我通姦，也不怕丟人現眼？」

他是有多恨她，才連自己的名聲都不顧了。

顧閆不語。

他沒有說全，雲裳死後，穆司逸並沒有立刻處理她的屍體，而是派人挪到院子裡，曝曬了許久，聽說下人拿去亂葬崗的時候，都發臭了。

但是，雲裳至少還知道她死後的去處，而他卻沒有機會知道。死在別人的刀下不可怕，可怕的是，殺死你的，是你最親、最信任的人。

雲裳默了許久。「顧家上一世和穆家關係如何？」

顧閆雲淡風輕道：「穆家背叛了顧家。」

回到北冥，除了謝太傅和四皇子，所有人都與他為敵。穆家倒也沒做錯什麼，只是為了明哲保身，冷眼旁觀。

穆司逸雖然曾經暗中算計過他，但並非主謀。看在母親的顏面上，他並沒有對穆家下重手，但也沒讓他們在官途上再進一步。

「那穆司逸這一世的命，我要了。」雲裳勾唇蔑笑，他連個全屍都捨不得給她，那他必須付出代價。

說完這話，雲裳便不再開口了，她提扇把車簾挑起來，偏頭看向窗外。

知道了自己死後的去處，她沒有想像中的憤恨，而是出奇的平靜。或許是因為她已經猜到了，只是執著的想要一個答案。

雲裳在馬車上小睇了一會兒，回到家的時候，發現何家的下人在院子裡，手上沒有東西，顯然不是過來送禮的。

看見他們回來了，他恭敬的打了招呼，隨後看向顧閆，欲言又止。

雲裳給他使了一個眼色，下人跟隨她到屋中。

「何爺爺讓你帶了什麼話？」

下人掏出信物遞給她。「回少族長，何衙司說，三日後邀您到五里外的莊子一聚。」

雲裳秀眉輕蹙，何衙司把見面的地點約在城外，也不知道葫蘆裡賣的什麼藥。

她擺了擺手。「知道了，你回去吧，告訴何爺爺，三日後我會準時赴宴。」

下人恭敬的退了出去，雲裳吩咐忠信偷偷跟著。一炷香後忠信回來，說是沒發現什麼異樣。「小姐，要不要我去那個莊子裡查一查？」

雲裳想了想。「不必了，何衙司既然約在城外，自有他的用意。」

雲裳倒不擔心何衙司會對自己做什麼，畢竟他們無冤無仇，只是不明白何衙司這麼做的意圖。但有些事情是想不明白的，既然猜不透，就不要去想。

她喚來玉奴為自己準備沐浴的熱水，洗漱過後便睡過去了。

第二十一章

時間過得很快，一晃眼就到了雲裳和何衙司約定的日子。

這幾日她過得十分快活，許縣令和許主事那兒沒什麼動靜，顧閆老老實實待在書房裡看書。她每天都到河邊垂釣，總能釣上一、兩條魚，無聊了就去找顧閆聊聊天。

雲裳是個謹慎的人，見面那日，她特意換了一身比較輕便的衣服，匕首和刀都帶上了。到了約定的地方，卻遲遲不見何衙司來，她耐心候著，過了一會兒聽到腳步聲，以為是何衙司來了，剛轉過頭，一把大刀迎面而來。

雲裳反應極快，側身躲過攻擊。

大刀落在她方才坐的椅子上，椅子被劈成了兩半。雲裳迅速往旁邊退了幾步，抽出腰間的匕首，看向來人。

那人蒙著面，只看見一雙犀利的眼睛。

玉奴和忠信在門外，忠信的身手雲裳是信得過的，就是不知道他能不能保下玉奴，雲裳心裡猜想了許多可能，但面上還是一派鎮定，她沈聲問道：「你是何人？」

「躲過十招便告訴妳。」話音剛落，男人的刀又迎面砍來，刀刀致命，不容雲裳多想，她憑藉著輕巧的身子，躲過了男人的攻擊。幾個轉身後，回到了剛才的桌子，迅速拿起自己的刀，和男人打了起來。

十幾個回合之後，男人停下手，滿意的點點頭。「身手還不錯，就是年紀尚小，力氣不夠。」

雲裳低頭看了看自己破碎的衣角，剛剛男人是留了手的，不然她早就喪命了。她上一世身手並不算差，但現在確實被年紀和身體限制了，施展不開。

男人遲遲沒有下一步動作，雲裳暗暗揣測他的身分。「是何衙司派你來的？」

男人挑了挑眉。「何出此言？」

「何爺爺的刀法，除了慎衙司的人，沒人會。」

男人原本只是聽令行事，這個時候可以亮出身分了，聽她這麼一說，忽然就來了興致。

「那妳猜一猜，為何我要對妳下手？」

雲裳知道自己猜對了，把刀放下，低頭故作沈思狀，往男人的方向走去。「讓我想一想啊。」

等離男人只有三兩步的時候，她停下來，拍拍手，恍然大悟的模樣。「我知道了。」

就在雲裳抬頭的那一瞬間，男人臉上的笑容凝滯，他眉頭痛苦得皺成一團，伸手推開雲裳，踉蹌著往後退了兩步。看著腿上的傷口，他目光中流露著疑惑、震驚、猜疑等多種複雜的神色，交替變換著。「妳……」

雲裳抬手擦了擦匕首上的血，平靜道：「給別人留機會，便是將危險留給自己。」

話音剛落，鼓掌聲從門口傳來，雲裳抬起頭，何衙司從門外緩緩走進。

雲裳把匕首放下，從容地看著何衙司，莞爾道：「何爺爺來了。」

明明才傷過人，卻彷彿什麼都沒發生過，這一笑，從一個九歲女孩的臉上流露而出，看起來有些令人毛骨悚然。

但何衙司畢竟是個老謀深算的人了，什麼樣的事情於他而言都是司空見慣，倒也見怪不怪了。

於是微笑著點了點頭，隨後瞥了黑衣人一眼，輕斥道：「還不向少族長謝罪？」

黑衣人聽了，把蒙面扯下，忍著腿上的疼痛，半跪著，恭恭敬敬道：「剛才多有得罪，請少族長恕罪。」

男人看起來中年了，剛剛雲裳下手的力道不小，他這會兒疼得面色猙獰，卻什麼都不敢說，在何衙司面前，他很是乖巧恭敬。

傷口沒有來得及處理，血很快就把他的褲腳弄濕了一大片，雲裳看了眼，便收回目光，淡淡道：「起來吧，記得處理下傷口。」

「謝過少族長。」男人說完這話，緩緩起身，意味深長的打量著雲裳，他的眼眸中沒有惱怒，只有讚賞。「今日一見，少族長讓我刮目相看。」

聰慧，身手靈敏，最重要的是狠。難怪何衙司會高看她，確實有過人之處。

待男人走了，雲裳靜靜看向何衙司，她沒有開口，似乎在等待一個合理的解釋。但何衙司沒有解釋，目光幽深的看著她，只道：「跟我來吧。」

雲裳跟著何徜司出門，看見玉奴和忠信安好，鬆了口氣。何徜司只讓她一人跟著，兩人走了一會兒，就到了密林深處，那兒有個木屋，進了屋，有個小密道一直往下。密道盡頭是一個鑿開的大石洞，像個大石坑。上頭用木頭圍成柵欄，往下十多尺，是一塊空地，周圍擺滿了木架，上頭琳琅滿目的擺放著武器。

此時，幾十個身穿紫檀色衣裳的人正揮刀打鬥。

雲裳一面默默打量，一面猜測著這是什麼地方。

何徜司在柵欄邊停下了腳步，俯視著那些人，笑道：「這幾十個人，都是刑捕徜身手最好的殺手。」

聽了這話，雲裳心裡驟然一緊，隱隱猜到了什麼，但她佯裝不懂，一臉無辜。「何爺爺為什麼帶我來這兒？」

何徜司轉頭看她，直接道：「這些人，妳想要嗎？」

雲裳詫異。「他們？」

說著，她轉頭往下看了看，這些人身手敏捷，每個人出手都是直擊對方要害，武功確實不低。

但是她還沒想明白，何徜司這句話的用意，便沈默著沒有作答。

何徜司嗤笑。「方才殺人的時候乾淨俐落，怎麼現在讓妳回答一句話反而不敢了？」

何衙司素來直言直語，這個雲裳是知曉的，她抬起頭，瞧見何衙司眼中的戲謔之色，直喊冤枉。「何爺爺，您這就誤會我了。我哪敢殺人，剛才……」

雲裳支支吾吾的，似是不敢往下說。

何衙司耐心聽著。「說吧。」

「剛才那人咄咄逼人，差點就要了我的命，我不過是為了自保罷了。」雲裳嘆了口氣，拍拍胸脯，似在後怕。「您不知道，他真的把我嚇死了，幸好您來得及時。」

「他叫楊松，是這裡的頭兒。」

雲裳聽了，微微一愣，片刻後，若無其事的笑開。「何爺爺您還真是看得起我，派了個最厲害的試探我的身手。您就不怕他要了我的命嗎？」

楊松剛剛那一齣確實把她嚇得不輕，即便是她拚盡了全力，對打起來也有些力不從心。

「他身手最好，知道如何控制力道，若換成別人，妳才應該擔心。」

雲裳聽了，默默回想著楊松方才的招式，確實真是如此，雖然招招致命，但都故意避開要害，每次都只傷到她的衣角，能做到這個分兒上，不簡單。

「不過妳啊，確實讓我出乎意料。」何衙司微笑道：「小小年紀，身手不錯。」

何止是出乎意料，而是不可置信。本來只是想讓楊松試探一下雲裳的身手，沒想到她的表現和反應竟遠遠超乎他的想像。

在他面前，雲裳哪敢班門弄斧，不好意思道：「不過都是一些花拳繡腿罷了，若不是楊管頭故意讓著我，我哪傷得到他？」

話說著，一道熟悉的聲音傳來。「少族長謙虛了。」

雲裳循聲望去，楊松從柵欄對面走來，他的左腿有些拐，上面綁著紗布，看來傷口已經處理好了。

走到跟前，他先是喚了聲徇司，然後恭恭敬敬朝著雲裳拱手行禮。「少族長，剛剛走得匆忙，忘記自報家門了，我叫楊松。」

一看到他的腿，雲裳就有些心虛。「楊管頭的腿沒事吧？」

楊松抬起頭，笑了笑。「小傷，不礙事。」

他的笑容十分溫和爽朗，讓人看得十分舒服。

楊松再次打量起她來，臉上多了一絲難以言喻的神色。他跟著何徇司出生入死幾十年，死在他手裡的人不計其數，多年在刀口上行走，比普通的殺手還要謹慎許多。

偏偏，被少族長傷了。

雖然覺得不可思議，但他心裡是服氣的。她固然是使了計謀，利用孩童心性讓他放鬆警惕，但最終目的達到了。只要結果令人滿意，任何手段都是好的，這是他在慎徇司多年悟出來的道理。

若少族長是男兒身，不失為一個好殺手。

雲裳坦然迎著楊松的目光，她並不覺得自己做錯了什麼。楊松雖是試探，可事先並沒有亮出身分，又差點害了她，她有權自保。

兩人就這麼對視著，楊松率先挪開目光。「少族長好計謀！」

雲裳客套回應。「承蒙楊管頭手下留情。」

何徜司接話。「確實是留了情的，不過妳把他傷著了，是不是該向人道歉？」

雲裳平和道：「我覺得自己沒有做錯，無須道歉。」

「哦？」

「何爺爺，楊管頭雖是您派來的，可您怎麼知道，他就沒有叛反之心，但凡剛才交手的時候，他動了異心，我就成為他的刀下亡魂了。我傷他，是為了護自己的命，何錯之有？」

聞言，何徜司有些愣住，但雲裳句句在理，他又挑不出一個錯處來。末了，只能在心中暗嘆，此女不愧是他所看中的人。

而楊松在一旁哈哈大笑。「虎父無犬女，族長果然是教女有方啊。」

何徜司若有所思，良久後，回歸正題。「妳聰慧過人，想必不用我提點，就有自己的主意了。剛剛問妳的事情，想好了嗎？」

雲裳聞言靜默不語，暗暗思忖著何徜司的心思，這些殺手都是他的心腹，給了她，就意味著她是刑捕徜的下一任主人了。

可是刑捕徜是何徜司一手壯大的，這些年來，他定然已經培養了不少心腹，想必也不缺能堪大任的人，如今卻想把這個擔子給她。其中緣由，實在讓雲裳納悶。

她小時候雖經常往何銜司家裡跑，但已多年未見，不似過去親暱。阿爹在世時，何銜司尚且不願將刑捕銜讓出來，總不會是老了犯糊塗，將刑捕銜送給她。

何銜司葫蘆裡裝的什麼藥雲裳全然不解，只怕對方是在故意試探。

她雖有意將刑捕銜收為己用，但自知現在的自己還沒有這個能力，不敢妄想。

於是她蹙了下眉頭，難為情道：「想自是想，可何爺爺家裡的寶貝，我都拿得差不多了，總不能任性得連刑捕銜都拿了吧？」

何銜司摸了摸下巴，似笑非笑道：「這世上，還有妳不敢拿的東西嗎？」

「奪人所愛不是君子所為。」

何銜司好像對雲裳的話十分滿意，笑容更盛。「刑捕銜本就為影石族效力，傳給妳名正言順，何來奪人所愛之說？」

他確實存了私心。

本來人選應該在兩年前就定下的，但是那幾個人，他都不太滿意，見雲裳之前他心裡還在猶疑。原本只是存著個想法，但是楊松這麼打探以後，便落實了。

人老了還膝下無子，總是會喜歡孩子。雲裳是他真誠待過的，加上幾次試探她的表現都讓他訝異。將刑捕銜交給她，不是件壞事。

雲裳腦子快速的轉了轉，笑著答道：「可阿爹曾經告訴我，就算繼任族長之位，也不能拿走刑捕銜，因為刑捕銜是屬於何爺爺的。」

「妳阿爹……」何衙司輕喃一聲，目光微沈，垂下眼簾，許久以後他長嘆一口氣。「當年若不是我執意要走，或許妳爹也不會落得如此境地。刑捕衙，本該就是妳的。」

說完這話，何衙司身上的氣力彷彿被抽走了一大半，疲態盡顯。雲裳從他的話語中聽到了遺憾和懊悔，她也跟著低下頭，斟酌著何衙司的話。

許是知道她一時半會兒難以拿定主意，何衙司也不急，只鄭重其事道：「我是有意讓妳接管刑捕衙，但想拿走掌控權可不容易。只有通過我的測試，刑捕衙才會為妳所用。」

「測試？」雲裳現在還無法明白何衙司的全部意思，仍有些懵懂。

何衙司沒有應答，轉而看向楊松。

楊松會意，答道：「刑捕衙素來的慣例是，身手最好的人才能接管衙司的位置，新任衙司，需得智勇雙全。」

原來如此，她就知道事情沒有這麼簡單。

雲裳順著楊松的話發問。「那接下來，我該怎麼做？」

楊松溫和笑道：「若少族長想明白了，就得過來這兒，跟他們一起訓練。」

雲裳仔細瞧了瞧，正在訓練的這些人年紀不太相同，有些老成持重，而有些還是幼童。而刑捕衙是出了名的嚴格，進入裡面的人就算好手好腳出去，也得脫好幾層皮。

她應該要嗎？

雲裳正躺在軟榻上翻書，玉奴從門外走進，呈上一份請帖。「小姐，這是許府送來的帖子，說後日是許小姐的及笄禮，邀請您和顧公子前去觀禮。」

雲裳把書放下，奇道：「許小姐不是在半個月前就及笄了嗎？」

「奴婢問過許府下人，說是許小姐身子骨不好，去莊子裡養病，及笄禮就拖著，沒有舉辦。」玉奴平靜道：「後日應該是補辦。」

雲裳頷首。「妳明日去準備兩份禮物，還有，等會兒去通知顧公子一聲。」

說完，她把剛看到的那一頁紙摺起來，把書合上。「顧公子現在何處？」

「去了袁秀才的茶鋪。」

雲裳似乎一點也不驚訝，平靜的點了點頭。

眼看秋試沒幾日就到了，袁秀才此人是該拉攏了，至少不能讓許縣令利用他。

話到此處，雲裳想起了買茶鋪的事情，於是問道：「袁秀才還是沒有消息嗎？」

「沒有。」玉奴搖了搖頭。「忠信這幾日去看過，說是一切如常，看來袁秀才無意賣茶鋪。」

「那便由他去吧。」她原先是想瞞著顧閆，把袁秀才的事情都打點好，讓他沒有後顧之憂，如今顧閆自個兒都知道誰是絆腳石，依他的才智，定能把一切處理妥當，她就不瞎操心了。

如此想著，雲裳就把此事放下了。

誰知黃昏的時候，忠信突然帶來了消息，說是袁秀才同意賣茶鋪，並邀請她明日到茶鋪一聚，商量具體事宜。

雲裳有些驚訝。「袁秀才怎麼突然間想通了？」

忠信搖頭，表示不知。

能在半天內改變主意，怕是與一人脫不了干係。雲裳收拾一番，去敲了顧閆的屋子門。

顧閆喚她進屋。

雲裳也不廢話，單刀直入：「你今日都跟袁秀才說什麼了？」

顧閆捧著茶杯，語氣溫和。「送了幅字帖，又聊了幾句南丹城的事情，此人有才識，不過可惜了，沒有入仕的想法。」

雲裳知道，這就是他們談話內容的全部了，斟酌了一下後回道：「沒有入仕之心也是好的，至少命是保下了。我們在茶鋪相遇那日，我是去跟他商議買茶鋪的事情的，當時他沒同意，不知為何今日卻鬆口了。」

雲裳說得委婉，顧閆卻是聽明白了。

他沈吟片刻，道：「袁夫人孕吐厲害，吃了不少藥，袁兄如今更是捉襟見肘，想來是這個緣故。」

話到此處，顧閆話鋒一轉：「買下茶鋪，可是為了我？」

雲裳也不否認，笑著回他。「顧公子倒是聰明。不過現在顧公子運籌帷幄，我是派不上用場了。若是袁秀才真的同意轉讓茶鋪，那我就得想著賺錢的事情了，也不知道這會不會是一次虧本的買賣。」

上一世她十分愛美，喜歡打扮，經常買胭脂水粉，而上佳的胭脂都價格不菲，因此她也愛財。在北冥城的時候，她遇到了顧三娘，那是個難得一見的奇女子，兩人志趣相投，合議著開鋪子。

可惜鋪子剛開張沒多久，她就有了身子，把鋪子全權交給顧三娘掌管，後來身子不適，就再也沒有心思了。

想買下袁秀才的茶鋪雖然不是出於本意，但若真能盤下來，她倒想試一試，興許真的能賺上一筆呢。

雲裳兩眼放光，躍躍欲試。

顧闓注視著她，默了一會兒，終是沒忍住。「跟在我身邊，值得嗎？」

雲裳聽清楚了，她回過神來，與顧闓對視了眼，片刻後笑開。「這世間人人都在為自己謀劃，我為自己鋪路無可厚非，顧公子是我最看好的人，因此才把全部身家押在你身上。」話都說到這分兒上了，雲裳也不怕顧闓知曉，把一切都攤開來說。「如今形勢不用我多言，顧公子心裡也跟明鏡似的，有雲家支持，顧公子的路就算不是康莊大道，也是平坦的。而我所求，不過是一個身分罷了。」

雲裳自己也心如明鏡，她和顧闓之間隔著一道鴻溝，若不講清楚，是無法互相信任的。

雲裳的野心，都寫在了臉上。

若是放在從前，顧闉會十分厭惡，可如今他只是默不作聲。亂世之中，沒有什麼東西是能夠輕而易舉獲得的，陰謀、算計是常態，他當年雙手又何嘗不是沾滿了鮮血？污濁之中，誰都不能獨善其身。

謝家，也曾經是他的一枚棋子，不過他將自己最後的真心，都給了那一個女子。

他沒有權利瞧不起眼前的女子，恰恰相反的是，他們是同一類人。

顧闉面無表情道：「距離回到北冥至少還有五年的時間，這期間雲姑娘要走的路十分坎坷，不知雲姑娘可否能承受得住？」

雲裳默然。

顧闉把選擇放在了她面前，回頭和往前走是兩個不同的結局。

她斟酌許久，拿定了主意，緩慢開口。「只要顧公子信任我，雲家和影石族便永遠站在你身後。」

「好。」

顧闉只回了一個字，兩人之間的約定，卻如同一份契約，蓋上了印章。

雲裳去見了袁秀才。

就如同顧闉所說，袁夫人害喜嚴重，吃了許多藥都不見好，沒什麼食慾，一個月下來，整個人消瘦不少，面色蒼白，毫無血色。

兩人的住處便是茶鋪後的竹屋，布局非常簡陋，不過袁秀才愛妻，往家裡塞了補品。

袁秀才是個實誠人，開門見山。「依雲姑娘的意思是，本錢您來出，我出力，賺的銀子五五分帳？」

「嗯。」雲裳點頭。「不過我有個條件，前期茶鋪由我來經營，一切都得聽我的，等盈利以後，再由你掌管。」

雲裳大致翻了下袁秀才的帳本，才有了這個想法的。茶鋪好幾個月都是入不敷出，她既然要往茶鋪裡投錢，和興陽酒樓一較高下，那虧損不能太嚴重。

袁秀才書讀得多，可生意的門道還沒摸清，要是將茶鋪全權交給他，只怕是血本無歸。等茶鋪改建好了，她還得請幾個經驗老到的人過來傳授一些門路。

雲裳提出的並不是什麼過分的要求，袁秀才斟酌一番後，點頭同意。

簡單談了一下關於茶鋪的設想之後，袁秀才直嘆雲裳有經商的頭腦，隨即遲疑著。「我夫人並不喜歡我經商，在她生產之前，得麻煩雲姑娘多操勞茶鋪裡的事情了。」

「袁大哥，嫂子孕吐了多久？」

袁秀才嘆息。「這一個多月特別厲害，大夫也來過了，始終不見好轉。」

「吃得下東西嗎？」雲裳追問。

「吃得，吃的時候也不見吐，不知為何，就是經常吐得厲害。」

那應該不是飲食方面的問題，雲裳稍稍思索，她從前有身子的時候也是這樣，每日都吐得厲害，當時她是因為體質的緣故，過了頭四個月，吐的次數就少了，但還是偶爾難受，大夫說是心情的緣故。

雲裳沈思片刻，道：「可否讓我見見嫂子？」

「這……」袁秀才有些猶豫，不過想起大夫說過，應該要多走動，對胎兒有益，便點頭應下。

袁夫人是個脾性好的，雲裳見著她的時候，她雖然身子不好，卻依然笑臉相迎。

雲裳問她能不能摸摸肚子裡的孩子，袁夫人見她天真爛漫，沒有什麼戒心，讓她上前。

雲裳側耳貼在她肚子上聽了一會兒，閒聊了幾句，袁秀才就去廚房裡弄吃的了。

這麼短暫的聊了一會兒後，雲裳大概也看出了一些端倪，尋得這個空隙，便問道：「嫂子可是不願讓袁大哥經商？」

聽了這話，袁夫人臉上的笑容散去，臉色變了變。

「袁大哥十分疼愛嫂子，我能從他的言語裡聽得出來，他並不想入仕，而是想經商。仕途這條路並不好走，嫂子又何必逼著他往一條死路上走下去。做人最重要的不就是開心嗎？袁大哥為了嫂子犧牲不少，嫂子又何必為難他呢？」

明明長得一副天真爛漫的模樣，說起話來卻像大人般成熟穩重，袁夫人為雲裳的言語驚訝，一時說不出話。

雲裳方想再說上兩句，就見袁秀才來了。「娘子，要不要放點蔥？」
袁夫人點了點頭，袁秀才一臉高興的返回廚房了。
袁夫人坐在椅子上，垂目不知道在想什麼。
雲裳知道她是把自己的話聽了去，但是解鈴還須繫鈴人，他們夫妻倆的事情，旁人只能提點兩句，能不能想通就全靠他們自己了。
於是雲裳不再多言，辭別而去。

轉眼間，就到了許清令的及笄禮。
雲裳換了身粉色的衣服，好好收拾了一番，顧闓還是一貫的素雅。
赴宴的路上，雲裳隨口道：「聽說許清令長得十分水靈，是個小美人。」
顧闓聽了臉上並沒有什麼情緒。
雲裳饒有興致的追問。「你之前見過她嗎？」
聽到此處，顧闓的表情才稍微有些變化，他不急不緩道：「有過幾面之緣。」
「她大概是什麼樣的性子？」
顧闓也不知道，為何雲裳會對別的女子這麼感興趣，然他素來對女子都是一知半解的，便憑著記憶，面無表情道：「溫柔賢淑，通情達理。」
「能得顧公子此等誇讚，可見不是一般女子。」雲裳輕輕笑道，這是她第一次聽到顧闓評價一個女子。

顧闆低下頭，靜默不語。

他對許清令樣貌的記憶已經很模糊了，只記得那個女子曾經冒著生命危險，意圖將他從牢房裡偷偷放出去。他被押送南丹城之前，她還給了他三兩銀子。

兩人各懷心思，很快就到了許府。

來過一次，雲裳已經輕車熟路了，聽聞及笄禮還有半個時辰，就提議到後花園裡逛逛。這一會兒後花園也有別的公子和小姐，婢女並未覺得有什麼不妥，帶著他們過去。走過去的路上，雲裳看到了何府的下人，以為自己看走眼了，便停下腳步，多瞧了瞧。

婢女回頭問道：「雲姑娘怎麼了？」

「何衙司今日也來嗎？」

「何衙司？」婢女微愣，似是沒聽說過這個人，半晌後才如夢初醒回過神來。「雲姑娘說的可是何監軍？奴婢聽說，何監軍以前曾在影石族擔任衙司。」

「監軍？」雲裳訝然，又回首看了何家的下人，卻發現不見蹤影了。

婢女繼續領著他們往前走。「老爺與何監軍偶有來往，大小姐的及笄禮，自也是請了他的。」

雲裳默了默，前些日子的疑惑在這一瞬間變得豁然開朗起來。

她湊到顧闆身邊，低聲問道：「這事你知道嗎？」

顧閆的語氣很淡。「皇上有意拉攏何衙司，原本皇上是想讓他在兵部任職的，被他回絕了。不過他也接受了皇上的好意，先是在宣城任職，後來又到慶城擔任了一年監軍。」

雲裳聽了大吃一驚，這事她一點風聲都沒聽到，難不成當年阿爹與何衙司不和，是因為此事？

何衙司投靠了皇帝，接受了皇帝的招安，難怪這些年杳無音信。

所以……

雲裳心裡突然一震，恍然大悟。何衙司被皇帝招安，他掌管的刑捕衙自是也要追隨他回歸朝廷的，但他並不想把刑捕衙交給別人，於是才挑中了她。

這麼一想，一切就都說得通了。

雲裳再次壓低聲音。「看來這些年，皇帝一直在給影石族施壓，城裡的眼線怕是不少，顧公子可要當心了。」

顧閆還是沒什麼情緒，看起來雲淡風輕。

皇上在影石族安插了眼線，盯著顧家一舉一動的事情他心知肚明，但他也知道，皇上並未對顧家起殺心，至少目前來說是這樣。若真有心要鏟除顧家，他們早就沒命了，遑論後來能回到北冥。

皇上生性多疑，善於布局，顧家不過是他的一枚棋子罷了，只要棋局的輸贏沒有定下，這枚棋子還有用。

顧閆在皇帝的身邊侍奉過幾年，深諳他的脾氣。

雖然年邁多病，但依舊野心勃勃，不願意承認自己老了，更不願意放權。幾個皇子中看起來是二皇子最得寵，太子沒什麼實權，三皇子無心朝政，而六皇子流著顧家的血脈，常年在外，年紀尚小，在皇位之爭中不占優勢。他們幾個，誰都不是皇帝心中的最佳人選。

他們幾個互相殘殺，皇帝睜一隻眼閉一隻眼，做壁上觀。

第二十二章

兩人並肩走，又聊了幾句。

而此時，在不遠處的一處空地上，有個少年看到了顧閆和雲裳。

他停下手，疑惑的打量著他們。「那兩個人是誰啊？」

他身邊的小廝是許府的下人，仔細瞧了瞧，回道：「那個少年叫顧閆，要參加今年的秋試，聽聞還是戴罪之身。」

「戴罪之身？」少年聽到這兒，立即打斷小廝的話，趾高氣揚的不屑道：「清令的及笄禮，怎麼會請這種低賤的人？他有資格觀禮嗎？」

這個少年不是別人，正是侯師爺的獨子，侯鳴，被侯師爺寵慣了，性子十分囂張。

侯師爺與許縣令是同窗，交情十分要好，師爺一職，還是許縣令舉薦的。兩人同時到慶城上任，多年來交情匪淺，侯鳴在許府，就像是在自己家一樣。

小廝尷尬陪笑。「這是老爺的意思，小的也不知道，估摸著是因為雲姑娘的緣故吧，雲姑娘她……」

小廝剛要介紹雲裳的身分，一抬眼，就發現侯鳴走遠了，地上落了一地的飛鏢。

小廝暗叫一聲不妙，這侯少爺是出了名的會惹事，小廝捏著一把冷汗，匆匆忙忙提腳跟了上去。

雲裳正偏頭說著話呢，聽到婢女驚恐萬狀的說：「侯……侯少爺。」

雲裳聞聲轉頭，看見一少年站在橋上，居高臨下，仰著下巴睨他們，一臉囂張與不屑。

他朝著顧閆喊道：「你什麼身分，怎麼進府的？」

小廝終於跟上來了，冷汗涔涔。「侯少爺，這位是雲小姐……」

還未說完，被侯鳴抬手不耐的打斷。「行了行了，本少爺都知道了。你瞎嘮叨什麼？」

侯鳴滿臉不耐，見顧閆不答，怒道：「看什麼看，問的就是你，快點回答小爺的話。」

顧閆不卑不亢，面色淡然。

他記得侯鳴，上一世許清令對他芳心暗許，被侯鳴察覺，而侯鳴屬意許清令，處處為難他。不過按時間推算，那應該是秋試之後的事情，如今兩人算是提前見面了。

不過現下他與許清令還沒見面，也不知道侯鳴的敵意從何而來。

想著過去的事情，顧閆淡淡回道：「許縣令送了請帖。」

侯鳴把他上下打量了一遍，滿臉嫌棄，冷哼道：「就你？」

不知為何，對於顧閆這樣的小白臉長相，侯鳴本能的厭惡。

許清令非常欣賞長相俊俏的儒生，但在他看來，這些人都弱不禁風的，文謅謅，肚子裡除了那些四書五經，就沒什麼東西。偏偏身分還低下，他瞧不起他們。

他對顧閆揚了揚下巴。「你，幫我把那支飛鏢撿回來。」

顧閆神色不改，雙腳也沒有挪動。「飛鏢丟了，讓下人撿回來便是。」

見他不把自己放在眼裡，侯鳴頓時就惱了。「我說你這人怎麼這麼不識趣，知道小爺是誰嗎？」

侯鳴是知道顧閆無權無勢，這才敢目中無人，仗勢欺人。放眼整個慶城，沒有幾個公子哥兒的身分比他高，他就算捉弄人，也沒人敢說他一句不是。

雲裳上前一步，擋住顧閆。「敢問公子是？」

小廝抹了一把虛汗，惶恐應道：「雲小姐，這是侯公子，侯師爺的獨子。」

侯鳴不知道天高地厚，小廝卻是知道的。

影石族的少族長，那可是郡主一般的身分，別說是侯師爺了，就連他們家老爺見了，都要給幾分薄面。

而顧公子，儘管身分不高，但怎麼說也是雲小姐未來的夫婿，兩人都是惹不起的人物。

聽了這話，侯鳴高傲的抬起頭，一副知道我是誰了嗎的模樣。

雲裳掃了他一眼，只覺得這人實在無理，沒什麼好感，便冷冷道：「侯公子在許家後院欺負人，侯師爺知道嗎？」

聽得此話，侯鳴勃然大怒。「怎麼，想找我爹告狀？告訴妳，門兒都沒有。」

雲裳懶得打理他，走在前頭，準備過橋。

侯鳴挪了挪身子，擋在她身前。「喂，我什麼時候說讓你們過去了？」

「讓開！」雲裳的耐性已被磨得差不多了，此時已是在隱忍。

那小廝察言觀色的本事厲害得緊，看見雲裳面色不對，趕緊上前附耳提醒。「侯公子，您身前的這位是影石族的少族長，咱們不能惹事。」

「影石族？」侯鳴愣了愣，待反應過來那是什麼地方後，壓根兒就不把雲裳放在眼裡，依舊氣勢十足。「想要過去也不難，幫我把飛鏢撿起來。」

雲裳正欲發作，有一婢女急匆匆趕來，朝著顧閆彎腰行禮。「顧公子，何監軍和許主事想見您。」

雲裳回首，和顧閆交換了一下神色。

她抬起下巴示意顧閆先走，顧閆看了看侯鳴，想著他也不敢做出什麼太過分的舉動來，就跟著婢女離開了。

如此被無視，侯鳴怒火中燒，抬腳就要往顧閆的身上踢。「你這小子……」

雲裳伸出手，制住他的腳。對於有武功的人來說不管用，但對付侯鳴這樣嬌生慣養的公子來說，十分受用。

侯鳴一隻腳舉在半空中，被緊緊壓制著，動彈不得，他掙扎了好幾下都沒能鬆開，氣得破口大罵。「妳放開。」

「好。」雲裳輕笑一聲，放開了手。

侯鳴沒有準備，身子踉蹌著往後仰，幸好小廝及時接住他。

等侯鳴重新站好，正要發怒，只聽雲裳溫柔道：「若是侯公子喜歡玩飛鏢，不如我來陪公子玩一會兒如何？」

「妳？」這軟聲軟語讓侯鳴的氣消了不少，他挑了挑眉頭，狐疑地打量著她。

他本來是想戲弄一下顧闓的，壓根兒就沒想過要跟一個小女孩玩，不過他也看得出來，雲裳和顧闓是一夥的，有雲裳在，不愁顧闓不回來。

這個點，他正愁沒人陪自己玩呢，許家的下人都膽小如鼠，沒什麼意思。於是他的眼珠子轉了轉，瞬間就產生了一個邪惡的想法。

「那就妳了。」

雲裳餘光掃到岸邊的飛鏢，給玉奴使了一個眼色，玉奴方才還擔憂，如今看見她目光狡黠，瞬間就知道她想給這紈袴一個教訓，一語不發的去把飛鏢撿回來。

侯鳴將她們帶到剛剛玩飛鏢的地方，那兒擺了一張桌子，上面有好幾種形狀的飛鏢，對面立著幾個靶子。

侯鳴讓小廝把靶子撤了，然後隨手拿起桌上的一小塊桂花糕。

「妳，拿著這塊桂花糕，到對面站著。」

雲裳還沒發話，小廝就嚇得先開口制止。「侯公子，使不得。這糕點太小了，一不小心就會出人命的。」

「滾滾滾。」侯鳴一臉不耐的推開他。「再敢多說一句，小爺就讓你去對面站著。」

小廝頓時就慌了，嚇得不敢再出聲，畢竟這真的是侯鳴會做出來的事。

可這玩法終究是太過危險，侯公子平時鬧歸鬧，大小姐的及笄禮上若真的不慎傷了老爺請來的客人，他們也小命難保。

小廝在短暫的猶豫之後，便有了決斷，他硬著頭皮上前。「侯公子，讓小的來吧。」

侯鳴怒喝。「滾一邊去。」

小廝怯怯的退回了遠處，朝著雲裳搖頭。

雲裳對小廝的提醒置若罔聞，她接過侯鳴手中的糕點後，笑意盈盈道：「侯公子想怎麼玩？」

侯鳴對她的乖順十分滿意，語氣和善了不少。「這個簡單，妳把這塊桂花糕舉在頭上，若是我的飛鏢打中了它，妳就可以走了。」

「若是打不中呢？」雲裳反問。

侯鳴聽得十分不耐。「那再另說。」

雲裳看了看手中的糕點，突然心生一計。「這麼玩太無趣了，不如我們來增加點難度如何？」

侯鳴瞬間就來了興致，眉頭輕挑。「哦，妳想怎麼玩？」

「簡單，侯公子眼睛蒙上黑布，憑著直覺擲飛鏢。」

侯鳴聽得眼睛一亮，鼓掌叫好。「妳這小丫頭，出的主意倒是不錯。來人，拿一塊黑布來。」

小廝嚇得直搖頭。「侯公子，不可。」

「讓你去你就去，囉囉嗦嗦的，信不信小爺要了你的狗命。」侯鳴瞪了他一眼，又踹了他一腳。

小廝蹲下身，痛苦得面色扭曲。他不敢忤逆侯鳴，一瘸一拐的去了。

不一會兒，黑布拿來了，侯鳴催促雲裳。「妳趕緊過去站好，玩完這一把，我就要去觀禮了。」

雲裳不緊不慢的走過去。

玉奴拉住她的手，憂心忡忡欲言又止。「小姐……」

「沒事。」雲裳握住她的手，示意她放寬心，用兩人只能聽到的音量道：「妳就在一旁好好看著，看我怎麼收拾這紈袴。」

雲裳胸有成竹，但此事太過冒險，玉奴還是放不下心來。

看見她們拉拉扯扯的，侯鳴沒耐心了。「妳們倆幹麼呢？別浪費小爺的時間。」

雲裳平靜道：「妳去一旁站好。」

隨後，她轉頭，看見侯鳴急不可耐的就要蒙上布，雲裳出聲制止。「且慢。」

侯鳴皺眉看她，有些惱怒。「妳又有什麼事，還玩不玩了？」

「有件事情得先跟侯公子說清楚，若是等會兒侯公子的飛鏢擲錯了地方，我受傷，不會與侯公子計較。但若是侯公子自個兒不小心，傷了自己，那……」

侯鳴擺手打斷她。「行了，別廢話了。妳還是擔心自己吧，我怎麼可能會傷到自己？」

對此，侯鳴還是胸有成竹的。

雲裳也不再多言，按照他指的地方站好，侯鳴迅速蒙上黑布，朝著小廝的方向伸出手。

「給小爺拿兩支飛鏢來。」

「這……」小廝看了看雲裳，又看了看侯鳴，猶豫不決。這兩個小祖宗，一個敢玩，一個願玩，誰出了事，他都擔當不起啊。

「磨蹭什麼呢，拿來。」

侯鳴喝了這麼一聲，嚇得小廝身子哆嗦，見雲裳對他點頭，趕緊就把飛鏢遞給侯鳴了。旁邊的婢女嚇得閉眼，玉奴在一旁搓著雙手，面色焦灼。

侯鳴左右瞄了瞄，似在尋找位置，片刻後，手定住，還沒擲出去，就聽到了一聲響。

侯鳴側耳，疑惑道：「怎麼了？」

雲裳掃了眼地上被嚇得昏迷過去的婢女，淡笑著。「沒什麼，侯公子快扔吧。」

就在話落的瞬間，侯鳴手中的飛鏢朝著雲裳的方向扔了出去。

雲裳鎮定自若，等那飛鏢將要打到自己時，微微側身，飛鏢落在她身後的空地上。雲裳把飛鏢撿起來，手指抵在嘴唇上，做了個噤聲的手勢。

四周靜悄悄的，侯鳴不知道發生了什麼，問道：「怎麼樣，打中了沒？」

話音剛落，他突然嗷嗷大叫，雙手抬起自己的左腿，在原地轉圈，因為眼睛上蒙著布，看不清方向，被一旁的石頭絆倒，又是一聲慘叫。

侯鳴下意識身手摸著左腿上受傷的位置，一碰到飛鏢，整個人觸電般的縮回手，大聲痛呼。

小廝連忙上前扶住他，並把他眼睛上的布扯下來。

雲裳朝他走去，故作驚嘆。「哎呀，侯公子這是怎麼了？」

侯鳴低頭，發現一支飛鏢插在他左腿的肉裡，先是懵了一會兒，回過神的同時又氣又怒的衝她大吼。「是妳！」

雲裳故作驚恐。「侯公子這麼看著我做甚，我可什麼也沒幹，不信你問他們。您自己學藝不精，蒙眼擲鏢傷了自己，怎麼能怪我呢？」

聽到笑聲，侯鳴扭頭，發現是玉奴在捂嘴偷笑，他氣得揚手就要打雲裳。「臭丫頭。」

身子還沒站起來，他就跌了回去，發出殺豬般的吼叫。

雲裳笑盈盈的看著他。「哎呀，侯公子這腿，會不會廢了？」

侯鳴氣得面色漲紅，指著她的手直抖。「妳……」

「侯公子可別冤枉我，我剛剛在那頭站得好好的，什麼都沒做。你們說，是不是？」雲裳掃視著許府的小廝和婢女，眸中閃著寒光，警告之意十分明顯。

玉奴心裡正偷樂著呢，率先回答。「我看到了，是侯公子自己傷了自己。」

她們主僕倆一唱一和，那些下人哪敢說句不是，皆是點頭，口供出奇的一致。
「我們都看到了，是侯公子自己傷了自己。」
見他們如此，侯鳴氣不打一處來。
他氣得要起身揍人，但只要一動，就會扯到傷口，嚇得他立即就不敢再動了，半躺在地上，呵斥道：「都愣著幹什麼，瞎了眼嗎，還不快請大夫過來？」
一婢女聽了，匆匆忙忙離去。
「你……」侯鳴盯著旁邊的小廝，冷冷道：「說，你剛剛都看到了什麼？」
小廝嚇得面無血色，磕磕巴巴。「小的，小的……」
侯鳴心裡窩著火，往他的腦袋上就是一拍。「說！」
小廝被打得眼冒金星，怔了好一會兒才緩過來，目光看著的卻是雲裳的方向，他咬著唇，一字一句道：「小的看到，侯公子自己傷了自己。」
他們都親眼看見，是雲姑娘扔的飛鏢，但此事事關重大，哪個都不好得罪。原本他還猶豫著要偏向誰，侯鳴的那一巴掌，讓他瞬間就有了決斷。
這侯公子不把他們下人當人，他又何必護著他。
侯鳴氣得又揮出手。
小廝吃過一次虧，這次有了準備，他身子往後一躲，侯鳴的拳頭頓時就落了空。
侯鳴算是看明白了，這些人都拿他當猴耍，氣得眉毛倒豎，咬牙切齒。「好啊，你們，全都給我記著。」

看見侯嗚這模樣，小廝面上誠惶誠恐，心裡卻是幸災樂禍。總算有人替他們收拾這紈袴了。

雲裳站在一旁，觀察侯嗚的醜態，笑而不語。

很快，大夫來了，跟隨而來的，還有許夫人身邊的貼身婢女。

聽說侯嗚受傷的時候，她已是十分吃驚，如今看見飛鏢還在侯嗚的腿上，驚上加驚。

「這、這是怎麼回事？」

雲裳氣定神閒道：「侯公子鬧著要玩飛鏢，奈何學藝不精，傷到了自己。」

婢女聽了，趕緊讓大夫幫侯嗚把飛鏢取下。顧不得細想這裡發生的事情，她走到雲裳面前。「大小姐的及笄禮就要開始了，夫人請雲姑娘過去。」

一聽及笄禮到了，侯嗚急著又要起身。「清令妹妹梳妝好了？」

飛鏢取了一半，他這一動，反而陷得更深了。

侯嗚的慘叫聲把大夫都嚇了一跳，連忙壓住他亂動的腿。「再動，你的腿就廢了。」

一聽這話，侯嗚瞬間呆住，不敢再動了。

痛是實實在在的，侯嗚哪裡吃過這樣的苦頭，擰眉強忍著痛楚，緊張道：「我這腿，會廢嗎？」

「你再亂動，說不定就真的廢了。」大夫見他不配合，故意嚇他，說他大驚小怪。

大夫都這麼說了，侯鳴哪裡還有剛剛囂張的氣焰，哭喪著臉。「我這腿，你可得幫我治好。」

大夫平靜的處理傷口，沒有理會。

雲裳睨了睨侯鳴，出聲嚇唬。「侯公子這腿，若是不好好養著，只怕過幾日你就會變成瘸子了。你現在身負重傷，清令姊姊的及笄禮，還是不要出面了，以免嚇到其他賓客。」

這話是對著侯鳴說的，卻也提醒了許夫人的貼身婢女。

她看了看侯鳴，確實也覺得他這模樣不便出席及笄禮。侯鳴向來口無遮攔，這樣帶傷出去了，怕是會讓整個宴席雞犬不寧。此外，他在許府受的傷，說出去對許府的名聲不好。

這麼想著，婢女很快就有了主意，她吩咐其他下人。「你們幾個，帶侯公子去客房療傷歇息。」

說完轉向侯鳴，溫和道：「侯公子，您這傷勢要緊，大小姐的及笄禮，您還是不要出面了。」

這婢女的話就是許夫人的命令，那些下人自然言聽計從，不容侯鳴極力反駁，把人帶下去了。

鬧劇結束，雲裳跟著婢女去了前廳。

婢女態度恭敬，語氣溫和的對雲裳說：「侯公子從小驕縱慣了，不知輕重，若是哪兒衝撞了雲姑娘，還望雲姑娘不要跟他一般見識。」

婢女是個聰穎的，雖不知事情全貌，但也能猜出個大概。雲裳和侯鳴同在後院，此事與雲裳是脫不了干係的。

但侯鳴的脾性許府上下心知肚明，因為許縣令沒有兒子，又與侯師爺交好，平日裡就把他當作兒子看待。侯鳴自己是個不爭氣的，沒少惹是生非，此次受傷，肯定是他先招惹了雲裳。

無論如何，都是侯家和許家理虧。

雲裳聞言，大抵也知道婢女的意思，笑道：「姊姊多慮了，我這人啊，向來明事理，不會跟侯公子一般見識的。」

侯鳴這種驕奢公子，從小錦衣玉食慣了，別說學武功了，身子軟得就像爛泥似的。雲裳就是捏準了這一點，才陪他胡鬧，順勢懲罰他的不知好歹。

他惹事在先，即便自己毫髮無損，受傷的是侯鳴，侯師爺想要理論，也無計可施。侯師爺在許縣令身邊待了這麼多年，若因為此事對她懷恨在心想報復，那真真就是愚蠢到家了。

婢女也不好再說什麼，引著雲裳徑直往前廳去。

另一邊，顧闓剛與許主事、何徜司見過面，心裡念著雲裳，問了許府的下人，聽說雲裳已經往前廳去了，便讓小廝帶路去前廳。

路上，他遠遠的看見了一抹明媚的身影走在前頭，幾個婢女簇擁著一個身穿朱紅色錦邊襦裙的少女，頭戴珠冠，走起路來搖曳生姿。

只是匆匆一眼，顧閆的腳步下意識就慢了下來，他瞥了瞥不遠處的湖面，若有所思。

前面走著的不是別人，正是許家大小姐，許清令。

上一世，他與許清令有交集，就是因為今日所發生的事情。

許清令前往及笄禮的路上，她生母留下的遺物不小心掉入草叢，尋找的時候腳底一滑，落水了。

當時他顧不得多想，急匆匆跳下救人。

自那以後，許清令私底下與他見了幾次，贈物表達對他的感激之情，她也識字，偶爾會與他探討詩詞，一來二去，少女的心思漸漸顯露。

若非他被放逐，兩人從此可能再也見不著，她也不會鼓起勇氣，說了那些話。

「顧公子是清令見過最好的男子，可惜此生無緣了。願公子這一生平安順遂。」

她的眼神那般炙熱，說話的時候臉色泛紅，心思難以隱藏，贈予他銀子之時，眸光黯然無色。

他對許清令並無男女之情，雖明白她的意思，只是他一心撲在仕途上，無意於她，更給不了承諾，除了一句感激的話，什麼也沒留給她。

在他入獄以後，許清令曾經不惜與許縣令反目成仇，只為救他一命，這恩情他是記住了的。他一生都覺得曾經辜負和心懷愧疚的女子，便是許清令了。

如此再來一次，便不能再重蹈覆轍了。

念此，顧閆走得極慢。

小廝一眼就認出許清令，想著男女授受不親，顧閆在後院和許清令單獨見面於禮不合，也跟著放緩了步子。

小廝走在跟前，半擋住顧閆的身子。「顧公子，前面走著的便是大小姐。男女有別，只能委屈您走慢些了。」

顧閆點頭。

兩人就這樣遠遠的跟在後頭。

忽然，許清令停了下來，她身邊的婢女先是一愣，然後開始低頭尋找。許清令也在焦灼的尋找丟失的東西。

顧閆停了下來。

小廝見他如此知禮，眼睛盯著地面，沒有東張西望，在心中暗暗稱讚。

在附近找不到，許清令和她的婢女折了回來，因為焦灼尋物，並未發現顧閆。

顧閆不慌不忙，就在原地站著等候。

等了好一會兒，見她們還在原地著急的找，顧閆抬頭一望，正巧發現有條蛇從草叢裡鑽出來，不過眨眼功夫，就盤在柱子上，對著許清令的後背吐芯子。

許清令彎著腰，並未發覺危險，身子還往後退。

眼看許清令就要貼到柱子上了，顧閆遲疑須臾，蹙眉喊了一聲。「小心，後面有蛇。」

婢女聞言抬頭，正好看到蛇，嚇得尖叫，踉蹌著後退。

其他婢女聽到聲音，紛紛停下手。

所有人的目光不約而同的看向許清令的身後，皆為之色變。

有個婢女眼疾手快，拉開許清令。

「小姐小心。」

「嗖」的一下，蛇掉入草叢，跑了。

婢女們驚慌失措了一陣，許清令在轉身的時候，剛好看見蛇往草叢去了，被嚇得不輕，緩了好一會兒，突然想起剛才有個男人的聲音。

她下意識往顧閆的方向望過去。

既已見面，不打聲招呼於禮不合，顧閆猶豫片刻，抬腳緩緩走過去，語氣不鹹不淡。「方才有冒失之處，還望許小姐見諒。」

許清令愣愣地看著他，似在疑惑他的身分。

小廝猛然反應過來，解釋道：「大小姐，這位是顧閆公子，是老爺請來觀禮的賓客。」

女子的及笄禮是人生大事，一般邀請的都是族中德高望重的長輩，以及少許身家清白和地位尊貴的人。

許家的親戚許清令大多是見過的，顧閆的臉卻十分陌生，她大致猜測了下，應該是某位尊客帶來觀禮的公子。

她這會兒已經緩過神來，整了整儀表，溫柔的開口。「見過顧公子。」頗有大家閨秀的模樣。

顧閆禮貌的回以一禮。因是同齡，許清令也不敢隨意打量他，說話的時候有意挪開目光。「多謝顧公子救命之恩。」

顧閆依舊面無表情。「言重了。」

一旁的婢女提醒道：「小姐，丟失的物件等及笄禮結束了再回來找吧，錯過了吉時不吉利。」

聽了這話，顧閆說了句告辭，就先行離去了。

許清令望著他匆忙離去的背影，疑惑道：「怎麼不曾聽說過，父親有顧姓的舊識。」

顧閆來過許府一次，有婢女見過，只是覺得這人與許府毫無關係，更是與許清令沒什麼相干的地方，便沒有告訴她。

如今她問出口，一婢女就應道：「聽說顧公子是從影石城來的，其餘的，奴婢就不知道了。」

許清令並未多想，收回目光，沒再追問下去，吩咐兩個下人留下來繼續尋找，帶著其他人趕往家廟。

「賓客們都到齊了嗎？」
婢女應道：「齊了，就等著小姐了。」
許清令點頭。「吩咐其他人機伶點，可別出了岔子。」
婢女應了聲是。

顧閆到前廳東房的時候，大部分賓客已經落坐，雲裳也在那兒坐著了，朝他招手示意。
顧閆若無其事的走到她身邊坐下。
雲裳悄聲問道：「何脩司沒有為難你吧？」
「聊了幾句，都是家常話。」顧閆淡淡回道，方才他們確實只是閒聊了幾句，何脩司問了生辰和讀過的書，便沒有問別的了，至於許主事，只問了下父親的近況。
頓了頓，他又道：「妳呢，怎麼樣了？」
話落的同一時刻，許府的下人又宣讀了最後一位賓客的名字，兩人的交談被打斷，雲裳抬頭看了眼。賓客進門，和其他人簡單打了聲招呼便入座。
與此同時，她看見有個小廝鬼鬼祟祟的湊在侯師爺的耳邊回話，目光定住，不過半刻功夫，侯師爺聽得面色鐵青。
侯夫人面露不解之色，擺手示意下人退下後，侯師爺在她耳邊說了幾句悄悄話，侯夫人聞言色變，急匆匆的跟著下人離開了。

雲裳勾唇，戳了戳顧闓的手臂。「左下方第三個位置坐著的，便是侯師爺。」

顧闓聞聲望過去，正好看見侯夫人匆忙離去的身影。

「他們倆臉色這麼差，你猜猜，剛剛後院發生了什麼。」

顧闓垂目。

看這侯家夫婦的模樣，十有八九是侯嗚出事了。他偏過頭，瞧見雲裳一臉得意的神情，頓時就猜到了一大半，不由得暗暗搖頭。

這侯嗚也是自作自受，雲裳這性子，能有誰在她手裡討到好處？

雲裳又嘀咕了句。「你再猜一猜，及笄禮結束後，侯師爺會不會來找我？」

兩人說著話的功夫，侯師爺又跟一個下人在耳語，目光往他們的方向掃了過來。

顧闓抬起衣袖，小聲道：「侯師爺已經知道了。」

雲裳聽完這話，就覺得有道目光在注視著自己，她本能的往侯師爺的位置望過去。四目相對，侯師爺眸中的寒意散去，臉色一僵。

雲裳若無其事的笑了笑，侯師爺別開了目光，看向別處。

雲裳在心裡腹誹了句，然後繼續悄聲問顧闓。「我是不是結下仇家了？」

顧闓點點頭，面上仍然沒什麼情緒。他是不擔心雲裳的，侯嗚囂張惹事在先，雲裳出手教訓他，並無過錯。

退一步說，和雲家相比，侯家的地位和名望不值一提，若是他們聰明，就應該把這個虧吞進肚子裡，鬧起來，只會得不償失。

他端起茶杯，飲了一口，淡淡道：「侯師爺不是個蠢貨。」

既然不蠢，就不會沒事找事。

賓客到齊以後，許清令的及笄禮就準備開始了，雲裳不再與顧閆私語，安靜看著。及笄儀式持續了半個時辰，禮成後，賓客們開始移往用膳的地方。

晚膳結束，雲裳和顧閆離開。

「雲姑娘，顧公子，請止步。」有人喚了聲，兩人聞聲停下腳步，回首，侯師爺迎面走來。

「雲姑娘。」他先是打了聲招呼，然後直接道：「今日犬子多有得罪，在下在這兒替他賠聲不是，希望雲姑娘寬宏大量，原諒犬子的傲慢。」

雲裳面上掛著笑容，說的話卻毫不留情。「侯師爺言重了，侯公子傲慢無禮，幸好今日衝撞的是我，若是旁人，只怕不會就這麼息事寧人。侯師爺回去後，應該好生管教才是，不然以令公子容易得罪人的秉性，怕是以後性命都難保啊。」

她在侯師爺眼中還是一個孩童，說的話卻有模有樣的，儼然一個長輩教訓小輩的口吻，侯師爺聽著心裡十分不痛快，面色險些掛不住。

他何時被人這麼教訓過？本來是想過來藉著道歉的名義提點一下雲裳，沒想到被先聲奪人，到頭來全都是侯鳴的不是了。

只不過，他也知道是侯鳴不對在先，眼下也不好得罪人，於是忍著不發作，皮笑肉不笑道：「雲姑娘說得是，在下記住了。」

說著，他垂下眼簾，眸中湧著怒氣與不甘。

雖然沒有看清神色，雲裳也約莫猜得出來此刻侯師爺的情緒，輕笑一聲，又叮囑了句，便帶著顧閆離開了。

在她走後，侯師爺抬頭的那一瞬間，眸中彷彿覆著寒霜，盡是冷意。

雲裳感覺如芒在背，但並未回頭。

第二十三章

接下來的兩日，雲裳日子還是過得一樣充實。

茶鋪的事情規劃好以後，雲裳讓忠信找來幾個木匠，開始搭建茶樓，又請了幾個鋪子的掌櫃，討教生意的門道，一切有條不紊的進行著。

空閒的時候，雲裳帶著顧闓親自到許主事府中拜訪，聊表心意。

忙活的時候，何府又送來了消息。

雲裳仔細斟酌一番後，親自去了何府一趟，答應何徺司從明天起開始練武，由楊松負責教她。

此事，她自然是告知了顧闓的。

顧闓聽了面色無波。「雲姑娘的事情，自己拿主意便是。」

雲裳告知他此事，卻不只是讓他知情這麼簡單，她與顧闓交談，從不拐彎抹角，於是直言道：「顧公子要不要考慮讓阿福跟著我學武？」

顧闓聽了神情微動，不解道：「阿福？」

「是啊，你平日裡以讀書為重，學武這種事情就不用想了。接下來的路困難重重，隨時都會有危險，阿福跟在你身邊，就算不能保護你，也要能自保才是。反正平日裡他也沒什麼事情，就讓他跟玉奴一起，陪我練武。」

讓玉奴習武，這是雲裳一開始就想好了的，她在雲府的時候已經有些底子，練武不難，至於為什麼要捎上阿福，也是為了顧闓著想。

習武不僅是為了保護身邊的人，也是為了保護自己。阿福跟在顧闓身邊，絕不能成為累贅。

顧闓低眉思忖。「此事需得阿福自己定奪。」

見他應承，雲裳立即讓玉奴將阿福喚來，阿福聽了，欣然答應。「公子，我願意學武。有武藝在身，以後好保護您。」

兩人從小一起長大，情同手足，顧闓素來尊重他的決定，見他有意，便沒有說什麼。於是練武的事情就這麼定下了。

練武幾日下來，雲裳幾乎是脫了兩層皮，前三日都是忠厚和忠信揹著她回府的，一直到第四日，雙腿才能走路自如。

掌燈時分，玉奴拿藥幫她塗後背的傷口，看著那些觸目驚心的傷痕，非常心疼，不禁埋怨。「小姐，好歹您也是千金之軀，楊管頭怎麼下手這麼重？」

藥滲入血口裡，宛若有螞蟻在爬，癢癢的，緊接著又似尖刀在刮，疼得雲裳眉頭直豎，她緊咬牙床。「楊管頭也是為了我好。」

楊松並沒有因為她是少族長而區別對待，反而對待她比其他人還要嚴厲。一有做得不對的地方，就會按照刑捕衙的規矩揮鞭抽打。

雖然沒有下重手，但她皮膚白嫩，本就容易受傷，加上以前沒有受過這等酷刑，幾天下來，後背留下了一堆傷口，密密麻麻的一片，讓人不忍直視。

雲裳知道，這是何衙司的命令。

她好幾次都想放棄，但一想到刑捕衙的用途，以及今後所面臨的危險，還是咬牙堅持了下來。

上一世若不是她有武功傍身，有好幾次都要命喪黃泉了。如今身邊還有顧閆這個手無縛雞之力的，自是要學好武功，才能護住他們兩個的命。

這點苦頭，並不算什麼。

玉奴和阿福兩個半吊子，是別的管頭教的，因為一個基礎不扎實，一個沒有基礎，接連四日，都是扎馬步、挑水這種重活，幾天下來玉奴腰痠背痛，直不起腰。

她想都能想到雲裳所禁受的苦楚，換在她和阿福身上，怕是半條命都沒了。

塗完了藥，看著雲裳背上的傷痕，玉奴頭皮仍在發麻，眼裡閃爍著淚光。「您以前哪裡受過這些苦，都怪奴婢不好，要是奴婢武功高強，能夠保護小姐，小姐也不用紆尊降貴，去吃這苦頭了。」

「傻丫頭。」雲裳把衣裳拉起來。「去刑捕衙是我心甘情願的，妳若是真心疼我，就把武功練好了，危險關頭的時候護好我。」

玉奴含淚點了點頭，在心裡默默發誓，一定要學好武功。

這日，雲裳早上練完武，楊管頭許是心有愧疚，大發慈悲，讓他們三個回去歇息半天。這幾日的訓練讓雲裳的身子像散了架一般，渾身軟綿綿的，疼痛難忍，走起路來有氣無力的，便沒有說什麼，高高興興的回家了。

睡了半個時辰後，她放心不下茶鋪的事情，讓玉奴在家歇息，帶著忠信過去監工。那些木匠都是城中手藝最好的，手腳靈活，幾天過去，茶樓已經搭好一半了。

雲裳又和袁秀才商量了一下進貨的問題，交談下來，才發現袁秀才對所有茶鋪進購的茶葉瞭若指掌，講起來的時候滔滔不絕，從品種到價格，沒有他不明白的。

雲裳更加篤定，此人在經商上其實頗有頭腦，只是以前銀子限制了他施展手腳。本是想著找人去購買茶葉的，聽了袁秀才一番話，就決定把這件事情交給他。

與此同時，有幾個鬼鬼祟祟的身影，正在暗處觀察著他們。

其中一人不安道：「公子，這樣做可行嗎？」

「廢話。」侯鳴沒好氣道：「待會兒等她出來了，你們兩個就衝出去，把人帶走，動作麻利點，可別讓人看見了。」

他目光凶狠，遙遙望著雲裳，恨不得將雲裳的身子戳出兩個窟窿來。

侯鳴在床上癱了好幾日，腿上的傷才痊癒。起身之後，內心忿忿不平，心裡惡氣難以嚥下，因此第一件事情想的就是如何報仇。

花了兩日的時間，他終於想到了一個周詳的計劃，好不容易等到雲裳單獨來城郊，馬上就帶著下人過來了。

下人唯恐有失，膽顫心驚。「公子，雲姑娘身邊那個，看起來應該是護衛，我們……」

侯鳴抬手，示意他不要再講下去，眼瞧著雲裳一時半會兒還不會過來，轉頭拍了那下人的頭。「混帳東西，就知道長他人志氣滅自己威風。他們就兩個人，我們六個，怕什麼？今日要是有失，回去後，小爺取了你們幾個的狗命。」

那些下人只得噤聲，不敢再勸，幾人就這麼靜靜等待著。

雲裳帶著忠信離開的時候，小聲問他。「有沒有察覺到不對勁？」

在刑捕衙幾日，她的警覺性比之前強了不少。

忠信警惕的望了望四周，仔細聽著周圍的動靜。「有人在跟蹤我們，看模樣，是不怎麼機伶的。」

雖然沒有見到人，但聽著對方不小心暴露出來的動靜，就大致猜得出來對方的情況了。

「小心點。」雲裳壓低聲音，隨後思量著最近發生的事情，好像唯一得罪過的人，就只有侯師爺。

難不成是侯府的人？

雲裳一邊猜測對方的身分，一邊不動聲色地抽出腰間的匕首。她抬起頭，和忠信交換了一下眼色，兩人若無其事的往前走，但腳步刻意放緩，耳朵也豎了起來。

侯嗚屏住呼吸，等他們走近了，雙手一揚，兩個蒙面的下人拿著麻袋，迅速衝了出去。一聽到腳步聲，雲裳和忠信各自退到一邊，那兩人撲了空，準備轉身，背後被人踢了一腳，摔了個四腳朝天。

兩人慘叫了聲，一人剛抬頭，就看見明晃晃的刀抵在下巴上，他嚇得出聲求饒。「大俠饒命。」

另一人看到刀，呼吸都快停住了，抱住頭，也跟著求饒。

他們都是侯家的家丁，只會些花拳繡腿，忠信對付他們，就跟捏死螞蟻一樣簡單。他冷聲道：「誰派你們來的？」

兩個下人直搖頭，不敢說出口。

忠信一腳踩在一人的脖子上，轉了轉手，大刀滑到另一個人的脖頸上，冰冰涼涼的，那小廝嚇得身子僵硬，大氣都不敢出，眼睛緊緊閉著。「大俠饒命啊！」

雲裳搖搖頭，還以為是什麼厲害的角色，沒想到這麼不堪一擊。她蹲下來，舉起地上的麻袋，笑道：「這麻袋，是準備拿來套我的吧？」

下人的頭搖得像個撥浪鼓。

雲裳一把扯下他們兩個臉上的面巾，兩個人臉都嚇白了。

侯嗚躲在草叢後，氣得捶土，暗罵這兩個成事不足敗事有餘的東西。

其他人沒想到，忠信的身手這麼好，縮著脖子瑟瑟發抖。

侯嗚目光從他們臉上掃過，當下就想著一不做二不休，既然被發現了，就更不能放過雲裳了，於是輕喝道：「你們幾個，全都給我上，把人打暈了帶走。」

那些下人縮著脖子，誠惶誠恐。「公子，那護衛身手好……」

話未說完，回應他的是重重的一腳，他疼得彎腰捂住肚子。

雖然心裡忐忑不安，但侯嗚發話，他們不敢不做，戴上面巾，拿起地上的劍，硬著頭皮衝了出去。

聽到聲音，雲裳扭過頭，不等她出手，忠信兩三下就把人全都解決了。五個人在地上翻滾，痛苦哀號，直喊饒命。

雲裳對他豎了根大拇指。

把所有人的蒙面巾扯下後，雲裳在裡面看到了一張熟悉的臉，正是及笄禮那天給侯師爺通風報信的。

她勾唇一笑，想著主謀還沒揪出來，於是抬頭環顧四周，看見不遠處的一簇草叢後有動靜，立即給忠信使眼色。

不過一會兒，忠信提著一個人的衣領，將人扔到她面前。

雲裳故作驚訝。「侯公子，你怎麼在這兒？」

事情敗露，也沒有再偽裝的必要，侯鳴狠狠剜了她一眼，吐了口唾沫。「爺輸了，要殺要剮悉聽尊便。」

「骨頭這麼硬呢。」雲裳蹲下身，匕首抵在他的下巴上，嗤笑。「看不出來啊，侯公子竟不是個貪生怕死的。今日我要是在此地了結了侯公子，應該也沒人會知道吧？」

侯鳴驚恐地看著匕首，艱難的嚥了嚥口水，大聲嚷嚷。「妳敢？妳要是敢動手，我爹一定會殺了妳。」

「唉，此言差矣。侯公子帶人埋伏等我，要是死了，說出去不過是我正當防衛，一時手滑誤殺了你，侯師爺深明大義，不會怪罪我的。話說回來……」雲裳將他上上下下打量了一遍，嘖嘖道：「侯公子今日所為，侯師爺知道嗎？」

侯鳴聽得心裡咯噔直跳，連忙否認。「呸，小爺一人做事一人當，這件事跟我爹一點關係都沒有。」

上次在後院為難雲裳，回去後侯師爺將他痛罵一頓，差點沒把他的腿打斷，還警告他不要再招惹雲裳。

他今日是瞞著侯師爺出來的，他最怕的人就是自己的父親，自是不敢讓侯師爺知道他不聽勸，又偷溜出來惹事。

雲裳一聽，就知道這廝畏懼侯師爺了。

她吩咐忠信把人鬆開，然後語氣和善道：「今日之事，我就當沒有發生過。不過呢，侯公子有意殺我，我也不能就這麼便宜了你。」

雲裳說著話的功夫，匕首在侯鳴的臉上四處滑動，笑咪咪的。

看著雲裳那陰森森的笑容，侯鳴嚇得面色慘白，舌頭都打結了。「妳……妳妳妳，妳別亂來啊！」

「侯公子，得罪了。」一落完這話，林子裡先是寂靜無聲了片刻，隨後，響起了此起彼伏的哀號聲。

雲裳滿意的看著面前的幾個傑作，拍拍手，面帶寒意。「滾吧。」

那幾個人沒想到雲裳就這麼放過他們了，愣了好一會兒，連滾帶爬，拉著侯鳴跑了。

看著他們逃竄的背影，忠信百思不解。「小姐為何要放走他們？」

雲裳狡黠一笑。「侯鳴是侯師爺的愛子，現在還不能動他，給個教訓便夠了，等過段時間，他的用處大著呢。」

本來她還想著顧閆出事的時候，要找什麼對策，現在倒好，侯鳴自己送上門來了，給了她先發制人的機會，不過這個機會，她暫時還不能動用。

忠信還是不明白，不過也不好多嘴，便默聲。

侯鳴躡手躡腳的返回府中的時候，第一件事情就是詢問侯師爺的去處，聽說侯師爺剛從外面回來，就和許縣令在書房裡議事，直到現在都沒出來，也沒問起他的事情，頓時鬆了口氣。

他的傷口已經偷偷在外頭找大夫處理過，回屋換過一身乾淨的衣裳後，回想起雲裳給他的屈辱，心裡還是氣得牙癢癢的。思來想去，還是忍著痛，去了侯師爺的書房。

下人將他攔住。「公子，老爺正和許縣令議事，吩咐過無論是誰，都不能進去打攪。」

侯鳴怒目。「那是別人，我能一樣嗎？」說著，抬腳就往前走。

下人再次將人攔住，面不改色。「公子，老爺吩咐了……」

侯鳴不耐煩的一把推開他，要挾道：「再多嘴，小爺殺了你。」

「公子……」

侯鳴看了看他，不知是想到了什麼，突然變了臉色，笑容滿面道：「我不為難你，我就在門口等阿爹。我有要事跟他商量，你呢，去我的書房幫我拿前幾日寫的書法來。」

小廝蹙眉，十分為難。

「怎麼，你不信我？」

侯鳴這人想做什麼是攔不住的，他素來又深得許縣令和侯師爺寵愛，平日裡也是不打招呼就進屋，侯師爺也沒說什麼，小廝暗暗斟酌了一下利弊，便出門了。

看見小廝走遠了，侯鳴拉著自己的書僮，小跑到窗邊，躡手躡腳的蹲下來。並偷偷伸出手，戳了一下窗紙。

與此同時，屋裡的許縣令開懷地拍了拍侯師爺的肩膀。「那此事，就交給你來辦了。」

侯師爺笑道：「大人放心，此事交給我不會出差錯的。」

話未說完，聽到窗外有動靜，他警覺的轉過頭，喝道：「是誰在那兒？」

聽見他的怒吼聲，侯鳴嚇破了膽子，唯唯諾諾的舉起手。「爹，是我。」

聽到是他，侯師爺微怔，扭頭看了看許縣令，然後蹙眉喝道：「進來。」

須臾後，侯鳴帶著書僮進屋，頭垂得低低的，小心翼翼的喚了聲。「爹……」

「住口！」侯師爺沈著臉怒喝道：「你在窗邊做什麼？」

侯師爺很少動怒，但發起火來十分可怕，侯鳴也知道他的脾氣，聽這口氣，就知道侯師爺這回是真的發怒了。

他嚇得脊背僵直，支支吾吾地回道：「我……我……」

他不敢說。

這兩天總看見許縣令出入侯府，不知道和父親在密談什麼，他實在是控制不住自己的好奇心，才想偷聽牆角的。沒想到被捉了個現行，此時的他是百口莫辯。

「你這不成器的玩意兒，若有下次，我打斷你的腿。」侯師爺怒不可遏的罵完這句，質問他。「什麼時候來的？」

侯鳴弱弱回道：「剛來就被您發現了。」

侯師爺聽了，面色這才緩和了不少，想著他沒有聽到什麼緊要的話，又呵斥了兩句，這才轉頭看向許縣令，一臉歉意。「大人，下官教子無方，還請大人不要怪罪。」

許縣令看了侯鳴一眼，若有所思，臉上看不出是什麼神色，良久後，不緊不慢道：「我記得，今年的秋試鳴兒也要參加的吧？」

「是。」侯師爺應了這話以後，一時還沒反應過來許縣令的用意，又瞪了侯鳴一眼，隨即後知後覺的想到了什麼。「大人的意思是……」

許縣令拍了拍他的肩膀，臉上浮著淡笑。「鳴兒也不小了，有些事情，你也該讓他來做了。」

侯師爺瞬間就頓悟了許縣令的意思，他轉而看向侯鳴，神色複雜，也不知道在想什麼。

回去後，雲裳把城郊的事情告訴顧閆。

顧閆聽了，眉頭一皺。「侯鳴心高氣傲，又心眼小如針，怕是不會善罷甘休。」

雲裳漫不經心道：「這個我心裡有數，不過侯鳴這個棋子我幫你下好了，等許縣令他們出手的時候，你可要利用好，不要辜負了我的一片苦心。」

聞言，顧閆眸底一片幽深。

雲裳走的每一步棋，看似無意，其實早就算計好了，這樣的心機與手段，連他都自愧弗如。

而她所做之事，皆是為了他。

顧閆也不知道該說什麼好，只道：「多謝雲姑娘。」

雲裳突然正色道：「許多事情都已然不同，你覺得這一次，許縣令會怎麼做？」

顧閆沈思半晌，搖頭。「不知。」

侯鳴都有了變故，許縣令的下一步動作更是無法猜透了。

上一世，他雖然處處小心謹慎，但因為人微言輕，被陷害了也無力抵抗，去了南丹城，最後靠著一人，重回北冥。

許多事情都不似從前，他也不知道接下來迎接自己的，會是什麼。

雲裳淡笑道：「那便只能等著秋試之後，才知道了。」

一切，都得等。

阿福來來回回踱步，晃得雲裳眼睛都花了，她出聲制止。「阿福，能不能消停會兒？」

阿福雙手攏著，眉色焦灼道：「雲姑娘，我緊張。」

玉奴聞言笑了。「考試的是顧公子，你緊張什麼？」

阿福急得像熱鍋上的螞蟻。「能不緊張嗎？這場秋試可是關乎公子的人生。」

他這來回走動，看得人心煩意亂的，雲裳無奈的扶額，轉過身去。

玉奴道：「難不成你是怕顧公子考不上？」

「呸呸呸！」阿福終於停了下來，正色道：「烏鴉嘴，我們家公子才識過人，怎麼可能考不上？」

「那你在擔心什麼？」

「我……」阿福啞口無言，嘆了口氣，抓耳撓腮道：「我也不知道啊……」然後轉身繼續盯著秋試考場的大門。

他也不知道自己在擔憂什麼，反正就是心裡緊張。

玉奴懶得理他，轉頭問雲裳。「小姐，我們都在這兒等了半個多時辰了，這秋試怎麼還沒結束？」

「還得再等一會兒。」雲裳說完這話，看著緊閉的大門，不知為何，突然感到一陣不安。

這半個多月以來，她都讓忠厚盯著許縣令，但是他們卻沒有什麼舉動，私底下也沒有跟袁秀才見面。

但從刑捕衙最新收到的訊息來看，北冥的局勢更加混亂了，太子一心想鏟除異己，不會就這麼放過顧家的。也不知道這一次迎接顧閆的會是什麼。

等得久了，雲裳也開始變得焦灼起來。

門外候了幾十個人，全都是等秋試的考生的，每個人都神色緊張，翹首以盼，恨不得能進院子裡一探究竟。

「來了來了，門開了！」不知是誰喊了這麼一聲，頓時人聲鼎沸，一群人湧到院門口。

門口的護衛舉劍攔住他們，大聲喝道：「肅靜！」

雲裳抬頭望去，院門緩緩打開，有考生從裡面走了出來。阿福早就衝到前面，擠在人群裡呼喊顧闓的名字了。

場面開始控制不住，有人跑上去，拉著自家孩子，詢問情況。

雲裳遠遠的站著，鎮定自若。

那些考生有的神采飛揚，有的垂頭喪氣，有的面色平和。

玉奴看著那些開懷大笑的人，不解道：「小姐，還沒到放榜日呢，他們怎麼就高興成這樣了？」

「大抵是覺得自己考得好吧。」雲裳平靜回道。

出來的人越來越多，玉奴也跟著踮起腳尖尋找顧闓的身影。

就這樣等了許久，人都走得差不多了，也沒見到顧闓，玉奴也跟著著急了。「顧公子怎麼還沒出來？」

雲裳默然不語，心裡卻越發不安起來，距離最後一人從裡面走出來已經過了許久，按常理，顧闓就算有事耽擱也應該出來了。

「妳過去問問。」

玉奴得了吩咐，剛提腳過去，就見袁秀才從裡面出來，面色有些難看，抬頭瞧見他們，先是愣了會兒，隨後疾步走到雲裳跟前。

「雲姑娘怎麼也來了？」

雲裳不答反問。「袁大哥可曾見過一個叫顧闓的公子？」

「怎麼，雲姑娘和顧公子認識？」袁秀才訝然，落了這話，他回首看了看，欲言又止，似是難以啟齒。「顧公子他……」

「我家公子怎麼了？」阿福匆匆忙忙跑過來，心急如焚的問。

袁秀才皺眉不語。

雲裳知道他有顧慮，道：「我和顧公子是舊識，有什麼話，袁大哥但說無妨。」

袁秀才這才嘆了口氣，壓低聲音道：「顧公子偷走試題，被考官抓了個正著，押往衙門去了。」

話一出口，阿福立即大聲反駁。「不可能，我家公子不是這種人。你莫要血口噴人！」

「具體情形，我也不知道。」袁秀才搖搖頭。「雲姑娘若想找顧公子，可以到衙門走一趟。」

說著，他又嘆息了聲，也不知道是惋惜和不齒顧闓的行徑，還是不相信顧闓會做出這種事情來。

雲裳想了想，問道：「顧公子偷試題一事，可有證據？」

袁秀才復嘆道：「證據確鑿，抵賴不得。」

雲裳道了聲謝。

告別了袁秀才，三人行色匆匆的去了衙門，沒想到吃了個閉門羹。

阿福急了。「我家公子不是這種人，你們莫要誣陷人！快點開門，我要見我家公子。」說著，就想破門而入。

護衛把他攔住，呵斥道：「沒有縣令的命令，閒雜人等一律不得闖入。若你們再喧譁，就把你們一同押入大牢。」

「你們……」阿福氣得跺腳。

兩個護衛瞪了他一眼，面露警告之色。

阿福回頭，急得快哭了。「雲小姐，您快想想辦法啊！」

雲裳把人拉回來，面色平和道：「先回去，此事從長計議。」

她和顧闓早就料到今日會有事發生，沒想到今世他被安上的會是偷試題的罪名。依袁秀才所說，此次許縣令等人計劃周密，他們不能莽撞行事。

顧闓已有準備，性命暫時無憂。

她得回去把來龍去脈都捋順了，再想法子見顧闓。

「雲小姐……」阿福看了看掩著的大門，猶豫片刻後，終是點頭同意離開。

剛才他是急昏了頭，什麼都顧不上，才在衙門外面跟著那些護衛理論。如今靜心一想，他就想明白了。他堅定不移的相信顧闓沒有偷試題，肯定是有人栽贓嫁禍。

既然是有人嫁禍，那對方肯定是做好了萬全的準備，是得回去好好商量一下對策。

三人剛轉身離開，就聽到有人在身後叫喚。

「是雲姑娘吧？」

雲裳轉過頭，見對方一副小廝打扮，面孔陌生，疑惑地蹙了蹙眉頭。

那人恭敬的自報家門。「小的是跟在許縣令身邊伺候的，許縣令讓小的轉告雲姑娘，此事事關重大，在查清真相之前，不允許任何人面見顧公子，還請雲姑娘諒解。」

雲裳神色淡然。「多謝許縣令的好意，既是如此，還望許大人能查明真相，還顧公子一個清白。」

小廝點頭應是，折身回去了。

雲裳到何府的時候，何銜司閉門不見，只讓下人給了她一張紙條。雲裳打開紙條看了一眼，便帶著玉奴和阿福回去了。

「雲小姐，紙條上都寫了什麼？」阿福心慌意亂的問，雲裳把紙條打開，上面只寫了一個字。

「等？」玉奴小聲讀了出來，一頭霧水。「小姐，何銜司這是什麼意思？」

雲裳卻是看明白了，她把紙條塞進衣袖中，不慌不忙道：「回去再說。」

第二十四章

翌日一早，楊松就送來了消息。

顧閆的試題剛寫到一半，就被侯鳴檢舉他兜裡藏了東西，考官讓他拿出來，一看竟是試題，便差人將他帶出去了。

具體的細節，楊松也不得而知。

雲裳蹙眉。「此事只能問顧閆了。」

楊松道：「許縣令還在審訊，一有新消息，我再派人過來告訴少族長。不過衙司說，他希望此事少族長不要參與其中，否則會受牽連。」

「何爺爺的好意我心領，但顧公子既然和我訂了親，他的事就是我的事，我不能坐視不管。」

做了她幾日的師父，楊松大概也知道她骨子裡的那份倔強，一旦決定的事情，是不會隨意更改的，便沒有再勸，回去覆命了。

連續兩日，雲裳什麼都沒做，只是靜靜的等待消息。

阿福坐不住，焦頭爛額的找人打聽消息，可都無濟於事，衙門裡有關顧閆的風聲，一點都沒吹到外邊。

原本只是想著顧闓被冤枉，如今，阿福確信顧闓是被人陷害了。從小在顧家長大，他深知權貴間的爾虞我詐，更知道此次顧闓是真的身陷囹圄了。

可他別無他法，只能大半夜跑到雲裳屋裡，哀求著。「雲小姐，求您一定要救救我家公子。」他悲哀的哽咽聲中裹著絕望。

雲裳還是那副不慌不忙的模樣。「再等等……」

阿福高聲道：「雲小姐，再等下去，公子的命都沒了。您不知道顧家身分特殊，公子此次被害，絕非您想的那麼簡單。」

「我知道。」雲裳說，不緊不慢的捧著手裡的茶杯。「正因如此，我們才要等。若你信得過我，就聽我的，不要節外生枝。」

阿福抬頭看了看她，見她目光篤定，渾濁的雙眼漸漸恢復清明，朝著雲裳重重的磕了三個響頭。「多謝雲小姐。」

除了雲裳，他也找不到別的人幫忙了。

雲裳叮囑他。「此事莫要告訴顧夫子，插手之人太多，只會為顧公子帶來殺身之禍。」

阿福含淚點頭。

就這樣又等了一天，翌日午時，她派忠厚送到許府的信終於有了回音。但許縣令沒有同意讓她去衙門探望顧闓，而是邀請她到許府一敘。

雲裳前去赴約。

到的時候，許縣令正跟許清令在後花園裡下棋，聽見下人的通報，他轉過頭，淡笑道：「雲姑娘，這是小女清令。」

許清令先前就聽說過她的身分，起身行禮。「見過雲小姐。」

雲裳朝她微微一笑，算打過招呼。這時，許縣令看了一眼石桌上的棋盤，道：「雲姑娘會下棋嗎？」

雲裳莞爾。「會。」

許縣令伸手，做出邀請的姿勢。「小女愚鈍，這棋下了半天還沒下完，不如雲姑娘來幫她下最後幾個棋子？」

雲裳還未回應，許清令就站了起來，退到一旁站著。

雲裳不好推辭，便坐到她的位子上，婢女立即為雲裳倒了一杯新茶。

許清令原先下的是黑子，雲裳簡單掃過桌上的棋局，低頭沈思著。

許縣令也不急，目光落在她身上，十分和藹，似是隨口一問。「雲姑娘今年九歲了？」

「快十歲了。」雲裳一面想著棋該下哪兒一邊應道。

「比清令小六歲。」許縣令笑道：「不過清令沒有雲姑娘這麼好命，從小體弱多病。」

雲裳心裡已經有了決斷，聞聲微微掀起眼簾。「大人說笑了，我還羨慕清令姊姊，父親和母親都健在呢。」

說完，她緩緩拿起一子，落在了棋盤上。

許縣令看著，驚了一下，不過很快面色就恢復如初，撚著手裡的白子，思考著下一步。

許清令站在旁邊看到了雲裳落子的地方，也變了臉色，忍不住打量起雲裳來。

這盤棋在雲裳來之前，已成敗勢，不過許縣令念在她今日沒贏過，一直退讓，這才遲遲沒有下完，但看著大勢已定。

如今雲裳這一子，卻是完全的扭轉乾坤了。

許清令驚嘆雲裳小小年紀棋藝如此之好時，也在琢磨著自家父親把她請到府中的用意。

正在她胡思亂想的時候，許縣令的白子落在了棋盤上，道：「雲姑娘九歲便訂了親，而我這小女，都及笄了，我心裡也沒個如意的人選。」

她和顧闓訂親的事情不是什麼秘聞，因此雲裳也沒覺得許縣令話裡有什麼不妥，神色平靜。

反倒是旁邊的許清令，越發驚訝。

雲裳回頭看了許清令一眼，兩人的目光正好對上。後者一愣，然後快速別開眼，對著許縣令撒嬌道：「阿爹又取笑我，我只想在阿爹身邊伺候一輩子，誰都不嫁。」

聲音軟軟糯糯的，雲裳聽著身子都差點酥了。

許縣令慈愛的看著她。「女兒家大了，哪有不嫁人的。」

許清令嬌羞的望了望雲裳，低下頭。「爹……」

還有外人呢。

許縣令收回目光，無奈笑道：「清令就這性子，雲姑娘莫要取笑她。」

「怎麼會呢，我倒是羨慕姊姊呢，姊姊天生麗質，又溫柔，將來一定能尋得好郎君的，倒是我……」說到這兒，雲裳又落了一子，然後頹然的低下頭，眸子暗了下去。「我這命，是比不上姊姊了。顧公子若是出事，我可就守活寡了。」

說了這麼一會兒話，終於扯到顧闓的身上。

許縣令默聲，拿起一子，斟酌良久，手放了下來。「清令，這個時辰妳母親也該醒了，妳過去看看，她身子好些了沒有。」

許縣令的言外之意不言而喻，許清令是個聰明的，什麼都沒問，默默退了下去。

等她走遠了，許縣令的棋子也沒有落下。「顧公子出身名門大家，本應在仕途上有一番成就的，可惜了……」

他連連嘆息，似在惋惜。

雲裳視線落在他的手上，靜了片刻，直言不諱道：「那大人覺得，顧公子還能有一條明路嗎？」

許縣令瞇起眼睛，神色複雜地望著她。

時至今日，他終於確定，之前的傳聞都是真的，此女年紀雖小，其心智卻不可小看。

雲裳的聰慧和成熟出乎許縣令的意料，他怔了好一會兒才收回思緒，此時臉上笑容全無。「這就得看顧公子要怎麼選了。」

說罷，手中的棋子隨著落下。

雲裳淡淡一笑。「顧公子年紀尚幼，遭遇此事，難免有思慮不周的地方，還得親近之人從旁提醒一番才行。」

許縣令突然岔開話題。「雲姑娘可曾聽說過雀鳥比翼的故事？」

雲裳搖搖頭。「願聞其詳。」

許縣令緩緩開口。「二十年前，北冥城有一紈袴子弟，喜歡養金絲雀，聽聞府裡養了不下百隻，卻不是為了拿來賞玩，而是想看著牠們互相殘殺，這公子以此為樂。有一天，府中下人尋來了一堆金絲雀，公子將牠們分開養著，日日聽著牠們的叫聲，有一日，他嫌牠們聒噪，就將籠子打開，準備將其中一隻封喉。另一隻金絲雀見了，啄了公子的手，公子哥兒一怒之下，折了牠的羽翼。」

頓了頓，許縣令盯著雲裳，接著道：「不過這隻金絲雀的羽翼雖然斷了，卻救了牠們倆的命。因為公子被牠們的癡情感動，將牠們放走了。」

「聽起來是個好故事。」雲裳笑著說。

話剛說完，她手裡的最後一顆黑棋落在棋盤上。

輸贏已定。

許縣令心中震驚，面上卻不顯，盯著棋局瞧。「說起來，雲姑娘和顧公子也有好些天沒見了。在府裡用完午膳以後，過去瞧瞧吧。」

雲裳起身，彎腰對他行了一禮。「多謝大人寬宏。」

許縣令皮笑肉不笑地應了聲，視線落在棋局上，目光越發幽深。

雲裳見到顧闓的時候，他衣裳整齊，端坐在牢房裡，看起來並沒有受苦。但他聽到腳步聲，只是微微抬頭望了眼，對她微微一笑，便繼續垂下眼，身子一動也不動，看起來十分怪異。

雲裳暗叫一聲不妙。

獄卒離開後，她忙小跑進去，蹲在顧闓身前，怒目道：「他們對你用過私刑了？」

雲裳說著，就要扶他起來。

「別動！」顧闓強忍著渾身刺骨的痛，從牙縫中艱難的擠出這兩個字，眉頭也擰成了一團。

雲裳忙不迭的鬆開手。「都傷哪兒了？」

顧闓咬牙道：「腿麻了，先幫我把腿扶正。」

雲裳也不知道他到底傷在哪兒了，但肯定不是小傷，動作十分輕柔，幫顧闓挪雙腿的時候，看到他皺了幾次眉頭。

腿上的麻木感漸漸散去，顧闓的眉頭終於舒展開來。

雲裳見狀，掀開他的衣袖，想要檢查他的傷口。

「沒有外傷。」顧閆皺眉。

北冥城裡有許多不為人知的酷刑，其中一些刑罰，能把人渾身的骨頭都快拆開，但表面上卻看不出什麼重傷的痕跡。

慶城，多的是這樣的酷刑。

「他們竟然想屈打成招。」雲裳沈下臉，聲如寒霜。

顧閆輕笑道：「還撐得住。」

他上一世就受過，最後還是忍下來了，如今只不過是再體會一次罷了。

雲裳也不知道該說什麼，他們已經是處處小心謹慎了，沒想到還是栽了跟頭。

她默了好一陣，方道：「秋試那日究竟發生了何事，你為何會被侯鳴算計？」

顧閆默了默，面色平和，似是在說一件與自己毫無關聯的事情。「試題剛發下來，侯鳴就嚷嚷著那位置不好，要跟我換，考官便讓我換過去了。當時雖察覺到不對勁，但也沒法，過去剛坐了一會兒，就看到了試題，侯鳴先聲奪人，之後的事情，妳也知道了……」

雲裳聽著，心中忿忿不平，但面上還是維持鎮定，細細的分析侯鳴他們合演的這齣戲。

「他們早就串通一氣，無論你做什麼，都會落入他們的圈套。事到如今，也只能認栽了。」

這慶城裡都是許縣令的人，只要顧閆參加秋試，就一定會出事。就算能找出證據證明自己的清白，也是徒勞無益。

沒想到兜兜轉轉，他們的命運還是沒有發生太大的改變。

不過這一世唯一慶幸的是，袁秀才的命還在，少了一條無辜死去的性命。但這也恰恰是最不好的事情，因為殺人罪並不足以讓許縣令他們判處顧閆，畢竟他們的目的是為了打壓顧家。

但是偷試題，就是斷絕了顧閆今後的仕途之路，他此生若沒有機遇，怕是再也無法參加科舉了。

但是，他們就要這麼認了嗎？

「這些人，實在是欺人太甚。那你接下來打算怎麼做？」

「如果沒有意外，我會被放逐到南丹城。」

「南丹？」雲裳低頭喃喃自語。

如果她沒有記錯，南丹城這個地方魚龍混雜，十分危險。未來北狄將入侵，蒼梧國會大敗北狄。

而顧閆，正是憑著那場戰事聲名鵲起，將功補過，不僅擺脫了戴罪之身，還入朝為官。

顧閆臉上沒什麼表情，雲裳見狀，隱隱明白了什麼。「你要去南丹？」

「只有去南丹城，才能回北冥。」顧閆平靜說著，話中是不可置疑的堅決。

南丹城的形勢比影石族還要複雜，那兒的將士有不少人是盜匪、流寇，也有人是被貶謫的朝廷命官。

那兒常年有戰事，凶險萬分，對他來說，卻是最好的去處。

因為在戰事中立下軍功的人，無論之前犯了什麼罪，都可以被赦免。
不入虎穴，焉得虎子。
南丹城，他勢必要去！
只是……
顧闓看向雲裳，眸光迅速暗下去，語氣低沈。「上一世為了讓我去南丹城，父親和母親都在慶城喪生。雲姑娘，這一次，我想保護父親和母親的性命。但是若想幫我換來求生的機會，必須要付出巨大的代價。我……」
他話未說完，就被雲裳打斷。「你不必多說，我知道的。你只管在這兒等我的好消息便是。」
顧闓嘴唇翕動，似有話要說，許久之後只是化為了無聲的嘆息，道盡了滄桑與無奈。
「雲姑娘，謝謝妳。」
說完，他藏在袖子裡的拳頭緊緊握住。
再等幾年，今日參與謀劃此事的所有人，都要落得屍骨無存的下場。
他，得忍下去……
深夜，城中的百姓皆掌燈入睡，一片寂靜時，侯府後院，滅了的燈不知何時亮了起來。
雲裳帶著一群人出現在侯家書房的時候，侯師爺看著跪在地上的侯鳴和家丁，嚇了一大跳。

雲裳在他震驚、不解、恐慌的神色中，淡淡道：「侯公子刺殺我，我今夜是上門來討個公道的。」

侯師爺聽罷，心中一陣驚駭。「我這不肖逆子刺殺雲姑娘？」

侯師爺還沒有弄清楚狀況，低頭望向侯鳴，想要從他那兒尋到答案，但侯鳴此時像個縮頭烏龜，趴在地上，大刀壓在他的脖子上，他根本抬不起頭來。

不可一世的他，在今晚吃盡苦頭，那僅有的一身硬骨，全化成了軟泥。

「爹……」他哭著喊了一聲，想要求救，與此同時，侍衛的刀又往下低了些，嚇得他又不敢說話了。

書房的門敞著，雲裳似乎是光明正大闖進來的，並非偷偷潛入。

看見侯鳴這般，侯師爺心頭思緒萬千，心疼得想要扶起他，可看著這偌大的陣仗，便瞬間把心緒壓下了。此時他心中，更多的是疑惑。

自從那日在秋試讓侯鳴演了那場戲以後，他就派人嚴加看管侯鳴，以免他出去惹事，幾日過去了，侯鳴連家門都未曾踏出一步，更別說是去刺殺雲裳了。

可……雲裳興師動眾，明顯有備而來，此事怕是有蹊蹺。

侯師爺還算鎮定，快速別開目光，蹙眉道：「這幾日逆子未曾出過門，這其中是不是有什麼誤會？」

雲裳擺擺手，示意護衛把刀拿開，護衛們收了刀，站到她身後。

侯鳴立刻爬到侯師爺腿邊，緊緊抱著他的雙腿，哭喊道：「爹，你可要為我作主啊！」

若是放在往常，有侯師爺做依仗，他這時候早就翻臉不認人，派人將雲裳抓起來了。

可剛剛那幕實在嚇人，他現在對雲裳仍是充滿了恐懼，相信她什麼事情都做得出來，除了求饒，就不敢再妄想別的事情了。

侯師爺身子站得筆直，不為所動，目光仍落在雲裳身上未曾挪開。「逆子不懂事，可是他前幾日衝撞了雲姑娘，以至於雲姑娘大半夜興師動眾，上門來問罪？還請雲姑娘明示。」

雲裳把目光從侯鳴身上挪開，緩緩道：「侯師爺，侯公子確實並不是今日刺殺我的，只不過前些日子我忙於其他事情，沒有來得及登門拜訪，告知侯師爺此事。現下有空了，不得不半夜過來打攪您的清靜。」

說罷，她將那日的事情娓娓道來。

侯師爺聽著，面色陰沈。

侯鳴見他沒有什麼動作，開始慌亂了起來，抬頭委屈巴巴的模樣。「爹……」

「你這逆子！」侯師爺臉色終於有了變化，抬起手，重重的落下一巴掌。

侯鳴瞬間就被打懵了，好半晌，不可思議的望著他。「爹，你……」

從小到大，無論他做了什麼錯事，爹就算罰他跪祠堂，也不會親自動手的。

侯師爺深吸一口涼氣，恨鐵不成鋼的剜了他一眼。「住口！」

要不是雲裳在，他現在就恨不得將侯鳴這不成器的給殺了。

近半個月來，他如履薄冰，小心翼翼，就怕出了什麼岔子，壞了大事。誰知道侯鳴不但沒有聽勸，反而惹出了這麼大的禍事，而且事發多時，都沒有將此事告訴他。

侯鳴摸著火辣辣的臉頰，嚇得不敢說話。

雲裳氣定神閒的望著，既不阻攔，也不開口，等待著侯師爺發話。

半刻後，侯師爺穩了穩心神，望著雲裳。「那依雲姑娘的意思是……」

幾日之前的刺殺，雲裳沒有一丁點動靜，偏偏這個時候說出來，絕對是有預謀的。想到這兒，侯師爺又低頭瞪了侯鳴兩眼，差點沒氣暈過去。

傻子都能想得出來雲裳的心思，就只有這逆子，腦子進水，居然隻字不提。但凡侯鳴告知他一二，也不至於鬧到這一步。

侯師爺也不知道雲裳到底想做什麼，只能等她開口，再採取下一步的行動。

侯鳴縮著脖子抽噎。

他也想不明白，明明那日雲裳已經教訓了他一頓，也把他給放了，但是今日卻要翻出舊帳，讓他受罪。想到這兒，侯鳴忿忿的咬了咬舌頭。

雲裳輕笑道：「侯師爺就不問證據嗎，也不怕我冤枉了侯公子？」

侯師爺聽到這兒，臉色僵了僵。

他何嘗沒有想過，只是侯鳴確實就是那樣的性子，不知輕重，胡作非為，什麼事都做得出來。動靜鬧得這麼大，如果侯鳴問心無愧，早就嚷嚷著冤枉了，他對自家兒子的心性還是心裡有數的。

他現在擔心的，只有雲裳今夜上門的目的。

侯師爺抽開腿，陪笑道：「下官教子無方，時常惹事，雲姑娘既然這麼說了，便是真的有此事。還望雲姑娘指點一二。」

雲裳心裡暗暗稱讚了一聲聰明，不緊不慢道：「我從不冤枉人。當日侯公子派人刺殺我被活逮，我派人在他們的身上刻了字，又塗了藥，字無法抹除，侯師爺可以看一下侯公子腿上的傷口。至於今日我來這兒……」

說到這兒，雲裳突然沈默，似笑非笑的盯著侯師爺。

聽到這兒，侯師爺的眉頭已經擰成了一團。刺字……難怪敢找上門來。

事已至此，侯師爺也無可奈何，他低下頭，怒喝道：「把褲腿捲起來！」

侯鳴嚇得身子一哆嗦。「爹……」

「脫！」侯師爺忍著怒氣，不容置喙。

侯鳴又驚又怕，不情不願的掀開褲腿，一個醒目的「雲」字映入眼簾，侯師爺眸中怒意洶湧。

又是一記響亮的耳光，絲毫沒有留情。

侯鳴本就受了傷，身子骨又弱，接了這耳光以後，摔在地上。

雲裳解釋道：「這雲字是我影石族獨有的印記，專門對付那些不識相的賊人的。」

侯師爺深吸一口氣，待心情平復一些後，抬起眼，對上了雲裳噙笑的目光，心下一涼。

此時此刻，他全然猜不透雲裳的心思，被她盯得頭皮發麻，身子僵直，不由得緊張了起來。「下官自知教子無方，還請雲姑娘明示。」

他深知，雲裳找上門，並不只是為了教訓侯鳴這麼簡單。

「很簡單。」雲裳也不再拐彎抹角，莞爾一笑道：「侯公子做了錯事，就要承擔後果。按我們影石族的族例，侯公子以命抵消他的罪過。」

此話一出，侯師爺瞠目。

而侯鳴，已經驚嚇得瞳孔睜大，大叫道：「妳又沒有受傷，憑什麼要取我的性命？」

「侯公子的命金貴，我自是不能說取就取。不過啊，侯府裡得用能抵得上侯公子的命，且對我有用處的東西來交換才行。」

聽到這兒，侯師爺心裡一咯噔。「雲姑娘想要什麼？」

雲裳抬起手，侍衛立馬遞上一張紙，她舉在侯師爺面前。「如何抉擇，就看侯師爺的意思了。你應該不知道，被雲家刺字的人，是千萬抵賴不得的，我影石族人性子最是暴虐，尤其是我。敢傷我的人，無論天涯海角，都逃不了。」

侯師爺看著那紙上的字，瞠目結舌。

果然，竟是為了這個。

他看著雲裳身後的護衛，身子頓時軟了。他也見過許縣令養的幾個刺客，自然知道殺手功夫的高低，這些人，渾身都是殺意。

他相信，只要雲裳一聲令下，侯家根本沒有招架之力。

「侯師爺，明日午時前，若是沒有得到答覆，侯公子的項上人頭，我就派人來取了。」說完這話，雲裳帶人揚長而去。

侯師爺面色頹敗，摔坐在地。

兩日後，一輛囚車被押送出城，怪異的是，後面有一輛馬車跟著，這鮮明的對比，引來百姓們的注目，議論紛紛。

有人說：「聽說了嗎？囚車裡的人偷了秋試試題，要流放到邊關呢。」

其他人看著囚車裡身姿挺拔，面容俊雅的顧閆，那是猶如明月一般的人物，就算坐在囚車裡，也掩蓋不住他的光芒，看著的人不禁晃了神。

有人不可置信。「不可能吧，偷試題多大的罪啊，這位公子，看起來不是這種人。」

他們雖然不是讀書人，可也知道，偷試題可是大罪，基本上一生都與仕途無緣了。

有人哀嘆惋惜。「可惜了。」多俊俏的公子啊，沒想到卻是個心思不正的。

又有人問：「後面怎麼有馬車跟著？」

有人搖頭。「不知道。」

於是紛紛議論起這樁怪異的事情來。

那些話雲裳全都聽到了，她抬眼看著囚車裡的顧闓，只見他面不改色。

「恨嗎？」雲裳問他。

顧闓目光掠過人群，最後停駐在雲裳的臉上，他雲淡風輕的笑了。「意料之中的事情，又何必放在心上。」

不過是把前世的路又重新走一遍罷了。只不過那時，他並不像現在這般坦然，而是惶惶不安，絕望的等待著死亡的到來。

因為他有預感，自己根本就到不了南丹城。城外必定有一批人在等他，都是等著取他性命的。

而如今，他手中有了籌碼，那些人，奈何不了他了。

第二十五章

雲裳今日穿的是男裝，玉奴也是，因為男裝做事方便些。後面的馬車是為她準備的，但她執意要下來陪顧閆走這一路。

其實她自己也說不清楚這是為什麼。

她聽著從人群裡傳來的交談聲，偏頭看了顧閆一眼，他神情淡然，沒什麼情緒。顧閆的表情，向來是沒什麼太大變化的。

雲裳又抬頭看了一眼囚車，這個街道還是記憶中的模樣。於是她恍惚想起了一個烈日的午後，有個人也是這樣坐在囚車裡，只是當時他滿身傷痕，狼狽不堪，已看不出人樣。

那人神情空洞，唯有見到她的時候，才湧現出一抹亮光，他對她笑道：「雲姑娘，能否陪我走一段路，一會兒便好。」

他的笑容是那樣的無助，摻雜著絕望。

她於心不忍，猶豫良久，都沒說出一個「好」字，就這樣望著他遠走。然後，人群一片混亂，他的身上千瘡百孔，可仍然對著她笑。

直到閉眼，他嘴邊的笑容也沒消失過。

直到現在，回想起那個笑容，已經很模糊了，但是她始終還記得他的話。

「雲姑娘，能否陪我走一段路，一會兒便好。」

就那一會兒，他最後的一點期盼，她都沒能給他。

他是為她而死的。若問她後悔嗎？大抵是有一些的，可更多的是愧疚。她直到死前，也沒弄明白自己對那人的心意究竟是什麼，可她卻深知，他確實是這世上對她最好的人，就如同他所說的，為了她赴湯蹈火，在所不辭。

好像那一日，他穿的衣裳跟顧闓一模一樣吧，她已經記不清了。但偶爾回想起來，就會想著，如果那一日她陪他走完那一段路，該有多好。

不至於讓他死而有憾。

囚車一路向東行駛，一炷香後，雲裳有些疲憊，回了馬車坐著。

一路上，那些官差沈默不語，走得也不快，半日過後，他們吩咐原地歇息一會兒。

「雲姑娘，我們幾個去旁邊解手。讓您跟著囚車，已是許大人破例了，您可別做出什麼事來。」叮囑完這話，押送顧闓的三個官差就走了，只剩一個戒護。

那個官差坐了一會兒，起身看了看顧闓又看了看雲裳，淺笑道：「小的口渴了，想去這附近找找水，雲姑娘可要喝水？」

「不用了。」雲裳出口回絕，目送他離開後，莫名覺得這林子出奇的安靜。

寂靜得詭異。

坐著。

她心裡湧出一股不祥的預感，和忠信、玉奴他們交換了一下眼色之後，便圍在囚車周圍

「小姐小心！」忠信的聲音劃破了林中的安靜，雲裳剛一抬眼，就看見了落在地上的一枝箭。

也就是這一瞬間，箭密密麻麻的，從四面八方而來。雲裳拿起刀，努力躲過箭的攻擊。也就是這個時候，周圍突然衝出一群黑衣人，雲裳根本來不及多想，就看見另一批黑衣人不知從哪兒冒出來，與他們打鬥在一起。

她也拿起刀跟人打了起來，因為身姿有點嬌小，好幾次差點被傷到，幸好忠厚及時幫她擋下。

打了一會兒，雲裳大致瞧出來了，這些人不僅是衝著顧闓來的，目標還有她，出招狠厲。

對方人很多，打了一會兒，雲裳就感覺力不從心。

纏鬥了好一會兒，有人打開了囚車的門，同雲裳道：「小姐，妳帶著顧公子先走，我們斷後。」

話剛說完，另一人駕著馬車衝到她面前。「小姐，您先離開。」

聽了此話，雲裳毫不猶豫的上了馬車，很快，顧闓被帶過來了。在眾人的掩護下，忠信駕馬離開。

雲裳掀開車簾往後看了一眼，等回過頭來，就看見摘下蒙面巾的楊松坐在馬車裡，沈聲稟報。「少族長，是許縣令派來的殺手，您和顧公子儘快離開此地，等到了曲蘭鎮，會有人接應你們。」

雲裳並不意外，點了點頭。「辛苦楊管頭了。」

顧闓已經告訴過她了，在出城以後，許縣令會派人殺人滅口。明面上許縣令雖是恕了顧闓的死罪，將他流放到南丹，但從一開始，他們就沒打算留下顧闓的性命。

幸好，她也留了後手。

楊松又道：「我會將少族長成功護送到南丹。」說罷，他轉身，坐在忠信身邊。

雲裳瞧了一眼馬車上的阿福和玉奴，見他們無事，這才轉頭看向顧闓。「我給你的藥，用過了嗎？」

就在這時，顧闓的目光也望了過來，落在她身上。「用過了。雲姑娘用了什麼籌碼與許縣令換了我的命？」

雲裳靜了靜，隨即眉眼一彎。「一半的兵權，算上顧老太爺的命，顧公子總共欠了我兩個人情。你說，這什麼時候才能還啊？」

顧闓一怔，震驚之色從眼底一閃而過。

他知道，自己的命不是一般的值錢。因為上一世，許縣令背後的人就沒打算留下他，判了他死刑，父親和母親聞訊趕到慶城，哀求許主事留下他的命。

他不知道父親用什麼和許主事做了交易，最後他被判了流放，然而在去南丹城的途中，許縣令暗中派出殺手刺殺他，在許主事的保護下，他雖然僥倖躲過了一命，但也身負重傷。

也許是上天眷顧他，覺得他命不該絕，派來了謝鶯。傷勢痊癒後，他聽說了父母親的噩耗，但預想中的悲痛並沒有持續多久，因為他毅然決然的去了南丹城。

然而南丹城是另一個地獄，他好幾次都差點丟了性命，他在南丹如履薄冰，一次機緣巧合下救了衡王，多次獻計，幫助衡王贏得了戰事。戰事結束，他被召回北冥，擔任文官。

這也是今世他明知南丹城危險重重，卻仍然還是選擇這條路的原因。

殺令既然已下，只有去南丹城，他才能苟且偷生。也只有那兒，才能讓整個顧家將功折過，洗清冤屈。

過幾年，戰事紛起，蒼梧國庫空虛，多次落敗，亂世出英雄，而他顧閆，屆時將會是南丹的主。

沒人，能再動他。

但是雲裳用影石族一半的兵權，換取他的性命，是他從來沒有想到過的。這個女子，對他的付出似乎多了些。

就只是為了宰相夫人的位置嗎？

顧閆不明白。

他的眸中有些迷茫和困惑。他顧閆的命，真的這麼重要嗎？

雲裳迎著他探究的目光，掏出一塊玉器，一邊仔細端詳一邊道：「顧公子不用覺得有負擔，我所做之事，不只是為了你。」

誠然，她目指宰相夫人的位置，目前對顧閆其實並無男女情愫，遑論情深意重到必須用整個族人的命為他做賭注。

她明明可以不用跟著他去南丹受罪的，只要派人保護他就行，可是她還是毫不猶豫的來了。

因為她要去那兒找一個人——衡王。

「雲裳姑娘去南丹，所為何事？」顧閆問，目光未曾離開她臉上。

雲裳沒有應，她仔細瞧了瞧手中的兵符，這是從侯師爺那兒拿來的。侯師爺深得許縣令信任，慶城的兵符就是由他保管，而非監軍。

她提前讓人打探好了消息，才敢冒險與許縣令交易。

她以侯鳴性命要挾，拿到了慶城的兵符。過不了幾日，她交出去的那個兵符就會回到影石族中。

「我去南丹有自己的事情要做。」雲裳把兵符收起來。「我所做之事不會妨礙到顧公子以後的仕途，所以顧公子不用擔心。」

人人都說，父親和母親是遵循族令跳火身亡的，上一世在懷孕前，她也是這麼認為的。直到有一次，她腦袋迷迷糊糊的，不知怎的就去了穆司逸的書房，不小心翻到一份密封的文書，才恍然大悟。

父親執掌影石族多年，許多族令早就廢除了，在族中威望頗高，又怎麼會甘心跳火。一切，不過是為了救她和族人罷了。

影石族雖附庸於蒼梧，可一直不得皇帝信任，戰事連連，皇帝有意將影石族磨成自己手中的一把利劍，但又忌憚影石族會反。

於是，有人向皇帝獻策，用計除去當時的影石族族長，於是父親和母親不得已而為之，跳火而亡，用自己的性命換來了她和影石族的平安。

皇帝留著她，是為了堵住悠悠眾口，畢竟幼女是掌控不了影石族的。

而後來，影石族的價值用完了，也就被丟棄在一旁，不然穆司逸怎麼敢如此對她。

可惜當時她知道真相的時候，日日心神混沌，已經沒有心力去復仇了。

重來一次，她要找到這一切的始作俑者，衡王。

他如今是南丹守將，她要去南丹城，取走此人的頭顱，為父母親報仇雪恨。亂局之中，就算是將領身亡，也是情理之中的事情，沒人會懷疑。

顧閆默了默，沒再問下去，只道：「雲姑娘的恩情，顧閆銘記於心。」

他知道，雲裳去南丹有所圖謀，但這又如何，他們都是各取所需罷了，重要的是，她救下了父親和母親的性命，這便夠了。

剛說完話，顧閆胸口一陣揪痛，彎下腰，面色蒼白。

雲裳臉色一變。「你怎麼了？」

「許縣令在送行酒裡，下了毒。」顧閆平靜道。

「你早就知道？」雲裳訝然。「既然如此，為何還要喝下？」

「雲姑娘認為，我要是沒有喝下那杯酒，能平安從慶城出來嗎？」

從離開影石城的那一刻起，顧閆就知道，這世上想取走他性命的人數都數不過來，許縣令不過是一個棋子。

為了萬無一失，許縣令贈了一杯送行酒，並在酒裡下毒，他一清二楚。可是他更知道，現在的自己，勢單力薄，毫無根基，即便有雲裳幫助，但雲裳能做的，也只有保護他們一家的性命。

皇上本就忌憚影石族，雲顧兩家聯姻，誰都無法獨善其身。若他此行不去南丹，別說是他，就連父親和母親的命都保不住。

他要做的，就是隱忍。再忍幾年，這整個蒼梧便是顧家的天下。

大丈夫能屈能伸，他忍這一時不算什麼。能登高位的人，誰不是從泥裡爬出來？

更何況，這杯酒要不了他的命。

喉間一陣腥味湧來，顧閆沒有忍住，偏頭吐了血。

「顧公子……」雲裳憂心的看著顧闓，她不通醫術，只能向外喊道：「楊松！」

楊松聞聲而進。

「你不是略懂醫理嗎？快幫顧公子瞧瞧，他中的是什麼毒。」

楊松聞音，抬手幫顧闓把脈，半晌後，他眉頭緊蹙，拿出銀針幫顧闓取血，仔細端詳良久，面色凝重。「顧公子身上的毒，屬下一時半會兒也瞧不出來。」

說話間，顧闓的臉色由白轉青，手臂也變了顏色。

雲裳皺眉。「那怎麼辦？」

楊松瞧了眼顧闓的面色，當即就有了主意。「去曲蘭鎮找大夫。」

「曲蘭鎮離這兒有多遠？」

「一天的路程。」楊松想了想，補充道：「一路快馬加鞭不停歇，至少也要一天。」

說完，楊松從袖子裡掏出一個綠色瓶子，倒了兩顆黑色藥丸。「顧公子，這是能緩解毒藥發作的藥丹，你試試看有沒有用。」

顧闓低頭瞥了瞥，只是猶豫半刻，便接過去吞下了。「謝謝。」

他的聲音低低的，聽著氣息都弱了不少。

雲裳道：「加快腳程，趕去曲蘭鎮。」

話音剛落，一陣腳步聲傳來，聽聲音來了不少人。雲裳和楊松對視一眼，面色微變。

而這時，忠厚的聲音響起。「保護好小姐。」

緊接著是兵刃相接的聲音。

楊松轉頭掀開車簾，雲裳也探出頭看。

「跟剛才的不是同一批人。」楊松說。

雲裳也看出來了，點點頭。「小心行事。」

楊松丟給雲裳一瓶藥，然後跳下馬車，手起刀落，出手快狠準，很快就解決了幾個黑衣人。

雲裳把藥遞給顧闓，自己則掏出匕首，警惕的聽著周圍的動靜。

顧闓中了毒，她不能讓他離開她的視線，否則他性命難保。

過了一會兒，車簾掀開，玉奴的臉探進來，著急道：「小姐，人太多了，楊管頭讓我們先走，到曲蘭鎮會合。」

雲裳抬眼，發現玉奴的臉和衣裳上都沾了血跡，順著玉奴的衣裳往下看，才看到她的腿受了傷，衣裳已經被人斬斷了，血肉模糊。

雲裳連忙把玉奴拉進馬車裡。

看著玉奴的傷口，雲裳愣了愣，心疼的掀開她的褲腳。「讓我看看。」

玉奴拉住她的手，搖搖頭。「小姐，您別管我，這點傷不礙事的。外面的殺手太多了，現在不是處理傷勢的時候。」

說著，她把手中的刀遞給雲裳。

雲裳抬起眼簾，見玉奴面色慘白，卻仍然強忍著，向自己擠出一抹笑，她的心顫了顫。

玉奴又說：「小姐，您別擔心奴婢，無論何時何地，都要保護好您自己。」說罷，她低下頭，用匕首劃開褲角，俐落的包紮傷口。

雲裳看著，心裡莫名悵然。這幾年，過慣了舒適的日子，玉奴平日裡在她面前也是柔柔弱弱的，她都要忘記了，玉奴也是個內心堅強的人。

玉奴怕血，可一旦遇到危險，她就像換了個人，即便心裡再害怕，面上也是鎮定自若。

雲裳從小就跟著雲家的護衛學武，雖然武功不高，但保護自己綽綽有餘。她總想著，這一世要護好玉奴，可每次陷入險境的時候，都是玉奴義無反顧的擋在她身前。

顧闓突然咳了一聲。

雲裳轉頭，看了看顧闓，知道玉奴能保護好自己，便不再說什麼，只道：「顧公子中了毒，我們要儘快趕往曲蘭鎮找大夫。」

話還沒說完，馬車突然劇烈晃動，雲裳反應快，迅速抓住凳子，穩住了身子。

她還沒來得及看發生了什麼，馬車就搖搖晃晃的往前急衝。許久以後，馬車似是撞到了什麼東西，驟然停下，雲裳一個踉蹌，撲在顧闓身上。

忠信回稟道：「小姐，馬車壞了。」

雲裳急匆匆起身，看向顧闓，發現他的臉比先前青了許多，嘴唇發黑，這是毒素擴散的徵兆。

「撐得住嗎？」

顧闓緩緩抬頭，許久，才點了點頭。「沒事。」

明明是秋日，他卻覺得身子冷極了，臉上滲出了一層細汗，體內翻江倒海，腸子似乎都攪在了一起，一陣陣的抽疼。但他不能喊疼，他必須要撐住。

如此一想，他咬緊牙關，臉偏向一旁，避開雲裳的目光。

雲裳握著他的手，冰冰涼涼的觸感傳到身上，心口不由得一緊。「怎麼會這麼冰？」

這時，馬車外傳來了響動，雲裳鬆開手，探身往外看，發現是車輪撞到了石頭，馬車壞了，忠厚和忠信正在修。

雲裳內心有些焦灼。「什麼時候能修好？」

忠信猶豫片刻，老實回話。「輪子全壞了，至少也要半天左右。」

「半天？」雲裳秀眉微蹙，回頭瞥了瞥顧闓，看見他的臉色越來越差。

半天太久了，顧闓等不了那麼久。

「儘快修好。」雲裳說。

忠信和忠厚應是。

雲裳吩咐玉奴照看顧闓，下車查看車輪的狀況，發現比她想的還要嚴重許多。她不知道怎麼修，便不去添堵，站在一旁觀察四周的環境。周圍靜悄悄的，沒有聲響，雲裳知道，她們這是躲過那些殺手了。

「顧公子，你怎麼了？」馬車裡突然傳來玉奴的叫聲。

雲裳聽了，神情微變。

雲裳迅速趕回馬車裡，最先映入眼簾的便是玉奴手足無措的身影。

聽到腳步聲，玉奴回頭，神色慌張。「小姐，您快來看看顧公子。」

說著，退到一旁坐著。

雲裳抬起頭，發現顧闓痛苦的蜷縮在角落裡，脖子上起了紅疹，手背也是殷紅一片。

顧闓雖然壓抑著痛苦，沒有叫出聲來，但呼吸粗重，拳頭緊攥，衣角被他用力摳出了一個洞。

雲裳怔了一會兒，才小心翼翼的上前。「顧公子……」

手還沒碰到顧闓，就被他揮開。「走開。」

身體越來越絞痛，冷汗層層往外滲，他極力壓制著，可越壓制越痛苦，整個身子彷彿都要爆破。

腳趾不斷收縮，他雙手環抱在一起，牙床緊閉，很快嘴唇就滲出血來，可渾身的痛意早就蓋住了嘴唇上的痛。

雲裳只能看到他發抖的背影。

她看得出來，顧闓痛極了，可他那麼高傲的一個人，定是不想讓他們看到他的醜態。

雲裳默了默，道：「玉奴，妳背過身去。」

玉奴似是明白了什麼，乖巧的轉過身子。

雲裳想起楊松留下的藥瓶，迅速掏了幾顆出來，遞給顧闓。「這是楊管頭給的藥，吃幾顆試試。」

話音剛落，顧闓的身子顫了顫，他緩緩伸出手，接過藥丸以後慌忙往嘴裡嚥。藥丸下肚以後，非但沒有減輕痛苦，反而更加劇烈了。

他看了一眼自己的手臂，顏色越來越青了，而且上面還有不少紅疹和斑點。由於痛苦太過劇烈，他沒有心思多想，認為這是和上一世迥然不同的劇毒。

他緊咬牙關，艱難地擠出話。「能否求雲姑娘一件事情。」

雲裳不假思索。「你說。」

「把我打暈吧。」

雲裳愣了下，隨後便明白他的意思，遲疑半晌，她抬起手，重重落在顧闓的脖頸上。瞬間，顧闓的身子倒了下去，雙腿往外伸直。

雲裳把他的身子扳過來，一張青裡透紅的臉觸目驚心。

雲裳嚇了一跳，她伸手探了下顧闓的脈搏，他的氣息紊亂，明明剛才身子冰冰的，這一會兒卻滾燙得厲害。

好在她還算鎮定，等了一會兒，見馬車還沒修好，她當下就有了主意。

不僅是玉奴，就連忠厚和忠信都出聲阻止。

「小姐，第二批殺手的身分不明。您這樣做太冒險，還是等馬車修好了再一起走吧。」忠信說。

他們的職責就是寸步不離的保護雲裳的安危，雲裳若獨自帶著顧閆離開，也不知道會面臨什麼樣的危險。

「顧閆等不了了。」雲裳語氣堅決。「這匹馬只能容得下我和顧閆兩人，我先帶他去曲蘭鎮找大夫，你們兩個帶著玉奴和阿福，想法子儘快去那兒和我們會合。」

忠厚猶豫道：「可是，您並不認得去曲蘭鎮的路。若是走錯了方向……」

雲裳把顧閆的身子扶正，出聲打斷。「顧閆很快就醒了，他認得的。放心吧，我會保護好自己的。」

說著，雲裳回頭看了看玉奴，語氣溫和。「保護好自己，一定要平安的去見我。」

「小姐……」玉奴面露擔憂，欲言又止，卻終是什麼都沒說，只道：「小姐一定要保護好自己。」

她知道，雲裳決定的事情，沒有人可以左右，既然無法勸阻，她也只能乞求上天保佑小姐這一路平安無事了。

忠信和忠厚還沒反應過來顧閆怎麼會認得去曲蘭鎮的路，雲裳和顧閆的身影就已消失在他們的視線中。

雲裳也不知道自己能不能找到曲蘭鎮，但那個鎮子是離他們最近的，她必須要趕在顧閆毒發身亡之前趕到那兒。

依顧閆所說，這毒三日得不到救治，就是華佗再世也無力回天。她前世途經曲蘭鎮一次，並沒有什麼記憶，但是忠厚指的路線並不難記，她相信自己可以做到。

這世上，沒有什麼事情是可以難倒她的。

天黑的時候，馬就停著不動了，雲裳知道牠餓了，只能停下來歇腳。好在顧閆醒了，扶著他下馬的時候並不算吃力。

「我們在哪兒？」顧閆還沒有完全清醒過來，迷茫的看著四周。

「不知道。」雲裳說，她口渴得厲害，打開行李準備找水，發現走的時候太匆忙，只帶了吃的，水忘記在馬車裡了。

雲裳嘆了口氣。「你認識這條路嗎，附近有沒有水源？」

身上的痛意再一次傳來，顧閆的眉頭擰成一團，這一會兒徹底清醒了，觀察了一下周遭的環境，他伸手指了個方向。「往前走，那兒有河。」

雲裳抬頭望了眼天色，這一會兒還沒有徹底暗下來，於是把匕首遞給他，道：「你在這兒等著，我去找水。」

好在水源真的不算遠，她很快就找到了，雙手捧著河裡的水喝了好幾口後，喉嚨瞬間就通暢了。
雲裳在旁邊找了會兒，尋到一根枯黃的竹子，盛了點水拿回去給顧閆。
他明明身中劇毒，面色扭曲，可喝水還是慢條斯理的。
雲裳挪開目光，看了看前方。「還有多久能到曲蘭鎮。」
「明日天亮出發，最早也要晌午。」顧閆把水放下，抬頭看她，道：「附近沒有歇腳的地方，我們今晚只能在這兒等天亮了。」
雲裳又抬頭看了看。
這一會兒，天色已經暗下來了，不用多久，周圍就會漆黑一片，確實不能再趕路了。
原本以為能夠在天黑之前趕到曲蘭鎮，沒想到還是失算了。在這兒暫住一晚倒沒什麼，她就是擔心顧閆的身子。「你能撐到明天嗎？」
「死不了。」顧閆苦笑，不知道是不是毒性壓下了，他慢悠悠的扯過一旁的草條，纏在手臂上，纏了好幾條，纏得很緊，那草條有些鋒利，把他的手臂割出了幾處血口。
雲裳看得心怦怦跳，又驚又奇。「你這是做什麼？」
「止痛。」顧閆說，面色坦然。
雲裳啞言，瞥了眼他一直沒有舒展的眉頭，一時不知如何接話。
纏好了草條，顧閆先是掃了一眼周遭的樹，目光在枯萎的樹枝上停留了一會兒，這才看向雲裳。「今夜就煩勞雲姑娘了。」

雲裳順著他的眸光望去，頓時就明白了他的意思。她什麼也沒說，起身去撿了一堆柴，生完火，又拿刀去砍了幾根樹枝。

先是削了幾根大樹枝，插在挖好的土坑裡，然後用藤蔓和草條綁牢，簡單做成一個小草棚的模樣，最後割了一些草，蓋在上面。

做完這些，天早就全暗了，周圍只有火堆映出的細微亮光。

顧闓的目光追隨著她忙活的身影，有些詫異。「沒想到出身矜貴的雲姑娘，竟也會這些生存的法子。」

雲裳拿起自己剛剛撿來的一根乾柴，用腳踩成幾截，往火堆裡丟了一些，漫不經心的回答。「以前跟著穆司逸去上任的時候學會的。」

說完，她坐下來用手帕擦擦手，然後烤火。

穆司逸兩次得罪了貴人，兩次被打發到僻壤之地，上任途中他們遭遇了山洪，與下人走散，被困在林子裡幾日，她就是在那個時候學會了這些事情的。

她從小確實錦衣玉食，父親留下來的財產足夠她一生衣食無憂，徐嬤嬤管著那些錢的時候，吃穿用度，不僅和她小的時候沒有半點不同，反而更好了。

被困在林中的時候，沒有吃的也沒有喝的，她頭一次遭遇這種事情，忐忑不安。穆司逸也沒有遇過這種事情，安撫她的同時，還得努力尋找吃的。但他既沒有武功，又很笨拙，餓了她一天，最後她實在看不下去，憑藉護衛曾經教她的法子，打了幾隻獵物，填飽了兩人的肚子。

想起過往，雲裳自嘲的笑了笑。「上一世選錯了人，讓顧公子見笑了。」

顧闉擺弄火堆的手停頓了一下，他低著頭，髮絲擋住了他的眼睛，看不清思緒。「都是過去的事情了。」

「是啊。」雲裳笑了笑。「不過有些事情，是永遠都無法忘懷的。尤其是恨……」

顧闉添了一根乾柴，忽然岔開話題。「我的樣子，可怖嗎？」

雲裳抬起頭，視線落在他身上，許是黑夜的緣故，顧闉的臉色看起來比白日裡的好了許多，但還是有些嚇人。

雲裳不以為然道：「李木匠的屍首我都見過了，還有什麼好怕的？」

自始至終，她所害怕的，是那深不可測的人心。

這話說完不到一炷香的功夫，雲裳就後悔了。她望著外面昏暗的林子，心跳加快，小聲道：「顧闉，你睡了嗎？」

「還沒有。」

雲裳頓時鬆了口氣，趕緊收回胡亂觀望的目光。「你怕嗎？」

「雲姑娘怕了？」顧闉反問。

簡陋的小草屋裡默了許久，顧闉的身後傳來了一聲悶悶的「嗯」。

「雲姑娘怕黑？」

「嗯。」雲裳拉緊衣裳，縮了縮腳，身子縮成一團。

不知為何，在林中過夜，她就莫名的感到害怕。這裡實在是太黑太安靜了，她不喜歡。

身後突然響起一陣窸窣的聲音，雲裳轉身，發現顧闓坐起來了。

「我在外面守著，雲姑娘先睡吧。」說著，顧闓起身，往火堆又添了幾根柴。

雲裳只能看見他彎著的背影，看著亮起的火堆，她頓時安心不少。

第二十六章

翌日清晨，天剛矇矇亮，雲裳便醒了。睜開眼的時候，便看到了顧闔背對著自己。她夜裡睡得並不安穩，迷迷糊糊醒過許多次，每次醒來都能看到顧闔坐在火堆旁，保持著同一個姿勢，未曾挪動過。一時之間，她心裡百味陳雜，又有點愧疚。

雲裳起身整理好衣裳，她走過去喚了顧闔一聲，顧闔沒有應答。

火堆裡只剩下幾塊小炭火在燃燒了，看起來已好久沒有添過乾柴了。見他低著頭，雲裳以為他睡著了，小心翼翼的拉了拉他的衣裳，然後就看到顧闔倒了下來，觸地的響聲異常清晰。

雲裳瞬間就慌了神。「顧闔！」

藉著林中微弱的光，雲裳看清顧闔的臉色，他整張臉蒼白得沒有一絲血色，嘴唇發白。

「顧闔，醒一醒。」雲裳搖了搖他。

顧闔輕輕的呢喃了一聲，然後便蜷縮成一團。

「顧闔，我們該走了。」雲裳又喚了一句，但是顧闔並沒有動，許是太冷了，他的身子一直在抖。

一連喚了幾聲，雲裳終於察覺到不對勁，摸了摸他的額頭，格外冰涼。

顧閆這個時候意識已經有點不清醒了，是毒又發作了。
雲裳用盡九牛二虎之力，才勉強把他放到馬背上，容不得她多想，便駕馬離開。
傍晚時分，終於到達了曲蘭鎮，天空昏昏沈沈的，烏雲密布，還打了幾聲響雷，看起來準備下雨了。鎮上一個人都沒有，房屋全都緊閉著。
雨還沒有下，怎麼會空無一人？
雲裳暗暗想著，十分疑惑，下馬後，連敲幾戶人家都沒人回應。
整個鎮子安靜得詭異，她把疑惑放在心裡，又敲了一戶人家。「有人在嗎？」還是無人回應。
正當她想轉身離開的時候，隱約聽到屋裡似乎有聲音，把耳朵貼在門上仔細聽，等了好一會兒，果真發現有人在說話。
「阿娘，有人在敲門。」有個軟糯的聲音道。
話音剛落，一個婦人就驚慌道：「噓，別亂說話，小心被衙門的人帶走。」
雲裳滿腹狐疑，開口道：「大娘，我是過路的旅客，我哥哥生了重病，請問曲蘭鎮哪兒有藥鋪？」
一聽這話，剛剛以為門外的人走了的婦人瞬間面色大變，拉著她的孩子往後躲。對著門外喝道：「你們快離開，別來招惹我們。這鎮上沒有大夫，你們去別處尋吧！」
說完，拿起旁邊的一根棍子，神色警惕的望著門口的方向。「再不離開，就別怪我不客氣了。」

這不友善的反應，讓雲裳更加百思不解。

她回頭望了望顧閆和空蕩蕩的街道，想知道鎮上發生了什麼，於是繼續問道：「大娘，我沒有惡意，只要妳告訴我大夫在哪兒，我就離開。」

小男孩忽然開口。「大夫全都在衙門裡。」

婦人嚇得捂住他的嘴巴，小男孩抬起頭，一臉不解的望著她。「阿娘……」

婦人這才說道：「妳要找大夫，便去衙門。」

衙門？

雲裳正想再問話，就聽見那婦人拉扯小男孩，匆匆忙忙走遠的腳步聲。

雲裳沒有辦法，又去敲了另一戶人家的門，久久沒有得到回應。她正想離去時，窗戶突然打開，一盆水扣在了她的臉上。

雲裳僵在原地。

髒水散發著一股尿騷味，順著臉頰往下流，雲裳一陣反胃，低頭乾嘔了起來。

然後就聽到裡面的人催趕。「滾出鎮子，不然就上報衙門，讓捕快把你們倆抓了去。」

雲裳掏出手帕把臉擦乾，剛抬頭，裡面的人又潑了一盆水，嚇得她往後退了好幾步。

「滾！」裡面的人大聲呵斥。

雲裳覺得莫名其妙，但這屋子的主人脾氣不好，她被潑了兩次髒水，自然不敢再吃虧，只好牽馬往前走。

連接敲了十幾戶人家後，她終於確認了一個事實，每個屋子都有人，但他們在都有意躲避。

他們在害怕什麼？

迷惑間，雲裳聽到聲音，抬起頭，發現有個鈴鐺球不知道從哪兒滾過來，停在她腳邊。她疑惑的把球撿起來，抬頭的瞬間，餘光瞥見有個小男孩蹲在一個柱子後邊，眼睛直勾勾的望著她手裡的球。

「這是你的？」雲裳問他。

小男孩先是點點頭，然後又搖搖頭，緊張不安的盯著她瞧。

雲裳朝他走去，準備把東西拿給他，距離幾步遠的時候，小男孩的身後突然閃過一個身影，扭著小男孩的耳朵吼了兩句。

「你這不聽話的，瞎跑什麼，娘跟你說的你都忘記了？小心衙門的人把你丟到城外的林子裡餵狼。」

說完這話，婦人似是感覺到了不對勁，轉過頭往雲裳的方向看過來，發現有陌生人，嚇得尖叫一聲，然後抱著小男孩跑了。

「大娘……」雲裳想要叫住她，卻見婦人早就跑遠了，她低下頭，看著手裡的小東西，眉頭緊蹙。

就在此時，天空又打了幾聲響雷。

身後的馬突然叫了聲，雲裳回頭，瞧見馬似乎受了驚嚇，跳了幾下，把顧閆和包袱甩了出去，東西落了一地，然後就往他們來時的方向跑了。

雲裳連忙跑到顧閆身邊，把他扶起來。

從馬背上摔下來，顧閆醒了過來，但意識還有點混沌，迷茫的看了雲裳好一會兒。「雲姑娘……」

「疼嗎？」雲裳問了話，檢查顧閆的狀況。

顧閆以為她問的是中毒的事情，虛弱的回了一句。「撐得住。」

他捂著胸口，掀起眼皮打量著周遭的環境。「曲蘭鎮？」

「嗯，我們到了。但是這兒的人很奇怪……」雲裳還沒把事情告訴他，有雨滴落在了臉上，她抬起頭問：「你走得動嗎？快下雨了，我們先到旁邊躲雨。」

顧閆不語，一手撐在地上，緩慢的站起來，還沒起身，就跌倒在地，然後整張臉都皺在一起，低眉捂住胸口。

「我扶你過去。」雲裳說完，用力的把他拉起來，但顧閆的身子太沈，好幾次都是剛起身又坐回地上。

就在這時，雨滴滴答答的落下，打到雲裳臉上，隨著幾聲驚雷和狂風，雨勢越來越大。

頃刻間，雲裳的頭髮就濕了。她繞到顧閆身後，抓著他的手臂，把人往屋簷底下拉。

兩人剛到屋簷底下，天上電閃雷鳴，天色頓時變得十分昏暗，暴雨傾盆。

臉上的雨珠擋住了雲裳的視線，她用手抹乾，隨後聽到了顧閆低沈的哀號聲。

雲裳扭頭，瞬間愣住。

顧閆此時痛得面色扭曲，指甲緊緊摳著地面，好幾個指甲裂開滲了血。而她方才拖走他的時候，他的褲腳掀開了一點，露出的那塊肉起了許多紅疹。

中什麼毒會是這個症狀？

雲裳掀開他手臂的衣裳一瞧，才發現他的手臂也是一片紅疹，看著十分恐怖。

「這到底是什麼毒？」雲裳震驚。

與此同時，顧閆翻了個身，捂著肚子在地上打滾。

雲裳在一旁心急如焚，但暴雨下得猛烈，周圍灰濛濛的一片，什麼都看不到。「顧閆，你忍一忍，等雨停了，我就去找大夫。」

等了好一會兒，雨勢都沒有減小，而顧閆的情況比剛剛更嚴重了，因為他的脖子和下巴全都起了紅疹子。

狂風吹來，有些雨滴打到了身上，雲裳下意識往地上看去，瞥見了不遠處的一個紅色小瓶子，愣了愣。

霎時，她的耳邊突然回響起許清令替他們送行時說的話——

「及笄那日，多謝顧公子相救之恩。若顧公子性命有危，這瓶子裡的東西或許可以救顧公子一命。」

當時，許清令的眼神真誠又澄澈。難不成，許清令早就猜到酒裡有毒，而那個瓶子裡，裝著的就是解藥？

這麼一想，雲裳跑到雨中，把瓶子撿起來，回到顧闓身邊的時候，身子全都濕了，渾身冰涼。她把瓶子打開，倒出了兩顆藥丸，放在鼻前嗅了嗅，有股淡淡的藥味。

雲裳正猶豫著，發現顧闓已經痛暈了，她連忙把藥塞進他嘴裡。

解藥入口，雲裳便坐在旁邊等著，良久之後，雨開始停了，但顧闓身上的紅疹不僅沒有消退，反而更嚴重了。

雲裳手足無措的看著。

「怎麼回事，難道許小姐給的不是解藥嗎？」雲裳心驚。「顧闓，你醒一醒。」

可無論她怎麼搖，顧闓都沒有醒過來，如此一來，雲裳也慌了。

「顧闓、顧闓……」

「他染了病，救不回來的。」這時，忽然有一道蒼老的聲音響起。

雲裳循聲望去，發現右邊的屋簷下站著一個拄枴杖的老婆婆，她頭髮花白，眼睛瞇著，似乎看得不太清楚。

四下無人，老婆婆的話只能是對他們說的，於是雲裳問道：「老婆婆，您剛剛說他染病了？」

老婆婆轉過頭來，看著他們，慢吞吞開口。「這半個月以來，時不時有染病的人跑到鎮子避難，傳給了鎮子裡的人，弄得人心惶惶的。這病啊，治不好，要是染上，就會被衙門的捕快打死，扔到野林子裡去，所以，大家都關著門，不敢出來。」

雲裳瞬間恍然，原來鎮上的居民閉門不出，是這個原因。

剛想追問，就聽老婆婆又說道：「妳看他身上是不是起了一堆紅疹子，還有白斑？」

聽了這話，雲裳趕緊低頭查看顧闿的手臂，果真發現了幾塊白斑。

老婆婆又說：「有紅疹和白斑的話，就是得了病。」

雲裳心中愕然。「那這病要怎麼醫治？」

「治不了的。」老婆婆搖了搖頭。「鎮上的大夫都治不了這病，現在都跑到衙門裡躲著呢。」

雲裳一臉不解。

離開慶城前，顧闿的身體並沒有什麼異樣，除了許縣令給的那杯送行酒，就沒接觸過別的東西了。怎麼會才剛到曲蘭鎮，就染了病呢？可他的癥狀和老婆婆說的又絲毫不差。

老婆婆是唯一一個願意跟他們說話的人，雲裳於是靜靜的望著她，等待她接下來的話。

老婆婆敲了敲枴杖。「他染上的，是天花。」

話一出口，雲裳目瞪口呆，心跳都漏了半拍。

老婆婆似乎是看穿了雲裳的心思，未等她開口，就把話說完了。

「這病不知道是誰帶來的，傳染得快，你們也別怪鎮上的人狠心將你們拒之門外。咱們都是無辜的人，鎮上的大夫對天花束手無策，為了保命，大夥兒只能躲在屋裡。若是你們還有點良心，便速速離開這兒吧。」

頓了頓，老婆婆繼續道：「若被衙門裡的捕快發現了，他們可不會對你們手下留情。」

說完這話，老婆婆把手中的傘放在地上後，便離開了。

雲裳走過去，撿起地上的傘，發現傘下還放著幾個饅頭，抬眼，老婆婆步履蹣跚，走得很慢，她原想追上去問話，可轉念一想，又止住了腳步。

依老婆婆所說，近日不少染了天花的人跑到曲蘭鎮避難，鎮上的人為了躲避才閉門不出的。鎮上的人都把他們當成了染上天花的病人，老婆婆心地善良，能夠出來告訴她實情，並留下傘和饅頭，已實屬不易了。

而且據老婆婆所說，顧闓也是染了天花的，她實在不忍再去驚擾老婆婆。

念此，雲裳對著老婆婆的背影深深鞠了一躬，便轉身回到顧闓身邊。

她身上也曾起過紅疹子，可從未像顧闓這樣密密麻麻的，看著令人頭皮發麻。聽了老婆婆的話，雲裳也不敢離顧闓太近，就在一旁坐著，等他醒來。

約莫一炷香後，顧闓醒了過來，看到了身上的疹子，他也嚇了一大跳，呆愣良久。

雲裳吞了吞口水，內心忐忑，卻還是低聲道出了實情。「顧闓，有個老婆婆說你染上了天花。」

「天花？」顧闓先是眉頭一皺，等反應過來後，目光複雜的看著她，不知想到了什麼，他復垂下眼，怔忡良久，冷笑道：「原來如此。」

見狀，雲裳知他是知道了什麼，心跳如擂鼓，驚訝道：「你知道自己染了天花？」

顧闓搖搖頭，半刻後眸中閃著森森冷意。「在大牢的時候，那些獄卒把一個婦人與我關在同一個牢房裡。當時她衣衫襤褸，頭髮凌亂，我並未看清她的容貌，為了避嫌，只遠遠的躲著。」

話到此處，戛然而止。顧闓輕輕冷笑了聲。

為了置他於死地，竟連這個都想好了，當真是謀劃周全，萬無一失。

雲裳十分錯愕，如此說來，顧闓真的染了天花？她小心翼翼的開口。「那杯毒酒……」

「他們確實在酒裡下了毒。」顧闓已經恢復如常，語氣平和。「不知為何，現下已經沒有那般疼痛了。」

「我們離開的時候，許小姐給了一個小瓶子，裡面放了兩顆藥丸，我猜是解藥，剛剛給你服下了。」

顧闓神情微動，默不作聲。許久之後，他緩緩開口。「看來許小姐給的是解藥，現在毒已經解了。」

說著，他低頭看了一眼手臂，卻不忍多看，迅速把衣裳蓋上。

聽他說毒解了，雲裳頓時鬆了口氣，若有所思。「聽老婆婆說，天花是有人帶到曲蘭鎮的，這兒的人惶恐不安，因此大白天也是關著門，不敢與外人接觸。你可知道，有誰可以醫治天花？」

不得不說，那些人的手段連她都自愧弗如。到底是多想要顧閆的命，才會布了如此縝密的局。

顧閆垂眉，似在沈思。

他腦海裡忽然間浮現出一些模糊的記憶。現在是天和五年，慶城附近的幾個鎮子天花盛行，死了不少人。

那一年，他被追殺至此處的時候，已是渾身無力，沒辦法再跑了。那天也是雨夜，曲蘭鎮裡的百姓也是閉門不出，他求助無門，又身負重傷，在地上昏迷了一天一夜。

有個心地善良的老嫗送給他一點吃的，並告訴他從這兒往東十里，有個寨子，喚作無生寨，裡面有個神醫可以醫治天花。他謝過老嫗以後就趕往無生寨找神醫，因為體力不支，倒在半路，幸得謝鶯相救。

謝鶯……

顧閆在心裡喚了一下這個名字，心裡再次抽痛了一下。他收回思緒，平靜道：「無生寨裡的余神醫可以治天花。」

說罷，顧閆艱難的站起身來，踉蹌了一下，終於勉強穩住身形。「我們去無生寨。」

「無生寨？」雲裳起身，跟在他身後，問：「無生寨在哪兒？」

話音剛落，咚的一聲，顧闓又倒在地上。

雲裳一愣，下意識跑上前，猶豫著要不要把他扶起來，可是一看到他身上越來越明顯的皰疹，手就停住了。

天花是會傳染的，顧闓已經染上了，她不能再讓自己染上，否則他們倆都會沒命。

念此，雲裳蹲在他身旁，眼神虛置，雨並未完全停下，這一會兒還下著細雨。

她不知道無生寨在哪兒，貿然離開曲蘭鎮，迷路不說，還會和玉奴他們失聯。她推算了下時間，忠信和玉奴他們今夜應該能趕到曲蘭鎮的。

這麼一想，她便有了主意，決定在此地等候忠信。

就這樣等到天黑，雨卻還沒有停，四周昏暗無光，顧闓尚在昏迷中，雲裳心裡開始焦灼了。她頻頻望著來時的方向，眼神裡透著期待。

與此同時，曲蘭鎮裡突然出現了一輛華麗的馬車，馬車裡的主人吩咐婢女尋人。

那些婢女尋了半個時辰，仍舊一無所獲。

聽完其他人的回話，一婢女隔著車簾回稟。「小姐，到處都找過了，並沒有找到您說的人。聽說曲蘭鎮有人染上了天花，此地不宜久留，我們還是快些離開吧。」

話落，馬車裡傳出了聲音。「繼續找。」

聲音十分溫柔動聽，卻帶著一股不容反抗的威嚴。

婢女無奈，只能派人再去尋找。

望著空蕩蕩的街道，婢女不解。「小姐，您要找的到底是何人？」除了皇子、幾個世子爺和蔣公子，她並不記得小姐還有認識的男子，更別說還在這個窮鄉僻壤之地的公子了。

按照原先的計劃，他們是不會途經曲蘭鎮的，可小姐執意要到這兒來，還命令他們找到一個身負重傷的男人。這街道上連個人影都見不著，他們到哪兒去找一個受傷的男人？

馬車裡的人沒有應話。

她不發話，就走不了，婢女無奈，只好繼續等著。

半炷香後，有下人匆匆忙忙的趕回來稟話。「小姐，小的們四處都找過了，沒有見到身受重傷的男人，倒是見到了奇怪的一男一女。」

聞言，馬車裡的人睜開眼睛。「一男一女？」

「天色昏暗，小的也看不清楚，那男子昏倒著不動，那小姑娘一直在旁邊守著。」小廝說完，想了想，又補充了句。「這兩日在曲蘭鎮屋子外看見的，就只有他們兩個了，也不知道那位公子，是否是小姐要找的人。」

「旁邊還有個小姑娘？」馬車裡的女子皺了皺眉頭，斟酌半晌，她柔聲道：「過去瞧瞧吧。」

婢女驚道：「小姐，您還是不要過去了。若是老爺怪罪下來，奴婢擔當不起。」

小廝也勸阻道：「仃蘭姊姊說得沒錯，小姐身子嬌貴，過去那兒，實在不吉利。」

「過去看看吧。」女子的聲音一如既往的平靜柔和，但雙手在微微顫抖，心也跟著提了起來。她總得親眼看見了，才能知道是不是他。

仃蘭和小廝面面相覷，知道勸阻無望，只能過去。

雲裳不知道現在是什麼時辰了，她望著昏暗的街道，心驚膽顫，心裡越來越著急。也不知道忠信他們到哪兒了，如果今夜不能會合，顧闓的病……

雲裳嘆了口氣。

正在她思索對策的時候，聽到了馬蹄和車輪的聲音，心裡一喜，猛地抬頭，遠遠的見到有人舉著燈籠朝他們走來，而且人數不少。

她眸中的亮光頓時就暗了下去。

來的人不是忠信。

隨著馬車越來越近，有個小廝跑到她面前，問道：「地上躺著的可是顧公子？」

雲裳看了看他身上的衣著，頓時就判斷出這是大戶人家的家丁，疑惑道：「你是？」

「小的不足掛齒。」家丁又重複問了一句。「敢問地上躺著的公子可是姓顧？」

雲裳不答，因為馬車已經近到跟前了，她抬起頭，暗中揣測馬車裡那人的身分。

仃蘭上下打量著她和地上的顧闓，片刻後，開口問道：「這位姑娘，您身邊的公子可是姓顧？」

雲裳仍舊不語，見車簾沒有打開，她挪開眼打量了一下馬車的布局，試圖猜測這輛馬車主人的身分，當目光落在馬車頂上的仙鶴雕刻時，不由得僵住。

普天之下，馬車頭能夠放置仙鶴木雕的，只有北冥的謝家。

那車裡的人——

就是謝鶯了。

第二十七章

在今天之前，雲裳從未設想過，謝鶯與顧闓相見時的情景。

只是沒想到冥冥之中上天真的都安排好了，她走的每一步路都深謀遠慮，可是上一世發生的許多事情還是無法阻止。

如今，謝鶯就來了。

雲裳望著馬車頂的仙鶴木雕，思緒萬千。

正在這時，仃蘭走過來，一見到顧闓的臉，就嚇得往後退了回去，手情不自禁的放到鼻前掩住，驚恐道：「地上躺著的公子可是染了天花？」

話落，車簾被人掀開，從裡頭伸出一隻纖細白嫩的手，然後傳出溫柔得都可以滴出水來的聲音。「仃蘭，莫要多言。」

仃蘭聞聲，悻悻的閉了嘴。

雲裳目光隨著謝鶯的聲音往上移，然後就看到了一張俏麗清雅的臉。不得不說，謝鶯長得真的很美，膚如凝脂，鳳眼含情，眉目如畫。

雲裳深吸一口氣，終於回過神來，她緩緩起身，面色平靜的回道：「是，他叫顧闓，染了天花。」

上一世謝鶯既然救了顧閆，就說明她是個心地善良的人，雲裳相信，這一次遇到了相同的狀況，她也會出手相救的。

既然相見了，總不能裝作沒有看到，畢竟以後，她們還會有見面的機會。

謝鶯抬眼，四目相對的剎那，她微微一愣，眸中滿是疑惑。「妳是？」

剎那間，雲裳心思千迴百轉，隨後回以一笑。「我叫喻裳，是顧閆的妹妹。」

「妹妹？」謝鶯眉頭輕輕一蹙，打量了下雲裳，似在疑惑，須臾後她似乎反應過來，淺笑著回道：「喻姑娘，無生寨有位余神醫，可以醫治天花，妳可以把顧公子帶到那兒去。」

說完，謝鶯移開眼，目光落在顧閆身上時，凝視許久，神色複雜。既沒有驚恐，也沒有嫌惡，隱約間還透著幾分悲傷。

雲裳看著，覺得十分奇怪。剛想細察，謝鶯神色已經恢復如初。

謝鶯從懷裡掏出一塊令牌，遞給仃蘭。「喻姑娘，妳拿著這塊令牌去找余神醫，看到令牌後，他就會知道的。」

說完這話，謝鶯想了想，轉身回馬車裡掏出一個香佩和一袋碎銀。「這個也麻煩喻姑娘一併交給顧公子。」

仃蘭接過後，繞了一大圈，避開顧閆，將東西拿給雲裳。

東西拿到手，雲裳低頭正準備看，謝鶯又道：「那個木雕香佩算是信物，若是顧公子將來想要報恩，可以憑藉這香佩來找我。至於那些銀子，算是給喻姑娘的謝禮，煩勞喻姑娘將顧公子平安送到無生寨。」

說完這話，謝鶩再次目光深深的看了顧閆半刻，才坐回馬車裡。

仃蘭見狀，抬手示意車夫離開，馬車瞬間就掉頭走了。

「馬車裡的姑娘。」雲裳清了清嗓子，高聲道：「後會有期！」

仃蘭回頭看了一眼，雲裳對著她盈盈一笑。

仃蘭滿腹狐疑的轉身，把車簾掀開一個小角，不知說了什麼，不到半會兒，那簾子就落下來了。

雲裳低頭，仔細端詳著手裡的東西，那塊令牌十分精美，至於那香佩……樣式普通，材質也是一般。

謝鶩為何要留下這香佩？

雲裳看得滿腹狐疑，仔細回想著方才的事情，越來越覺得蹊蹺。

不對。

這些事情都不對。

顧閆和謝鶩這一世沒見過面，為何謝家婢女一來就問是不是姓顧？她又怎麼知道顧閆姓顧？

正在這時，又有馬蹄聲傳來，雲裳的思緒被打斷，以為是謝鶩折回來了，一抬頭，看見玉奴和阿福一瘸一拐的朝她跑來，後面跟著一輛馬車。

「小姐，終於找到您了。」

「玉奴。」雲裳喜上眉梢，同時心裡如釋重負，可算是把他們給等來了。

阿福跑到顧闓身旁，見顧闓昏迷不醒，臉上都是紅疹，先是一愣，而後擔憂道：「雲姑娘，我家公子怎麼會起這麼多紅疹子？」

雲裳回過神來，望了望手中的香佩，想起謝鶯方才留的話，沈思片刻，把香佩放入自己的錢袋收好。

謝鶯錯了，她是個自私的人，既然認定了顧闓，就不會將他推出去。若謝鶯給的這塊令牌有用，以後她的大恩大德有機會再報答。

至於顧闓……雲裳低頭望向顧闓，長嘆一口氣。

這件事情，除非顧闓問，否則她是不會主動說的。畢竟謝鶯在他心裡的分量太重了，她可不會做對自己有害無利的事情。

念此，她道：「顧闓身上的毒已經解了，但是在牢裡的時候染上了天花……」

話到此處，阿福和玉奴異口同聲的震驚道：「天花？」

「先別問那麼多了，聽說無生寨的余神醫可以醫治天花，我們必須儘快趕到那兒。」說完，雲裳招呼忠信拿衣物來，避免直接接觸顧闓，再把顧闓放到馬車上。

聽她這麼一說，阿福也不敢多問，連忙幫忙把顧闓從地上拉起來。

坐上馬車，雲裳把錢袋打開，發現裡面足足有五十兩銀子。雲裳在心裡暗暗驚訝，這謝家大小姐，不愧是貴女，出手真是闊綽。

把錢袋收好後，雲裳掀開車簾，瞧著旁邊騎在馬上的玉奴問道：「玉奴，妳的腿傷可好些了？」

「小姐放心，奴婢沒事的。」

坐在玉奴前面的阿福轉過頭。「雲小姐……」

雲裳截口。「顧閆的事情稍後再說。」

說著，雲裳轉頭，看見顧閆蜷縮著身子，從包袱裡又掏出一件衣服，蓋在他身上，然後從馬車裡出去，和忠信並肩而坐。

謝家馬車駛出巷子的時候，車簾再次被謝鶯掀開，她回望剛才的方向，若有所思。

仃蘭心裡充滿了疑團，忍不住開口。「小姐，顧公子是舊識嗎？您為何要救他？」

她實在不明白，自家小姐為什麼一定要改變路線，繞圈子跑來曲蘭鎮找顧公子。而且小姐怎麼知道，顧公子受了傷？

她是小姐的貼身婢女，多年來貼身伺候著小姐，可從未聽說過有一位姓顧的公子與小姐相識。而且今日之事，小姐好像早就預料到了。

謝鶯並不想解釋，她收回目光，淡淡道：「仃蘭，我來曲蘭鎮的事情，不想讓別的人知道。」

仃蘭是個聰慧的，一聽這話，就明白謝鶯的意思了，不敢再多言，點頭稱是。

謝鶯把車簾放下，撫摸著手中的木雕香佩發呆，這塊香佩和剛才給雲裳的那塊是一對。

良久，她輕聲呢喃。「顧閆，你一定要金榜題名，出人頭地，早日回到北冥見我。這一世，我不會再重蹈覆轍了。」

說完，她緊緊攥著手中的香佩，眼中閃著冷意。

她想要的，一定會牢牢固在手中，誰都別想奪走。

翌日晌午，雲裳一行人終於到達無生寨，馬車剛到寨門口就被人攔住。

守門人語氣不善。「慢著！你們是誰？」

忠信客氣回道：「我們是來找余神醫的，麻煩通稟一聲。」

那人狐疑的打量著他們。「你們可知道無生寨是什麼地方？找余神醫又是所為何事？」

忠信掏出令牌。「是謝小姐讓我們過來的。」

守門的人看到令牌，頓時面色一變，態度也變得恭恭敬敬的。「能否請閣下把令牌交給我們，待詢問過寨主的意見後，再來回話。」

「辛苦了。」忠信抱拳，將令牌遞給他。

一個守衛拿著令牌，大步流星的走了。

過了一會兒，那人回來，對著馬車恭敬道：「請貴客進寨。」

雲裳剛餵完顧闓喝水，把木勺放下，掀開車簾打量了一下無生寨的環境。

這個時辰，寨子裡來往走動的人非常多，都是一些身形魁梧的男人，路兩旁不少打造武器的，那些人赤裸著胸膛，熱火朝天的錘鍊箭尖。

看到有生人進寨，那些人也紛紛停下手，好奇的打量著馬車。

雲裳不想節外生枝，放下簾子坐回馬車裡。

等到了地方，有人出聲。「車裡的貴客，請隨我進去見寨主。」

雲裳走下馬車，帶路的兩人回首看了她一眼，雖略顯疑惑，卻什麼都沒說。她抬頭看了看，面前是一座華麗的府邸。

這時，有人從府中走出來，目光掃視了眾人一遍，最後落在雲裳身上。「車裡的病人，也帶進去吧。」

雲裳心中略略驚訝，面上不動聲色，淺笑著道了聲謝。

得到允許，阿福把顧闓揹進府裡。

那些下人把他們帶到了一間屋子裡，屋子裡到處擺放著許多動物的頭骨和皮毛，還裝飾著不少金銀珠寶，一個高高的石階上放置著一張椅子，椅子又寬又大。

雲裳抬頭，有個身材高大的男人坐在椅子上，居高臨下的望著他們。他面色威嚴，臉上有條長長的傷疤，從左眼角一直延到右下唇。

這個人，就是無生寨的寨主烏左木了。

跟在他旁邊的，還有一個穿著灰色衣裳的男人，長相普通，方字臉，看起來也是不苟言笑。

烏左木聲如洪鐘。「是謝家的人讓你們來的？」

「是。」雲裳微微垂下眼簾，不卑不亢。「我家哥哥染了天花，謝小姐讓我到無生寨找余神醫。還請寨主和余神醫出手相救，在下和哥哥不勝感激。」

烏左木聞言，擺了擺手，他身旁的男人得令後，從石階上走下來，聲音尖細。「把人放下來吧。」

阿福連忙把顧闓放到椅子上。

余神醫伸手探了一下顧闓的脈搏，什麼都沒問，迅速拿出自己的針包，打開後，從裡頭挑了一根銀針，在顧闓的手臂上扎了一下。

阿福忽然欣喜的喚了一聲。「公子，你醒了。」

顧闓半夢半醒，迷茫的看著他們。

雲裳也側頭望了過去。

余神醫不悅的蹙眉。「不許說話，你一說，就會打擾我救人。」

許是他太過嚴肅，做起事來又有板有眼的，阿福連忙捂嘴，不敢再說一個字。

顧闓的意識已經慢慢恢復過來了，看著面前忙活的余神醫，他什麼都沒說，面色十分平靜。

他記得余神醫的樣貌，那麼不需要多想，他現在在的地方便是無生寨了。

「你們是何人？」烏左木打量著他們，問道：「謝家大小姐為何把令牌交給你們？」

聽了這話，雲裳低著頭，思慮要不要隱瞞身分。

就在這時，烏左木的目光突然定在忠厚腰間的短劍上，神情微變，語氣也冷了下來。「你們跟影石族雲家有什麼關係？」

雲裳心裡驟然一緊。她並不認識烏左木，但是烏左木既然能開口說出雲家，一定是知道影石族和雲家的。

此人是敵是友尚未可知，她不能暴露身分。

見他們緘默，烏左木大手一拍，怒道：「雲碩那鱉孫，和你們是什麼關係？」

聞言，雲裳心裡頓時冒火，抬起頭，一字一句朗聲道：「先父不知什麼地方冒犯了烏寨主，讓寨主如此辱沒他？」

聞言，烏左木立即怒道：「此人的病，不必再救。」

此話一出，雲裳一行人全都愣住了。

余神醫聽到後，忙活的手就停了下來，轉身望著烏左木，明顯在猶豫。「寨主，他是病人……」

烏左木抬手，目露凶光，語氣不悅。「讓你不救就不救，囉嗦什麼。」

阿福不知道發生了何事，見余神醫停手，急得開口。「余神醫，求求您一定要救我家公子。」

「沒想到有一天，雲家的人會有求於我。」烏左木突然哈哈大笑，轉眼又停下來，指著雲裳，目光犀利。「妳，是雲碩的女兒？」

「是。」既然已經暴露了身分，雲裳也沒有再隱瞞的必要，坦然道：「我叫雲裳。」無論阿爹與烏左木有何仇怨，她都不容許烏左木污衊阿爹。

烏左木聽了，再次冷笑幾聲。「雲碩的女兒，竟然跑到我這無生寨來了，真是有趣。」

雲裳蹙下眉頭。「敢問烏寨主與我阿爹有何過節？」

烏左木聞言，神情怪異的盯著她，隨後舉起左手，冷聲道：「老子臉上的這條疤痕以及這隻左手，就拜他所賜，妳說呢？」

雲裳抬頭，仔細看了幾眼，心裡咯噔一聲。烏左木的左手除了大拇指和食指，剩下的三根手指都是假肢。

剎那間，她心裡閃過一個名字。

烏冶，影石族的叛徒，被她父親削去了三根手指，並逐出族譜。烏家當年也是影石族的盛族，他們的祖先還做過族長，後來日漸衰落，被雲家取而代之。

烏冶的故事，她是從徐嬤嬤的口中聽來的。他原是族中的一個勇士，武藝超群，後來不知為何投奔了蒼梧國，被衡王招為幕僚。

聽徐嬤嬤說，他是為了求榮，出賣了族人，被父親趕出去的，多年來不知所蹤，離開的時候還揚言一定會報仇。

小的時候，徐嬤嬤沒少警告她，遇到烏冶，一定要躲得遠遠的，因為這人心眼如針，有仇必報。

事隔多年，他竟然改名了。不過，他不是衡王的座上賓嗎，怎麼會跑到無生寨當寨主？

正疑惑間，只聽烏左木道：「妳不怕我？」

雲裳回過神來，努力穩著心緒，恭恭敬敬的拱了拱手，算作打招呼。「原來是烏前輩，早就聽聞您是影石族第一勇士，今日終於得以一見，也是緣分。」

烏左木愣了愣，隨後冷笑道：「妳不知道我和妳父親之間的事情？」

話落，他又接著道：「也是，那個時候，妳還沒生下來呢，自然是不知道的。念在妳不知情的分上，今日就不與妳計較。帶著閒雜人等，滾出我的無生寨。」

雲裳偏頭看了看面色慘白的顧闓，眼珠子轉了轉，斟酌著說辭。

徐嬤嬤親眼見證當年的事情，雖然只是三言兩語描繪事情的經過，但她聽得出來，烏左木絕對是個厲害的人物，而且對阿爹的怨恨很深。現在他們等於是羊入虎口，又有求於人，絕對不能出了半點差池，不然顧闓的命就沒救了。

她穩了穩心神，含笑道：「今日帶著顧公子到無生寨尋找余神醫，是拿了信物來的，烏寨主可有看過？」

聽了這話，烏左木突然想起那塊令牌，擰了擰眉頭。

謝家的信物，他自然認得。他曾說過，無論謝家有什麼事情，只要有用得到他的地方，赴湯蹈火，在所不辭。

可他當初對謝太傅的承諾，雲裳並不知情。且一事歸一事，謝家的恩情不足以抵消他當年在雲碩那裡受到的屈辱。

念此，烏左木橫眉怒目道：「妳在要挾我？」

「不敢。」雲裳語氣謙卑。「只是受人所託，不得違背承諾。」

聽到這兒，她已經敢確定，謝家和烏左木之間關係非同一般了。

令牌是謝鶯拿給她的，烏左木就算想跟她翻舊帳不救人，也總得掂量一下謝鶯同不同意吧。

見她這般不卑不亢，小小年紀就會察言觀色，烏左木頓時就有些好奇了，轉怒為笑。「妳可知道，這兒為何叫無生寨？因為擅闖的人，都有去無回。」

雲裳從容應道：「若是知道，也不會貿然進來了。實不相瞞，染病的這位公子姓顧，是令牌的主人讓我帶他來這兒的，我也是受人之託，忠人之事。」

「姓顧？」烏左木蹙眉。「瞧著他的模樣，也不是什麼貴家公子，既是如此，謝家的人為何要救他？」

「這我就不知道了。」雲裳面不改色的撒謊。「不過令牌的主人既給了信物，自有她的用意。還請烏寨主既往不咎，讓余神醫醫治顧公子的命。」

烏左木豈是那麼容易糊弄的人，他目光灼灼的望著雲裳，想從她臉上看出點什麼，可雲裳低著頭，看不清表情。許久之後，他心裡突然有了個主意，狡黠笑道：「我怎麼知道這塊令牌不是妳偷來的？」

話音剛落，臉色一換，冷哼道：「來人，將人攆出去。」

說完，擺手示意下人把他們攆走，那些人見了，想都沒想，立即將顧閆抬出去。

「你們這是幹什麼？」阿福被那些壯漢擋在後面，眼見顧閆要被抬出門口了，心急如焚道：「雲小姐，您快想想辦法啊！」

而另一些人圍住雲裳，不讓她離開，忠信和忠厚也被人制住，無法抽身。

烏左木是不打算放他們離開了。

「等等。」雲裳高聲制止，抬走顧閆的那些人卻未停下，她想了想，心一橫，抬頭看向烏左木。「烏寨主怎麼樣才願意救顧公子？」

聞言，烏左木出聲把人叫停，然後似笑非笑的看著雲裳。「那就得看妳了。」他眼裡溢著得逞的快意。

雲裳心下暗叫一聲不妙，但事已至此，就不能再回頭了，於是硬著頭皮問：「烏寨主有話直言，雲裳有能效勞的地方，一定會義不容辭。」

「這樣啊？」烏寨主收回目光，摸了摸自己左手的三根假指頭，不緊不慢的道：「雲碩雖然做事不厚道，但是個硬骨頭。妳身為他的獨女，小小年紀，看著倒是有幾分膽識。」

話到此處，他突然就不說了。

聽到這兒，雲裳還不知道他到底想做什麼，直覺不是好事，眉頭越皺越緊。她緊張的等待著烏左木剩下的話。

那些下人把顧閆帶了回來，烏左木這才認真的打量著他。

許久之後，烏左木慢悠悠的道：「這位顧公子，是妳自己想救的吧？」

雲裳心下一驚。沒想到這麼快就被他看穿了，不過此人能夠被衡王重用，如今又當了寨主，可見有其過人之處，她的心思瞞不住也是正常的。

橫豎瞞不過他，雲裳只好如實回道：「是。」

烏左木又笑了，然後拍手連聲叫好。「有趣，有趣。」

就在這時，阿福突然驚叫。「公子，您怎麼了？公子。」

雲裳望過去，只見顧閆神情迷離，泛著紅疹的臉上都是碩大的汗珠，手扶著腦袋，唇瓣緊緊的咬在一起。

他又發病了。

而余神醫在一旁氣定神閒的望著，全然沒有出手相救的意思，他只聽烏左木的吩咐。

看了顧閆此狀，雲裳於心不忍，高聲道：「請烏寨主明示。」

「這個簡單。」烏左木把玩著手指，嘆息道：「這假手指戴久了，總以為是真的。直到今日，才發現還是沒什麼用處的東西。」

此情此景，阿福也明白，顧闆的命全懸在雲裳的身上，焦灼的叫了聲。「雲小姐……」

雖然只是叫了稱呼，但阿福想說的話不言而喻。

雲裳看得也有點兒急，面上卻還是保持著原來的神情，不讓烏左木看出分毫。「請烏寨主出手相救，事成之後，必有重謝。」

「我這人不缺金銀珠寶。」

「那您……」

烏左木也不再跟她打啞謎，直言道：「妳父親拿走了我的三根手指，一報還一報，只要妳剁了自己的手指頭，顧公子的命就可以保住。」

雲裳一怔。

一旁的玉奴也瞪大了雙眼，未等雲裳說話，她便搶先一步道：「不行！」

覺得一切盡在掌握中，烏左木也不急，安之若素的靠在椅子上，含笑跟身側的人說了幾句話，那人便下去了。

過了一會兒，便有下人搬了桌子和刀放在雲裳身旁。

烏左木緩緩開口。「妳父親當年便是在桌子上砍斷了我的手指，念在往日情分，我只要妳一根手指頭。留下妳的手指頭，不僅那位顧公子得救，你們幾個也可以安然無恙的離開無生寨。」

聽著烏左木堅定的語氣，雲裳的心涼了半截。

他的眼裡噙著玩味的笑容，加上那張看著凶神惡煞的臉，令人毛骨悚然。

雲裳如沈谷底。

烏左木是要報復當年的割指之辱，雲裳低下頭看了看自己白嫩的手指猶豫了。為了救顧闆，值得嗎？

雲裳扭頭，看見顧闆痛苦的抱著頭，他臉上的紅疹越來越多了，觸目驚心。

「怎麼，不敢嗎？雲家的人，可從來沒有孬種。」

雲裳收回目光，與烏左木對視一眼，見他臉上掛著瘋狂的笑意，她深吸一口氣，緩緩拿起桌子上的刀。

玉奴高聲道：「小姐，不可！」

烏左木等得不耐煩了。「要麼妳自己斷，要麼我讓人幫妳斷。」

雲裳抬眼，認真道：「若我斷了指頭，烏寨主真的會願意救顧公子？」

「大丈夫一言既出，駟馬難追。」

「好。」雲裳神色平和，把刀放下，掏出自己腰間的匕首。「不過我要用自己的刀。」

說著，她把手放在桌子上，先是看了烏左木一眼，見烏左木神情不耐，並沒有改變主意的意思，又往顧闆的方向看過去。

玉奴被人攔住，她對著雲裳直搖頭，怕雲裳真的做傻事，淚眼汪汪的，快哭出來了。

顧闆這時也抬起了頭，四目相對，雲裳看見顧闆也在衝她搖頭，並且說了句話。他的聲音太輕，雲裳根本沒有聽到他說了什麼，但根據他的口形，不難猜到。

顧闓說的是——

不要。

在對她說完這句話之後，顧闓的面色又開始扭曲了，一臉痛苦的抱著頭，雙手緊緊的抓著椅子。

他實在太痛了，頭就像要爆炸了一樣。

阿福只能不知所措的看著。

雲裳笑了笑。

她轉過身，深深的望著自己左手的小指頭，目光漸趨堅定。不就是一根手指頭嗎，比起顧闓的命和她這一生的榮華，算得了什麼？

「希望烏寨主不要忘記自己的承諾。」說著這話的時候，雲裳心裡已經有了決斷。

她戀戀不捨的摸了摸自己的小指頭，又放在嘴邊親了下，算作最後的告別。

阿福這時也急了，但這次是在擔憂她。「雲小姐，您……」

他欲言又止，既不想讓雲裳斷指，又想救顧闓的命，於是那些話生生的卡在了喉嚨裡，沒有說出口。

雲裳沒有再扭頭，她閉了閉眼睛，等心情平靜下來後，睜眼，手起刀落，一點都沒拖泥帶水。

然後，匕首從手中滑落，哐噹掉在地上。

桌子上，留下了一截白嫩的小指頭，還有從殘指間噴湧而出的血，血流如注的噴濺在烏左木讓人準備的那把刀上，把刀染紅了一大片。

血模糊了雲裳的視線，她看得有些不真切，腦袋暈乎乎的，但深入骨髓的痛意傳遍五臟六腑令她格外的清醒。她的身子顫了顫，險些要站不穩。她緊緊的咬著嘴唇，穩住身形，努力讓自己看起來沒有那麼狼狽。

「小姐！」玉奴尖叫著破了聲，整個人癱軟在地。

阿福嚇得面無人色，六神無主。

余神醫和無生寨的其他人，表情也彷彿凝滯住了，就是烏左木，也愣住了。

顯然，這是所有人都沒預料到的，她真能下得了手。

雲裳右手顫抖著伸進袖子裡，掏了好一會兒，才掏出手帕，蓋住自己的斷指，防止失血過多。

然後，她緩緩抬起頭，面色蒼白如紙，但語氣平靜而又堅定。「烏寨主，顧公子的病，可以治了嗎？」

所有人倒吸一口涼氣。

一個九歲的小姑娘，眾目睽睽之下砍斷自己的手指後，還能面不改色的問出這話。她的內心之強大，實在太恐怖了！

聞聲，烏左木的睫毛終於動了動，目光深邃，看不出真實情緒。

「余仁，救人！」他說，斬釘截鐵，毫不猶豫。

「小姐，您一定很疼吧？」玉奴低著頭，小心謹慎的幫雲裳換藥，生怕把她弄疼了。這些日子以來，她總是反反覆覆的問著這話。望著雲裳的殘指，她心痛不已，對當日的情景仍心有餘悸。

「小姐以後不要再做傻事了，顧公子不值得的。」說著，玉奴的眼裡又泛了淚光。

雲裳最看不得她哭，縮回手，無奈笑道：「妳這丫頭，不是讓妳別動不動就哭鼻子嗎？怎麼剛說過的話，轉頭又忘了？」

「我只是不忍心……」玉奴哽咽著，越想越難受，說不出話來，眼淚無聲無息的落下。

「好了好了，我這手指早就不疼了，準備啟程了，別讓人看了笑話。」雲裳伸手擦了擦她的眼淚。「別讓無生寨的人看輕了我們。」

話音剛落，門外響起了忠信的聲音。「小姐，要出發了。」

聽到這話，玉奴抬手快速抹乾淚水，整理儀容。

雲裳站起身，往門外走去，玉奴拿起包袱快步跟上。

走到門口，忠信先是看了一眼她的手，然後恭敬道：「小姐，烏寨主已經在馬車旁候著了。」

雲裳點點頭，往寨門口的方向走。

到了馬車那裡，烏左木正和顧閆交談，見她來了，一起轉頭望過來。「雲姑娘。」

雲裳淺笑道：「多謝烏寨主這幾日的款待。不過就這麼把我放走了，就不怕我日後來尋仇嗎？」

烏左木聽了也不惱，只爽朗的大笑。「若是雲姑娘想回來尋仇，我隨時等著。」說完，烏左木低頭看向她的手指，欲言又止一會兒後，嘆了口氣，由衷讚賞道：「妳父親是個頂天立地的男人，妳身上流著他的血脈，一點也不比他差，沒給雲家丟人。」

雲裳聽了只是淡淡一笑。

當日在斷指之後，烏左木不知道是被她不懼生死的行為嚇到了，還是欽佩於她小小年紀就如此剛烈，想起了影石族當年對他的情分，不僅讓余神醫醫治了顧閆的病，還收留他們在無生寨住了幾日。

並且，他還送了一個謝禮，那便是前往南丹城的文書。

雲裳在忠信的攙扶下上了馬車，回首抱拳道：「烏寨主，就此別過，有緣來日再會。」

烏左木微笑著點頭，伸手拍了拍顧閆的肩膀。「記得活著出南丹城，別讓我失望。我還等著你們回來尋仇呢。」

他這話自然是玩笑，顧閆聽了只是回以一笑，簡單告別幾句之後，一行人便離開了無生寨。

雲裳翻開烏左木給的那幾份文書，不禁感嘆道：「這烏左木，算得上是個英雄豪傑。」

關於烏左木的來歷與久居無生寨的緣由，雲裳已經從顧閆那兒打聽得一清二楚了。

烏左木離開影石族之後，確實投奔了衡王，立下不少戰功，頗受重用，但因為出身影石族的原因，受到皇帝忌憚。

當初，蒼梧國外憂內患，為了穩定軍心，皇帝不得已派衡王出征，原本是想藉著這個機會除掉衡王這個心頭大患的，沒想到他不僅沒有死在戰場上，還屢立戰功，在百姓心中頗有名望。

計謀適得其反，皇帝找不到機會下手，便下旨讓衡王回北冥，找機會奪回兵權，奈何衡王以戰事未結束為由，滯留南丹。衡王手握兵權，皇帝本來就提心吊膽，加上一個烏左木，對衡王來說就是如虎添翼，尤其烏左木還是影石族人，皇帝就更加提防了。

這些年，頻頻派親信到南丹，以制衡衡王，衡王也是個聰明的，知道皇帝的意圖，於是尋了個藉口，將烏左木攆走。

於是烏左木跑到無生寨做了寨主，一方面可以養精蓄銳，隨時等候衡王的命令，為衡王準備戰事需要的糧草，另一方面可以打消皇帝的疑慮。

烏左木這人是個聰明的，在她斷指以後就將他們的事情查探得清清楚楚，不過他無意為難，還透露了一些訊息給他們。

說來烏左木雖然奪走了她一根手指頭，但十分敬重不畏生死之人，見她剛烈，不僅沒有違背承諾，反而十分讚賞。

而現今南丹城戰事頻發，必須有文書才能進入南丹城。原本許縣令給顧閆的是一紙囚徒的文書，到了南丹，需到柴木營做雜活。

近些年戰事頻仍，南丹地處偏遠，兵器糧草都很難供應得上，於是皇帝下令在南丹城周圍建立一個兵器營，專門製造兵器。柴木營是兵器營下的一個小隊，負責砍伐、運輸木頭和燒火。

烏左木給他們的是完全不一樣的文書，給顧閆和阿福的是屠夫的文書，至於雲裳和玉奴則是廚娘的。聽顧閆所說，這兩份活兒比柴木營輕鬆不少。

雲裳確認了一下文書上的字，就把東西收起來了。「去無生寨的這一遭，不虧。」

顧閆默聲不語。

雲裳抬頭，瞧見他盯著自己包紮起來的傷處出神，他的眉頭緊緊皺著，雲裳似乎從他的眼中看到了愧疚，於是她微笑道：「等過幾日傷口癒合，便好了。缺了一隻手指，對我來說並沒有影響。」

說完，雲裳也低頭瞧了瞧，斷指現在還纏著紗布，看不清楚模樣。

但她確實清清楚楚的記得，傷口已經不流血了，結了薄薄的一層疤痕，仔細看的話能看到裡頭的一塊細骨。

回想起那日的事情，雲裳自己都覺得有點不可思議。那日她確實是鼓起了勇氣的，下決定也就是一瞬間的事情，若問她後悔嗎？答案顯而易見。

她記得上一世自己及笄過後，最喜歡的便是自己那一雙白嫩纖細的手，經常讓玉奴找花瓣碾成汁塗在上面，甚是好看。

原以為換了一個人生，日子就能好過些，沒想到還是諸多磨難。

念此，雲裳又笑了。「顧公子欠我的恩情，是真的還不完了。」

顧闓仍是不語，他抬起手，輕輕托住雲裳的手指，聲音格外的溫和。「痛嗎？」

雲裳呆了呆，他之前總問她值不值得，這還是第一次問她疼不疼。她下意識的想要縮回手，手卻被顧闓握住。

「我看看。」

「不好看的。」雲裳說。

「也到換藥的時辰了吧？我幫妳換藥。」

雲裳默聲，想要從顧闓的臉上看出點什麼，但他此時面無表情，垂著眼，看不到眸底的思緒。她原是想拒絕的，話到嘴邊，看他神情如此認真，又收了回去。

「有點疼。」她一邊說著，一邊把藥瓶遞過去。

顧闓溫和道：「我輕點塗。」

雲裳不再言語，她安靜的看著顧闓，只見他十分專注，認真又小心翼翼的替她換藥，生怕弄疼了她。

雲裳卻是在這一刻明白了。

顧闓或許對她沒有男女之情，但至少這個時候，心裡對她是有憐惜的吧。

雲裳就這麼胡亂想著，直到顧闓再度開口，才回過神來，她望著自己包紮好的傷口，笑著打趣。「沒想到你還會包紮傷口。」

「雲裳。」顧闓忽然抬頭，神色莊重。

這是顧闓第一次喚自己的全名，雲裳愣怔。「啊？」

「我這個人，最怕欠人情。」顧闓目光深深的望著她，然後嘆了口氣，頗為無奈道：「所以妳，成功了。」

雲裳心裡一哽。

她自然知道他話中的意思，她至今所做一切，不過都是為了成為他的正妻。而如今，他認可她了，這是給她的承諾。

她不知道該說什麼，如果要反駁，她並沒有底氣，畢竟她接近顧闓，一直都是別有所圖的；可說感謝，她自認自己為顧闓付出的，並沒有比前一世的謝鶯少，顧闓給她承諾是理所當然的。

不過這一瞬間，雲裳明白，從今以後，她和顧闓，這輩子都要牽扯在一起了。

第二十八章

空曠的一處平地上，立了幾十個營帳，此時天還沒亮，每三、四個營帳外頭都坐著十幾個將士，圍著火堆取暖。

他們剛剛打了一場勝仗，但那些將士卻沒有過多欣喜，因為多數人都受了傷，雖然存活下來，但不知道什麼時候就會送命。

也許是在天亮以後，也許是明天，誰也不知道，這便是戰場的殘酷。

此時，有個身材魁梧，濃眉大眼，長得十分周正的將士從他們身邊經過，目不斜視，徑直朝中間的一個大營帳快步走去。

到了營帳外，他稍稍猶豫，停下了腳步，開口問守門的將士。「參軍在嗎？」

士兵剛剛在打盹，睡眼惺忪的揉了揉眼睛，看見是冉黎，立馬清醒了，恭敬回道：「冉副尉，顧參軍還未醒，您在外頭等一會兒吧。」

話音剛落，裡頭就傳出了聲音。「進來吧。」

士兵驚訝的往裡頭看了看，還未回話，就看見冉黎進去了。他什麼都沒說，回過頭，睏意全無，身板站得筆直。

冉黎進了營帳，只是看到一個衣角，便低頭恭恭敬敬的拱手行禮。「參軍。」

說罷，剛抬起頭，就看到了一張謫仙似的臉，穿著白衣，風姿翩翩，臉色淡漠。即便見了許多次，冉黎有一瞬間還是晃了神。

顧闉微微點頭，他已經穿好了衣裳，走到桌子旁坐下。「有消息了？」

冉黎回過神來，猶豫了一會兒，還是老實應道：「雲校尉剛擊退了敵軍，回到半路，帶著一隊人馬，去林中找獵物了。」

顧闉皺了皺眉頭。「去了多久？」

「半個時辰。」

顧闉默了默。「她一回來，立即派人過來稟報。」

「是。」應完這話，冉黎抬頭望了望顧闉，見他沒有支退自己的意思，便停留在原地，安靜等候著。

顧闉正低頭觀看地形圖，許久以後，似是隨口一問。「沈慕在何處？」

冉黎想了想。「現在應該還在營帳內，屬下一會兒把他叫來？」

「不必了。」顧闉的頭都沒抬一下。「他身子骨不好，這幾日就別讓他出去打仗了，在營帳裡好生待著。」

聽到這話，冉黎愣了一下，以為自己聽錯了。

沈慕身子骨不好？兩年前剛入軍營的時候，確實是這樣，但現在身材比參軍還要壯實，都能上戰場了。

緊接著，他後知後覺的反應過來了，沈慕這幾日，好像總跟在雲校尉身邊。

「屬下會把參軍的話轉達給他的。」

顧閆緩緩的抬起頭，只是一道尋常的目光，並無任何獨特之處，但冉黎看著，不知是心虛還是什麼，感覺自己臉上冒了一層虛汗。

他訕訕的改口。「屬下會告訴沈慕，他身子不好，不應該給雲校尉扯後腿。」

顧閆微微點了下頭，繼續看地形圖，手裡還拿著幾面小旗幟。

冉黎暗暗鬆了一口氣。

正在這時，門外有將士稟報。「參軍，雲校尉回來了。」

顧閆神情微動，放下手中的旗幟，喚他進裡頭回話。

士兵大步流星進屋，臉色紅撲撲的，興高采烈道：「參軍，雲校尉又打了好多獵物。其中有一隻狐狸，皮毛是紅色的，可好看了。」

士兵臉上有點兒髒，但眉眼間都是抑制不住的欣喜。

顧閆眼裡含笑。「她現在在哪兒？」

「雲校尉拿著狐狸皮，去找沈大夫了。」

話剛說完，顧閆的臉就垮下來了。冉黎看得心裡咯噔一跳，暗暗想著這士兵要完了。

士兵卻還是未曾察覺，仍是興沖沖的。「參軍您不知道，雲校尉的箭法，真的是百發百中，一箭就射死了狐狸，剛回來，就拿著狐狸皮去找沈大夫了。」

眼瞧著顧閆的臉色越來越難看，冉黎用力咳了幾聲，暗示士兵。

士兵聽到後，疑惑的扭頭看冉黎，發現冉黎對他猛眨眼睛，這時才想到了什麼，往顧閆的方向看過去，臉上的笑容就凝滯了。

完了，剛剛只顧著高興，他都忘了，在這軍營裡，參軍最不喜歡聽到的就是沈慕的名字了。他現在後悔還來得及嗎？

士兵苦著臉，哀求似的看向冉黎，似乎在問他接下來該怎麼辦。

冉黎搖搖頭，一臉你自求多福的表情。

還未等士兵想到法子，顧閆就起身走出去了。

看著他大步流星的背影，士兵面如死灰，抬手給了自己幾個嘴巴。說啥不好，偏偏在參軍面前提起沈慕，這不是自尋死路嗎？

「雲姑娘沒有受傷吧？」沈慕托著雲裳剛送給他的狐狸皮，微笑著問。

雲裳微笑著看他。

沈慕是兩年前被貶到南丹城的，當時他身子羸弱，因為懂醫，在軍營裡跟著軍醫幫將士們看病，有一次不知為何與兩個士兵起了爭執，被揍了一頓，扔到了林子裡，奄奄一息。

她當時帶著人去林子裡狩獵，正巧遇到沈慕，一眼認出對方的雲裳趕緊將人帶回營帳裡醫治。之後，他便留在了軍營裡，專為受傷的將士療傷。

這兩年來，無論她給沈慕送了什麼東西，他問出口的第一句話永遠都是事關她的安危，而不是禮物是從哪來的，有多貴重。沈慕和前世一樣，沒有任何變化，對她的好亦是如此。

「放心吧，我沒事。」

沈慕放下心來，終於低頭看了手中的狐狸皮，臉上的笑容越發深了。「這狐狸皮珍貴，雲姑娘還是自己留著吧，讓玉奴姑娘做件狐裘，冬日的時候可以穿著。」

這塊狐狸皮是雲裳剛讓人割下來的，割得非常完好，皮上還有血跡，剛剛雲裳一過來就扔到他懷裡，這一會兒他的雙手黏糊糊的，衣裳上也沾了血。但他什麼都沒說，也沒有拿開，臉上一如既往的掛著溫潤的笑容。

雲裳拍了拍手。「以後還會有的，這塊皮摸著舒服，我就給你送來了。你身子骨單薄，冬日要多備一、兩件衣裳。再過兩個月，這天可就冷下來了。」

她都這麼說了，沈慕也不好再拒絕，溫和道：「雲姑娘要進營帳裡坐一會兒嗎？我剛剛煮了熱湯。」

「不用了。」雲裳抬手，爽朗道：「打了兩天的仗，一宿沒睡，我要回去沐浴，好好睡一覺。」

一天一夜沒合眼，她這會兒確實累壞了，再不回去睡覺，身子都要垮了。

沈慕看著她疲憊的臉龐，知道她是真的累，也不強求，只道：「那等雲姑娘醒了，我再送過去。」

說完，他的目光定了定，停在雲裳左手空著的小指頭上，暗中無奈的嘆了口氣。她打仗太過投入，又把假指弄掉了。

「雲姑娘等一會兒。」沈慕說著，拿著狐狸皮轉身進了自己的營帳，過沒多久拿著一樣東西出來。

「怎麼了？」雲裳問他。

沈慕無奈道：「雲姑娘是不是又不知道，假指掉了。」

聞言，又看到他手裡拿著的一根新假指，雲裳終於反應過來，低頭摸了摸自己的左手，果然空了。但她不以為然的笑著。「習以為常了，戰場上刀劍無影，只顧著殺敵，哪還顧得上這些。」

「還是要注意些，不然到了冬日，天兒冷，又要疼了。」沈慕說著，便伸出手握住了她的手腕，幫她戴上新的假指。

雲裳剛想說什麼，沈慕就已經在幫忙戴著了，神情專注。她想了想，覺得這也沒什麼，便任由他了。

沈慕說：「這是我剛做好的，比上次的好用些，這次應該就不那麼容易掉了。」

雲裳低頭瞧著，伸出手摸了摸，十分光滑，手感很好，就像真的一樣，指甲上還刻了一小朵牡丹花，栩栩如生。

看得出來，沈慕是用了心的。每兩個月，他就會送她一根假指，都是他親手做的，一次比一次好。

雲裳淺笑道：「你總是這般用心。」

雲裳看著假指，突然想起四年前，剛進到軍營的那個年末，北狄人頻頻進犯，蒼梧國連吃幾場敗仗。

某日，雲裳和玉奴正在為將士們煮飯的時候，北狄軍突然入侵，直擊他們所在的軍營，幾乎整個營的人被捕。

將士們傷亡慘重，活著的人被逼到深林處的一個大山洞躲著。

彼時正值寒冬，又下了兩天大雨，天氣格外濕冷。入夜，那些士兵出去覓食了，阿福和玉奴也跟著出去，山洞裡只剩下顧闓和雲裳。

顧闓縮在一個角落裡，抱著身子瑟瑟發抖，一旁是燃得正旺的火堆。

「太冷了嗎？我再添點柴火。」雲裳往火堆裡頭扔了幾根柴火，可顧闓的情況還是沒有好轉，身子冷得厲害。

雲裳意識到他病了，摸了摸他的額頭，有些滾燙，山洞裡沒有藥，她只能多添柴火，讓顧闓能溫暖一些。

夜深的時候，玉奴他們還沒回來，洞裡的乾柴已經燒光了，雲裳想出去撿柴火，剛出洞口就聽到狼的叫聲，她放心不下顧闓，又折了回去。

顧闓躺在地上，凍得嘴唇都紫了。雲裳斟酌半晌，躺到他旁邊，把他抱住。

許是太冷了，顧闓沒有推開她，反而緊緊的抱住了她。就這樣貼身抱了一會兒，顧闓的體溫漸漸回升，慢慢睡了過去，雲裳一夜無眠。

清晨，玉奴和阿福帶著傷回來，原先的三十個將士，現在只剩下二十個了。

「小姐，我們在山腳下遇到了北狄人，他們搜到這兒來了。」

雲裳問了山腳下的情況，有八個北狄人還沒死，正往山洞這邊趕來。回來的這些將士大多受了傷，已經沒了活的希望，坐著唉聲嘆氣，一臉頹敗。

顧闓道：「我有個計劃，若是各位信得過我，不僅可以活命，還能夠打退北狄人。」

有個士兵看了看他，不屑的笑道：「就你？毫無武功，北狄人殺你就像踩死螞蟻一般簡單，還想著打退他們呢。」

這幾天的朝夕相處，彼此都知道每個人的身分了，顧闓不過是個煉兵器的，士兵根本看不起他，其他人更是沒有一個人理睬顧闓。他們都是一些傷員，已經沒有力氣再打了。

北狄人多勢眾，想要殺出重圍，必須所有人齊心協力，兵分幾路，因此顧闓耐著性子繼續道：「無論如何都是死路一條，何不試著殺出去？與其在這兒等死，不如自救。」

那些人聽了只是連連嘆息，仍是不為所動。

雲裳站起來，道：「我相信你，接下來我們該怎麼做？」

阿福和玉奴也跟著附和。「我們願意聽你的。」

顧闓掃了那些士兵一眼。「若是我能擒住那八個人，你們可願信我？」

聞言，那些將士抬頭，面面相覷，臉上都露出不相信的神情。

那日，雲裳按照顧閆的計劃，顧閆和玉奴假裝受傷，現身吸引那些北狄人後，分別往不同的方向跑，分散那八個人。阿福和雲裳拿著山洞裡僅剩的弓箭在周圍埋伏，等北狄人一靠近，就射箭將人擊殺。

因為雨還未停，整個林子灰濛濛的，那些北狄人不熟悉路，視線又受阻，死的死，傷的傷。將活著的那幾個北狄人擒回山洞後，山洞裡的士兵對顧閆心服口服。

兩天時間，所有人背水一戰，打退了八十個北狄人。也就是那一仗，顧閆聲名鵲起，被衡王召見。

而她一心想立功，便讓顧閆幫忙說情，上戰場殺敵，四年來，不僅武藝精進了許多，也混了個校尉的官職。

雲裳摸摸那根假指，淡淡笑了。

五年過去，她的斷指早就不會疼了。

天天出生入死，根本也無暇顧及這根斷指，只有顧閆和沈慕送她假指的時候，她才會回想起來。

沈慕道：「姑娘的恩情我無以為報，只能盡力為姑娘做些小事。姑娘不嫌棄就好了。」

「怎麼會嫌棄？你送的東西，我都很喜歡。」

沈慕笑了笑，假指已經戴好了，但他覺得還有點瑕疵，還在調整。

不遠處，顧閆沈著臉，默不作聲的看著。

冉黎看得心驚膽顫，小心翼翼道：「參軍，不如我過去瞧一瞧？」

「不用。」顧閆冷聲回答。

冉黎和剛剛稟話的士兵面面相覷，不敢吭聲。

站了一會兒，冉黎實在忍不住了。「參軍……」

「她沒事。」顧閆面無表情。

冉黎欲哭無淚，暗暗在心裡腹誹，雲校尉當然沒有沒事，有事的是他啊。

從校尉遞給沈慕狐狸皮的時候，他們就在這兒站著不動了，這麼久的功夫，腳愣是沒挪一下，都快麻了。再在參軍旁邊站一會兒，他這頭髮也快要掉光了。

想他打仗多年，怕過什麼事？偏偏跟參軍在一起，心裡就慌得厲害，尤其是參軍陰著臉的時候。

此時，沈慕終於抬起了頭，和雲裳相視一笑。

顧閆看著，嘴角微微上揚。「我記得，這幾日的傷員不少吧，沈大夫怎麼會這麼閒？」

冉黎察言觀色的能力不是一般人能比的，跟在顧閆身邊四年，早就摸透他的性子了，一聽這話，頓時就明白了。他使勁點點頭。「明日就吩咐他去照看受傷的將士。」

顧閆唇邊的弧度越來越深。

冉黎看著，心都涼了半截，低頭認真思索了一會兒，突然靈光一閃。「屬下突然想起，城裡新進了一批藥材，不如明日讓沈大夫回城裡製藥。」
顧閆點了點頭，眉眼間浮上笑意。
冉黎懸著的心終於落了下來，他知道，參軍這是滿意了。
正在這時，雲裳突然往他們的方向看了過來。
看見他們，她先是一愣，而後吩咐沈慕回營帳，大步朝著顧閆的方向走來。「你怎麼在這兒？」
「聽說妳回來了，過來看看。」顧閆溫聲說著，目光從她的臉上挪到那隻假指上，眉頭微蹙。「沒受傷吧？」
「那些人哪能傷得了我？」雲裳說完，見他盯著自己的手指看，舉起手，轉了轉。「好看嗎？沈慕剛才送我的。」
冉黎迅速低下頭，順勢扯了一下旁邊士兵的衣裳。
士兵雖然不知道發生了何事，但知道聽冉黎的準沒錯，也跟著低頭。
顧閆眼睛瞇了瞇，好看是好看，就是有點刺眼。
見顧閆沈默不語，雲裳順著他的目光回頭，發現沈慕還在外面站著，像是想起了什麼，她道：「我今日拿到了一張狐狸皮，本來想著要給你的，但想起來沈慕他沒有裘衣，便送給他了，等過段時間有新的，再給你。」
顧閆輕輕嗯了一聲，臉上的表情仍然沒什麼變化。

顧閆本就不苟言笑，尤其當上參軍後，越發沈默寡言，因此雲裳並沒有多想。她看了看低著頭一動不動的冉黎，疑惑道：「你們有事要出去？」

察覺到雲裳的目光，冉黎抬起頭。「等會兒要巡營。」

雲裳點點頭，目光回望到顧閆身上。「那我先回營帳歇息，其他等睡醒了再說。」

三個時辰後，外頭人聲如鼓，雲裳從睡夢中醒了過來。

起身後，她朝外喚了一聲，早就在外頭候著的玉奴緩緩進屋。「小姐，您醒了。」

雲裳俐落的拿起旁邊衣架上的衣裳穿著，問她。「外頭發生何事了？」

玉奴把膳食放下，走過去一邊幫她整理衣裳一邊應答。「北狄人剛打了敗仗，軍營退了十里，大家都高興著呢。」

雲裳抬眼上下打量著玉奴。「十日不見，妳的面色越發紅潤了，看來阿福沒虧待妳。」

五年過去，玉奴長成了亭亭玉立的大姑娘。提及阿福，她的臉頓時就紅了。「小姐，您就別打趣奴婢了。」

雲裳笑道：「都是大姑娘了，這有什麼不好意思說的。再過兩年，等戰事平息，你們倆的婚事就該舉行了。」

說到這兒，雲裳不由得嘆了口氣。

初入軍營當廚娘時，玉奴覺得是顧閆害得她斷指，不敢把氣發在顧閆身上，便對阿福總是冷言冷語，兩人經常鬥嘴，沒想到最後成了一對歡喜冤家。

「奴婢不嫁人。」玉奴低下頭，臉紅撲撲的，幫雲裳繫好腰帶。「奴婢這輩子都留在小姐身邊伺候。」

雲裳本就是隨意打趣兩句，真的想到她要嫁出去了，心裡還是捨不得的，便沒有再繼續說下去，轉開話題。「城防營那邊怎麼樣了？」

「基本上都弄好了，隨時等候差遣。阿福這幾日一直忙著城防營的事情，五日都沒見著人了。」

兩人說著話的功夫，門外有將士打斷了他們，說是顧闓讓她過去議事。

雲裳問了玉奴時辰，動身去了顧闓的營帳。

兩人商議了下一步的事情，確定怎麼攻打北狄後，就到了午時，有士兵送來膳食，雲裳便留下來一起用膳。

雲裳肚子早就咕嚕咕嚕響了，大口大口吃著。

顧闓還是慢條斯理的模樣，為她倒了一杯茶，溫聲道：「這兩日好好歇息，北狄人元氣大傷，這幾日不會輕易進攻的。」

雲裳嘴裡的飯粒還沒嚥進肚子裡，含糊應道：「好。」

這一仗雖然勝了，但他們的狀況比北狄好不到哪兒去，是該讓將士們好好歇息兩天。

顧闓看了看她，停箸，掏出手帕擦嘴。「沈慕不應該待在這兒。」

聞言，雲裳的手頓了頓，緩緩抬起頭。顧閆回望著她，眼神平靜無波，看不出思緒。

雲裳默聲，她知道顧閆說的是什麼意思。

三年前，沈慕受了連坐之罪，發配邊疆。而據從北冥傳來的消息，半年前，皇帝又再度降罪沈家，下令誅殺沈家男丁。

兩年前她救下沈慕後，就幫他隱瞞身分，正因為她的庇護，他才得以安然無恙。

這軍營裡誰都知道她看重沈慕，雖然有些人好奇沈慕的身分，但並不敢問，尤其是這兩年她帶兵打仗，頻頻獲勝，在軍中的威望頗高，更沒人敢質疑她護著的人了。

可沈慕身分特殊，終究是個隱患。一旦被人發覺，她落下的就是欺君大罪。

雲裳沈思片刻，道：「他還是戴罪之身，一旦出了軍營就會沒命。我這些日子仔細想過了，繼續幫忙瞞著他的身分，等過段時間這場戰事勝了，就向皇上稟明他的功勞。也許皇上一高興，就會赦免他。」

顧閆的眼睛一點點暗下去，他沈聲道：「他對妳而言，就那麼重要？讓妳不惜冒著殺頭之罪，也要幫他隱瞞。」

雲裳再次沈默。

她看了看顧閆，他臉上掛著淡淡的笑容，乍一看沒什麼，可微怔過後，她便反應過來，顧閆不高興了。

這些年因為出入戰場，她的性子更灑脫，用玉奴的話來說，隨興而為，豪爽不拘小節。

因此很多時候，都不會去關注別人的情緒。

可這不代表她對什麼事情都毫不在意，比如顧閆的情緒變化，她每次都能從他的言語裡聽得出來。

回想起早上在沈慕營帳外的事情，雲裳不知道顧閆是不是都看到了，有沒有誤會。

她確實是對沈慕上心，對沈慕好，也確實是有私心的。可她知道，自己是為了報恩，對沈慕有同情、愧疚、感恩之意，卻無關男女之情。

五年前跟著顧閆來到南丹城的時候，因為年紀尚小，加上這些年發現自己喜歡打仗的感覺，醉心於武藝和領兵殺敵，她從未認真想過兒女情長的事。現在身子慢慢長開了，成為了一個大姑娘，偶爾就會思慮與顧閆之間的事情。

五年來，她與顧閆一起經歷了許多事情。

顧閆現在身為一城參軍，地位僅次於衡王，無論是衡王還是將士都十分敬重他。可一路走來，十分不易。

五年前，顧閆為了接近衡王，再度操刀當了屠夫，因為屠夫可以到軍營裡送肉，有機會向衡王自薦，可顧閆等了整整一年都沒有見到衡王。

在那一年裡，她為了隱藏身分，處處小心謹慎，不與人為敵，無論受了什麼委屈都盡力隱忍。

久而久之，那些人就越發肆無忌憚的欺負他們，有幾次還拿她的斷指出來開玩笑，被顧闓聽到，他氣沖沖的上去理論，被他們打了一頓，養了一個月的傷。
也就是那個時候，他落下了一身傷病，每到下雨天和冷天，脊背和腿就會疼。
明明自己瘦弱無力，可她每次被人欺負的時候，顧闓都會擋在她面前。
那時候她還覺得顧闓傻，不知道忍讓，可久而久之，也能感受到顧闓對她的好。也就是那個時候，她才下定決心，上陣殺敵，因為只要她足夠強大，就沒人可以欺負他們。
興許是互相扶持多年，她和顧闓的默契越來越深，兩人之間的交流也越來越多。
而從去年開始，她覺得自己和顧闓的關係變了，尤其是近些日子，越發覺得兩人相處的時候氣氛都變得微妙了起來。
是從什麼時候開始的呢？
應該是顧闓當上參軍後，衡王將他的功勞上奏朝廷，皇帝赦免了顧家的罪，還派人將顧翰一家接回北冥。
知道他們在軍營裡平安無事，還有軍功在身，回北冥也是遲早的事情，顧夫人就時不時在往來的信中提起兩人的婚事。
再三個月，她就及笄了，婚事也就該提上日程了。
雲裳想了想，有些事情應該說清楚，於是把筷子放下，解釋道：「沈慕上一世是為我而死的。」
聞聲，顧闓的身子頓了頓。

「這件事情我從未告訴過你，一是覺得這是我與沈慕之間的事情，二是太忙了。」雲裳接著道：「上一世他救了我兩次，我心裡有愧，這一世見到他，總覺得應該為他做些什麼。而且之前我受傷的時候，也是他治好了我。」

顧闖神情微動，繼而眉頭一皺。

從前雲裳打到的獵物，都是送給他的，可近幾個月以來，好幾次都給了沈慕。就算想報答沈慕的恩情，也不至於為他做到這個程度。

「那沈慕除去戴罪之身以後呢？」

雲裳先是一愣，而後反應過來，認真道：「自然是君子之交淡如水了。」

聽到了滿意的答案，顧闖的眉頭終於舒展開來，眉梢上都浮現了笑意。「明日讓沈慕回城裡的藥鋪待著吧。」

雲裳想了想，覺得在理，便點頭。「也好，以他現在的處境，在軍營裡待著確實危險，先讓他回城裡的藥鋪躲一段時間。」

定下了沈慕的去處，顧闖就沒有再提起他，而是問了幾個有關戰事的問題。

一提起打仗，雲裳就精神抖擻，和他暢談良久。

等話題告一段落，雲裳才發現過了一個時辰，同時感受到倦意襲來，抬手打了個哈欠。

顧闖讓她在自己的營帳中歇一會兒，雲裳沒有客氣，當即就躺下睡了。

第二十九章

冉黎把消息告知沈慕的時候，沈慕面色平靜。「有勞冉副尉告知。」

頓了頓，遲疑半晌後，他問道：「此事雲姑娘知道嗎？」

冉黎想了一下，雲校尉在參軍的營帳待了半天還沒出來，參軍應該已經將此事告訴雲校尉了。

不過他不知是想到了什麼，換了話頭。「嘿，雲校尉每日上陣殺敵，哪有閒心管這些事兒？也就參軍的事情能讓她上心了。」

冉黎一邊說著一邊觀察沈慕的神色變化。

果不其然，沈慕的目光暗淡下來，不過轉瞬即逝，彷彿什麼事情都沒發生過，臉上依舊是溫潤儒雅的笑容。「是我多想了，我也是念著雲姑娘上次受的傷還未痊癒……」

他話未說完，就被冉黎打斷。「校尉的傷就不勞沈大夫費心了，參軍自有主意。午時我過來的時候，還看到雲校尉在參軍的營帳裡呢，沈大夫你也知道，雲校尉是參軍未過門的妻子，參軍對她，可比我們上心多了。」

話音剛落，沈慕的臉色一僵，笑容開始掛不住了。

這軍營裡很少有人提及顧閏和雲裳之間的婚事，可所有人都心知肚明，他們倆已經訂了親。所以這幾年來，雲裳午歇的時候偶爾宿在顧闓的營帳中也是大家見怪不怪的事情了。

望著沈慕的神情，冉黎更加確定自己內心的猜測，默了片刻後，陡然大笑，似是在開玩笑道：「我時常聽手底下的將士說，雲校尉長得猶如仙女下凡，誰能想到，在戰場上比我們這些男人還要勇猛呢。像雲校尉這樣的女子，哪是我們這些人能妄想的。」

說了這些話後，冉黎就停住了。

他雖是個粗人，可心思不粗，沈慕的心思他都看在眼裡呢。沈慕動了不該動的心思，必須儘早斬斷。他若能自己想明白，對他來說也是一件好事。

不過冉黎轉念一想，想著沈慕其實也沒做錯什麼，動了不該動的情，於他而言也是一種折磨，不由得對他生出幾分同情來。於是在心中默默嘆了口氣，語氣也跟著緩了些。「時候不早了，沈大夫早點歇息吧，明日一早我派人送你進城。」

沈慕緩過來了，他深吸一口氣，淺笑道：「多謝冉副尉。」

冉黎同情的瞥了他一眼，離開了。

沈慕藏在袖子裡的手微微握緊，顫了幾下。

雲裳醒來的時候，天色已經暗了，這一覺睡得很安穩，一問時辰，才知道是酉時了。

聽到聲響，顧闓把手中的兵書放下，轉頭笑道：「醒了？我讓人拿些吃的進來。」

雲裳伸了個懶腰。「你怎麼不把我叫醒？」

「看妳睡得沈，想著妳這些日子太疲憊了，就想讓妳多睡會兒。」說完，顧闓喚門外的將士。

將士很快就將膳食端進來，看見雲裳坐在床上，先是一怔，然後迅速低下頭，誠惶誠恐的將吃食放下，幾乎是小跑著出去。

望著士兵怪異的舉動，雲裳愣了愣，良久才反應過來。不會是誤會她和顧闓了吧？以前雖然她也會在顧闓的營帳裡小歇片刻，但從不會睡到天黑時分。

顧闓若無其事的把碗筷放好。「過來吃飯吧。」

雲裳收回視線，睡飽後神清氣爽，食慾都變好了，看見有吃的，坐下後就開始動筷。

吃完了東西，雲裳原本準備返回自己的營帳，但顧闓拿出了地形圖，要跟她商議一下新的策略，於是多逗留了一會兒。

兩人全神貫注的商量著，其間冉黎和阿福來稟話過幾次，等確定了明日主動出擊，打北狄人一個措手不及之後，顧闓將冉黎和幾個將領喚進營帳裡，告訴他計劃，並吩咐他帶人去部署。冉黎和那些將領聽命離去，營帳裡只留下他們兩人。

這一會兒，已經是深夜了，外頭也沒了動靜，靜悄悄的。

雲裳準備出門，還未挪步，就聽到外頭忽然傳來了細微的聲響。

出於本能，雲裳以為是出事了，一臉警惕。她耳力好，只是聽了一會兒，就能分辨得出那是女子的聲響，似在嗚咽，支離破碎的，聽起來有些痛苦，又夾雜著歡愉，還伴隨著一陣陣吱呀的木頭搖晃聲。許是沒能控制得住，聲音驟然變大，又迅速落下去，反反覆覆，在寂靜的夜晚，格外清晰。

聽清楚了是什麼聲音，知道那不是危險的信號，雲裳擰起的眉頭瞬間平展，隨後臉色泛紅，燙得厲害。

軍營裡偶爾會傳出這些異樣的聲響，大家聽到的時候都心照不宣。將士都是有需求的，衡王知道他們打仗辛苦，也沒壓抑他們的正常生理需求，默許他們召軍妓。

聲響越來越大，雲裳走也不是，站也不是。

不知為何，她覺得屋裡有點兒熱，抬起頭，往顧閆的方向望去，正巧顧閆也在看著她，四目相對，雲裳更覺尷尬，捂嘴咳了幾聲。

「我先回去了。」說完，不等顧閆回話，匆匆離去。

顧閆目送她落荒而逃的背影，失笑。隨後，聽著旁邊越來越大的聲響，他體內本能的湧出一股氣，不由得皺了皺眉頭，用力咳了兩聲。

旁邊的營帳聽見咳嗽聲，聲音頓時就沒了。

翌日清晨，天剛亮雲裳便喚來冉黎和阿福，讓他們清點好人數，整裝待發。

阿福道：「校尉，都準備好了，可以走了。」

雲裳點頭，上馬，剛騎了一會兒，就聽到有人在叫喚，扯住韁繩回頭一看，發現是沈慕，便停了下來。

沈慕小跑到她面前，喘著氣道：「雲姑娘，妳又要去打仗了嗎？」

「嗯，」雲裳頷首，看了看他肩上的包袱，繼續道：「北狄人打了幾次敗仗，現在正是他們最虛弱的時候，我要一舉拿下他們。」

話到此處，雲裳忽然話鋒一轉。「城裡不比軍營安寧，你進城後，萬事都要小心，切莫讓人挑了錯處。」

沈慕眉眼帶笑。「雲姑娘說的話，我都記著的。戰場凶險，妳也要小心。這是我剛研製出來的毒，危機時刻，可以拿出來用。」

說完，沈慕遞過來一個小瓶子，雲裳接到手中，剛道謝，餘光瞥見不遠處的一個身影，目光便挪到沈慕後面。「顧闓，你也是來給我送行的？」

聞聲，沈慕回頭。

顧闓很快便走了過來，他先是看了雲裳一眼，隨後目光投向沈慕，有上前幾步的意思。

沈慕猶豫了一下，緩緩挪開腳，往旁邊退開。

顧闓站到他剛才的位置上，抬眼鄭重道：「萬事小心。」

他總是這樣，沈默寡言，每次送行都是一模一樣的話，從未變過。即便擔憂，臉上也不會浮現太多的情緒。

大抵已經習慣了，雲裳回道：「等我回來。」

「好。」顧閆點頭，隨即從腰間裡摸出一個護身符。「這是護身符，要平安回來。」

雲裳笑著接過，收好後，抬頭望了眼天色，沒再多說什麼，直接帶兵離開軍營。

顧閆望著她遠去的背影，目光漸漸沈了下去。

兩日後，雲裳帶著兩隊人馬回到軍營，同時也帶來了勝利的喜訊。

北狄人退兵了。

成功把部下帶回來後，在眾人的喝彩聲中，雲裳再也支撐不住，從馬上倒了下去。等醒來的時候，已經過了兩日，睜開眼，便看到顧閆在床邊守著。

「我睡了多久？」

「兩日。」顧閆扶著她坐起來，端起旁邊的藥碗。「妳受了內傷，這是大夫開的藥。」

雲裳看了眼，上面還冒著熱氣，她捧在手裡一會兒，等涼些了便一飲而盡。喝完藥，她抬嘴抹了抹唇角的藥汁，問：「北狄人沒有再犯吧？」

「北狄人的投降書已經送到北冥城了。」說完，顧閆伸手解開她腿上的紗布。「到換藥的時辰了，我幫妳換。」

雲裳輕聲回了一句好。

前幾日她帶人打了北狄一個措手不及，雖然取走了對方將領的首級，嚇得北狄退兵，但她的大腿也受傷了。

摸了摸完好的大腿，雲裳笑道：「幸好這雙腿還保得住。」

顧閆的手突然停頓了一下，然後繼續若無其事的幫她解開紗布，邊換藥邊問：「想吃什麼？」

「糖！」雲裳毫不猶豫。「這藥的味道太苦了。」

顧閆輕笑了聲。軍營裡最匱乏的東西便是糖，不過只要他想拿到，就不是一件難事。他的雲裳姑娘，英姿颯爽，巾幗英雄，名頭讓敵人聞風喪膽，但每次受了傷，都跟他討糖吃。她總是說，軍營裡的生活太苦了，只有嘴裡含著糖的時候，才覺得這樣的日子也是快樂的。

顧閆慢悠悠的，從懷裡掏出了一個小盒子。

雲裳看見後，眼睛一亮，轉而又驚訝道：「你早就準備好了？」

顧閆點了點頭。

雲裳打開，裡面放著的果然是糖，她迅速拿了一顆放進嘴裡。

甜甜的。

雲裳的心情頓時就變好了，把糖盒揣進懷裡，感嘆道：「你總是那麼細心。」

就在這時，門外傳來了冉黎的聲響，說是有事請顧閆過去。顧閆望了雲裳一眼，吩咐她不要亂跑，起身走了出去。

又過了三日，雲裳的腿傷慢慢痊癒，已經能夠正常下地走動。悶了幾日，她準備出門活絡筋骨，剛走出營帳，冉黎就來了。

「校尉，參軍有事找您。」

雲裳問他。「顧闓回來了？」

她記得，昨日衡王宣見顧闓，顧闓一大早就進城去了。

這幾年北狄國力雄厚，不斷進犯，周邊一些小國也虎視眈眈。三年前，衡王親自率兵上戰場，斷了一條腿，便不再待在軍營裡，一直住在城裡。許多事情都交給了顧闓，有大事商議，才會喚顧闓進城。

「參軍剛回來的。」

冉黎笑容滿面，一看他這神色，雲裳就知道是好事，邊走邊問：「衡王說了什麼？」

冉黎眉開眼笑道：「皇上封了參軍為戶部員外郎，讓參軍回北冥復命。」

雲裳腳步一滯。

冉黎回頭，正不解其意，雲裳就邁開步子繼續往前走了。

「這是好事。」

「是啊。」冉黎由衷的高興，言語中抑制不住的欣喜。「只是打敗了北狄，參軍和校尉功不可沒，這官職，有點小了。」

雲裳笑笑，沒再說什麼，低頭想事情。

走到一半，喚玉奴返回營帳中拿一件東西，東西到手後，她也想好了，見了顧闓，屏退冉黎等人，開門見山道：「準備什麼時候回北冥？」

顧闓淡笑道：「後日出發。」

這是他們多年前就期盼著的事情，已經心想事成，他自是不會拒絕的。無論皇上召他回去的本意是什麼，他都得回北冥一趟。五年的隱忍與謀劃，皆是為了今日。

看著顧闓高興的模樣，雲裳不想掃興，可她走到這兒之前就已經想明白了，不能瞞著顧闓，於是欲言又止，眉頭也跟著一皺。

見狀，顧闓臉上的笑容漸漸消散，疑惑道：「怎麼了？」

雲裳默了默，抬起頭，認真道：「顧闓，我想留在這兒。」

從前她來南丹城是為了找到衡王，報仇雪恨。可是在戰場上待久了，她便發現，自己喜歡上了這樣的生活。

守護數萬人的性命，遠比經商有意義得多。

聞言，顧闓有些愣怔。良久之後，他蹙眉道：「為什麼？」

「這兒的生活很好，無拘無束的，我不想離開。第一次上戰場的時候，是為了保護你，但現在，我是真的喜歡這兒的生活了。」雲裳說得非常認真。

她沒有欺騙顧闓。

上一世在深宅生活了一輩子，見慣了爾虞我詐，她並不喜歡後宅婦人的手段，也不想生活在那樣的環境中。

顧閆默聲，他抬眼望著雲裳。

她神情堅定，不是說假話。兩人多年來的默契，無須多言，他便知道，她已經下定決心了，而且不會改變。

見他不語，雲裳解釋道：「你放心，回去途中，我會派忠信和忠厚跟著你，加上阿福，不會出什麼岔子的，他們三人可以保護好你。」

顧閆仍是不語。

雲裳也沈默了，一起回北冥是她對顧閆曾經許下的承諾，如今突然變卦，顧閆一時半會兒難以接受也是正常的。就這樣等了許久，雲裳忽然想到讓玉奴拿來的東西，把錢袋從腰間解下。

「以後會回北冥嗎？」顧閆忽然問道。

雲裳的手停頓了一下。「看情況吧。」

說完，她掏出錢袋裡的東西，放在手中攥了一會兒，深吸一口氣，等打定主意後，攤開手心。「還記得在曲蘭鎮的時候嗎？那天晚上你染天花暈過去了，謝鶯給了我一塊令牌，讓我到無生寨找余神醫幫你治病。當時她還留了一塊木雕香佩，讓我拿給你，但是後來事情太多，我便忘記了，前幾天收拾東西的時候，發現了這塊木雕香佩。既是她給你的東西，就應該讓你拿著。」

說罷，雲裳心虛的垂下眼。

她一直都記得謝鶯留下來的這塊香佩，還經常拿出來揣測謝鶯的用意，因為這塊香佩太奇怪了。

謝太傅正受皇帝寵信，謝家乃蒼梧國數一數二的權貴之家，金銀珠寶不計其數，按理像謝鶯這樣的名門望族，哪怕只是個小物件，都該是價值連城才是。

奇怪的是，她留了一塊木雕香佩給顧閆，無論是成色或是質地，都非常一般，就好像是讓人隨手做出來的一樣，而且從形狀來看，這塊香佩應該是一對的，缺了一半。

由於她怎麼都沒想明白香佩的含義，這些年來就一直沒把香佩拿出來物歸原主。

她直覺這塊香佩對顧閆來說非同小可。但是現在，她已放下了對宰相夫人的執念，這塊香佩理應也不該再留著。

顧閆看清那塊香佩的形狀後，眸中先是露出驚訝之色，然後愣住。

見勢，雲裳便知道他認得這塊香佩，吁了一口氣，斟酌半晌後，一字一句道：「顧閆，我們解除婚約吧。」

聞言，顧閆身子一震。

他緩了好一會兒，才確認自己沒有聽錯。

解除婚約……他望向雲裳，眸中的震驚之色比剛才更甚。

雲裳別開目光，聲音弱了下來。「我覺得，謝鶯與我相比，更適合你。顧閆，就和上一世一樣，回到北冥後，娶了謝鶯吧。」

說完這話，雲裳原本以為自己會很輕鬆，但出乎意料的是，心情有些沈重，就連她自己也說不上來，明明是早就想好的事情，為何坦白之後，心裡反而像是壓著一塊大石頭，異常難受？

顧闓張了張嘴，但沒說出什麼。聽著雲裳的那些話，他心裡一陣陣的揪疼。

見他遲遲不開口，雲裳心裡有些忐忑，緊張道：「顧闓……」

「是因為沈慕嗎？」

「啊？」雲裳沒有反應過來，有些懵。

顧闓心情煩亂，體內莫名的升起一股無名火。「沈慕對妳來說就那麼重要嗎？」

雲裳總算反應過來了，知道顧闓誤會了此事，蹙著眉頭。「這件事情，與沈慕無關，我不想走，是因為我不喜歡勾心鬥角的生活。」

話音剛落，手便被顧闓握住，掌心的木雕香佩啪嗒落地。

雲裳嚇了一跳。「怎麼了？」

顧闓的目光已經暗了下去，聲音格外低沈，依舊重複著剛才的話。「是沈慕的緣故，對嗎？」

「不是因為沈慕。」雲裳試圖縮回手，奈何顧闓用了力，掙脫不開，她有些氣惱道：「你這是做什麼？」

顧閆陡然冷笑了聲。「沈慕，呵。」

雲裳沒想到他如此不可理喻，無奈道：「不是因為他……」

話未說完，嘴就被堵住了，雲裳整個人僵住，忘記了反應。

顧閆，竟然……竟然親她！

許久之後，嘴唇上傳來痛感，她終於收回了思緒，下意識伸出手想要推開顧閆，但他的身子紋絲不動。

一股血腥味在嘴唇上蔓延，雲裳擰了擰眉頭。

她腦海裡冒出的第一個念頭是，顧閆什麼時候力氣這麼大了？她上陣多年，武藝大為精進，這軍營裡能夠與她相提並論的屈指可數。

這些年顧閆做的都是軍師的事情，一直都是她在保護他，如今她竟然掙脫不開。

轉念一想，雲裳又釋然了，或許這便是男人天生在氣力上的優勢吧。除此之外，她是留了情面的，到底是捨不得傷他。

就在雲裳胡思亂想的時候，門外突然響起了一陣急促的腳步聲。

緊接著，聽見冉黎焦灼道：「小公子，參軍和校尉在屋裡議事呢，您不能進去。」

聞言，顧閆鬆開了手。他比雲裳高了一個頭，兩個人幾乎貼在一起，顧閆的身子擋住了她的視線。

這一會兒，雲裳還沒從剛剛的事情中徹底緩過來，臉色緋紅，不敢抬頭看對方，不知道顧閆是什麼表情，但她心跳得厲害。

「阿爹，阿娘……」

未見其人先聞其聲，聽著這奶聲奶氣的聲音，雲裳就知道是誰來了，往後退了幾步。

與此同時，帳外的人衝了進來，是個俊俏的孩童，穿著一身淺紅色衣裳，一張臉蛋肉嘟嘟的，十分討喜。

看見他們都在，孩童仰起頭，笑容滿面，又甜甜的叫了一聲。「阿爹、阿娘……」

雲裳心情已經平靜下來了，含笑望著他。

就在這時冉黎也跟了進來，先是行了禮，而後無奈的看著孩童，欲言又止。「參軍、校尉……」

顧閆抬手，示意他不必解釋。

冉黎恭敬的退到一旁。

看這架勢，雲裳就知道，這孩子肯定又是偷跑出來的，無奈道：「阿樂，你怎麼來了？不是讓你在城裡待著嗎？」

這個孩童叫秦樂，他是顧閆的親外甥。六年前，顧閆的姊姊秘密生下孩子以後沒多久就去世了，後宮想要迫害，一些忠心耿耿的宮婢冒死將孩子送出宮外，一路輾轉到了南丹城，被顧閆救下，養育長大。

顧閆幫他取名為秦樂，便是希望他能平安喜樂的長大。自從秦樂會說話之後，就讓秦樂叫他舅舅，但秦樂不肯，一直叫顧闓阿爹。

秦樂聞音，撇撇嘴。「阿娘都一個月沒去找我了，我想阿娘了。」

顧闓板起臉色。「秦樂。」

聽到顧闓的叫喚，秦樂轉頭看過去，笑容瞬間收斂，弱弱的喚了一聲。「阿爹……」

聲音軟軟糯糯的，聽著心都要酥了。但顧闓不僅無動於衷，還面色肅穆。「可還記得，前幾日我跟你說了什麼？」

秦樂聰明，知道顧闓真的生氣了，立刻邁開小步子跑到雲裳身旁，拉了拉她的衣角。「阿娘……」

他一出口，雲裳的心都軟了。秦樂從小就被保護得很好，很會撒嬌，皮得很。顧闓雖然寵愛他，但對他也異常嚴厲。畢竟怎麼說他都是皇子，不能慣著。

雲裳想到過兩天秦樂就要跟著顧闓回北冥了，心裡雖不忍心，但面上跟顧闓一樣，神色嚴肅，皺眉道：「為什麼不聽話？」

見他們如此，秦樂頓時便淚眼汪汪的。「我一個人在城裡待著害怕。」

雲裳語氣緩和下來。「不是有忠信和忠厚叔叔保護你嗎？」

秦樂聲音低低的，十分委屈。「昨日，有刺客進屋想要殺我，忠信叔叔為了保護我受傷了。」

聞聲，雲裳和顧闓皆是一愣。

當初秦樂被送出宮，一路被追殺到這兒，肯定留下了蛛絲馬跡，雖然這些年顧闖盡力隱瞞他的身分，可也總有疏忽的地方。現在南丹城裡都是他們的眼線，會對秦樂動手的，也只有從北冥來的人了。

念此，雲裳伸手把他抱起來。「那你沒事吧？」

秦樂搖搖頭，伸出小手摟住她的脖子。「我不想一個人待著了，就讓忠厚叔叔帶我來找阿爹、阿娘。」

就在這時，忠厚進來了，見到雲裳，他稟話。「小姐，屬下有要事稟告。」

說完，他扭頭看了看顧闖和冉黎。雲裳會意，知道這事不宜讓外人知曉，於是把秦樂交到顧闖懷裡，讓顧闖先照看著，跟著忠厚走出去。

雲裳剛回到自己的營帳，忠厚便交給她一封信。「小姐，這是徐嬤嬤寄來的書信。」

雲裳接過，當場打開來看，看完信中的內容後，擰了擰眉頭。

徐嬤嬤三年前就帶著袁秀才一家去北冥城，開酒樓做生意。這幾年來往的書信中，除了提起修繕的府衙，便是鋪子的生意狀況。袁秀才很有經商頭腦，酒樓賺得盆滿缽滿，開了好幾家分店。

但是這一次，徐嬤嬤報喜的話寥寥無幾，更多的是提起了穆司逸和許縣令的事情。

許縣令被提拔為大理寺丞，搬去了北冥城有些時日了，這幾年太子得勢，因此這並不讓雲裳意外。她沒想到的是，穆司逸也回北冥了，而且連升數職，成為禮部侍郎。

五年來，儘管她早離開影石城，但並沒有忘記穆司逸的事情，偶爾會寫幾封書信回去，讓人阻礙穆司逸的仕途之路。

雲裳放下信，不解的問：「穆司逸是被誰提拔上去的？」

「聽說是謝太傅。」

雲裳訝然。「謝太傅？」

謝家和穆家，什麼時候牽扯到一起了？上一世穆司逸絞盡腦汁，想要攀附謝太傅，謝太傅正眼都沒瞧他一下。這中間，到底發生了何事？

忠厚應道：「具體的消息我們的人還沒打探到。」

南丹城地處偏僻，很難收到外界的消息，一封書信要兩個多月才送達，不知道北冥城的情況也在情理之中，因此雲裳也沒有問下去。

她交代了幾句關於護送顧問回北冥的事情，便讓他出去照看秦樂了。

第三十章

晚上，玉奴到帳裡稟話。「小姐，您吩咐的事情都準備妥當了。要不要多派幾個人沿途保護顧公子？」

雲裳想了想。「玉奴，我們也去北冥。」

聽了這話，玉奴一愣，不知道她為何突然改變主意，不過並沒有問什麼，只是點點頭。

「那婢女再備一匹馬。」

雲裳點頭。

這些年，玉奴越來成熟穩重了，有時候交代她的事情只需要提點一、兩句，玉奴就知道該怎麼做。叮囑了幾句話，雲裳便拉著她聊些家常。

主僕倆聊得正歡，門外有人回話。「校尉，沈大夫來了。」

玉奴停住話頭。「小姐，奴婢先出去忙了。」

雲裳點了點頭，吩咐門外的士兵讓沈慕進屋。

打聲招呼後，沈慕便直言。「雲姑娘，沈家一案終於平反，皇上下旨赦免沈家，父親送來書信，讓我這幾日啟程回北冥。」

雲裳笑著恭喜他。「這是喜事。」

沈慕的父親喚作沈悠，原是太醫院的太醫，當年五皇子病重，沈悠負責為五皇子醫治，奈何五皇子的病是疑難雜症，找不出病因，沈悠沒能把人救回來。

這事便被人拿來作文章，說沈悠毒害皇嗣。皇帝聽信奸人挑撥離間，於是沈家一族全部受了牽連。也不知道如今出了何事，讓沈悠得以重獲寵信。

不過這樣一來，雲裳更加確信，北冥城的天變了，她需要跟著顧闓走這一趟。

沈慕臉上依舊是溫和的淺笑，看不出來究竟是不是高興。

他拱著雙手，斟酌半晌，才緩緩道：「雲姑娘，北冥城裡的風景很不錯，妳想去北冥看一看嗎？」

說完，沈慕仔細打量著雲裳的神色，心跳如擂鼓，他想了許久，才鼓起勇氣把這句話問出口的。

雖然皇上下旨召顧闓回京，但並沒有提及雲裳，而且，他早前就問過雲裳以後會不會去北冥，當時雲裳給的是否定的答案。

因此，他並不知道，雲裳願不願意隨他去北冥。

他不會勉強她，也不會勸她做任何她不想做的事情，但他打心底希望，雲裳一起去北冥，因為他這一走，也許就不會再回來了。

他的目光中含著一絲期盼。

沈慕始終記得，第一次見到雲裳的時候。

他當時被打得渾身是傷，躺在昏暗的林子裡，奄奄一息。他以為自己就要死了，於是絕望的等待著死亡的到來。

他等啊等，眼睛越來越模糊，然後他聽到了馬蹄聲。

「來人，過去看看，那人是否還活著。」一聲清脆有力的聲音傳來，是個女子的。

然後他模模糊糊的看到有個將士打扮的人走到自己身旁，那士兵探了探他的鼻息，道：「人還活著，受了很重的外傷。」

體內突然一陣不適，他咳了兩聲，感覺都要把心肝脾肺都咳出來了。

士兵把他扶起來，身子的疼痛讓他清醒過來，他睜開眼，模糊的看見了一張英氣卻美麗的臉龐，軍裝打扮，手裡還拎著幾隻死兔子。

一時間，他有些疑惑。

他知道，南丹城魚龍混雜，正所謂亂世出英雄，南丹城的英雄就有女將，不過人極少。眼前這個女人，他從未見過，可是，他又覺得很熟悉，就好像相識已久。

「把人帶回去療傷。」女子吩咐道，然後看了他一眼。「放心吧，有我在，你的命丟不了的。」

他愣了愣，許久以後才反應過來，道：「謝……謝……」聲音很微弱，也不知道女子能不能聽見。

至今，沈慕對那日的事情仍然歷歷在目，雲裳的笑容不僅照耀了黑暗，也照進了他的心裡。

望著沈慕的神色，雲裳微怔，到口的話收了回去。

她對男女之情並非懵懂無知，前世沈慕對她的情意，她一直都知曉，只是因為嫁給了穆司逸，心有所屬，便裝糊塗。

今生沈慕對她的好她都看在眼裡，若說之前還不確定沈慕是為了報恩，還是真的對她生了情，那現在，是完全了然於心了。可無論是過去還是現在，她都給不了沈慕愛情。

她一直都把沈慕當成一個知心朋友，上一世裝傻害了沈慕，這次便不能再重蹈覆轍了。

念此，雲裳淺笑回答。「自然是要去的，皇上下旨召顧闓回北冥，後日就動身，到時候我也會跟著去。」

沈慕好像並不驚訝。「雲姑娘願意去北冥，是為了顧參軍嗎？」

雲裳沒有猶豫，輕聲回了一個「嗯」字。

沈慕臉上笑容不減。「顧參軍是值得託付終身的人，沈慕在這兒先恭喜雲姑娘了。」

沒有絲毫不甘和難堪，完全是真情實意的。

雲裳沒有解釋什麼，因為她深知，這樣的結果對他們兩人來說都是最好的，於是回以一笑。「這兩日好好收拾東西，路途遙遠，想要平安回到北冥可不輕鬆。」

沈慕頷首，然後便告辭了。

剛掀開營帳的簾子，發現門口站著一個人，沈慕怔了怔。

是顧閆。

也不知道他在門口站了多久。

沈慕對他微微一笑，算作打招呼，然後便離開了。

走了一會兒，他回頭，深深的望了營帳一眼，半晌後，如釋重負的笑了笑。

這樣也好。

顧閆是名門之後，又有勇有謀，立了軍功，平步青雲是遲早的事情。有顧閆在，她這一生定能過得幸福。

只要她好，那便夠了。

雲裳耳力好，早就聽到門外的腳步聲，還以為是守門的將士，發現是顧閆，有些驚訝。

「什麼時候來的？」她問。

顧閆徑直走進營帳中，並沒有因為偷聽的事情感到尷尬，坦蕩回道：「來了一會兒。」

「那剛才我和沈慕的對話，你都聽到了？」

顧閆不語，算作默認。

「秦樂呢？」

提到秦樂，顧閆的臉色不由得柔和了起來，溫和道：「讓忠厚送回城裡了。」

雲裳點了點頭，沒有問緣由。

軍營裡人多眼雜，對秦樂不利，顧闓這麼做，自有他的道理。

雲裳坐下來，擦拭自己的劍，這是顧闓一年前送給她的生辰禮物，整整讓工匠鑄了兩年才製成，鋒利無比。她就是拿著這把劍，上陣殺敵，擊退了北狄人的。

顧闓自然而然的走到她對面坐下，幫她擦拭劍尖。

「回到北冥以後有什麼打算？」雲裳聲音輕輕的，似是隨口一問。

顧闓慢悠悠的道：「再過幾天，太子就會被廢。依皇上現在的身子，撐不了半年，國無儲君，必定天下大亂。秦樂，是最合適的人選。」

雲裳皺了皺眉頭，擔憂道：「秦樂會願意嗎？他才六歲，正是活潑好動的年紀。」

救下秦樂後，顧闓從未向她隱瞞過秦樂的身分，可這些年，秦樂也是她看著長大的。他雖然聰明，可到底年紀小，皇帝這位置看起來風光無限，背後到處是刀光劍影，雲裳實在不忍心看著他受苦。

如果秦樂不是皇子，她非常希望他這輩子能做個普通人，快快樂樂的長大。

「蒼梧國這些年戰事不斷，民不聊生，與皇上有關。秦樂品行端正，聰明、善良，更適合坐那個位置。」

雲裳嘆了口氣。

顧闓想得到的，她又何嘗想不到？

當今皇上年邁多病，縱慾過度，身子一日不如一日。許是人老以後的通病，皇帝也不想死，不想捨棄榮華富貴，竟開始沈迷於長生不老之道。

若是製長生不老藥便也就算了，可皇帝不知道是聽信了哪個奸臣的讒言，竟以女子之體煉藥，殘害了不少無辜少女的性命。

如今的蒼梧國，再不復當年盛況，日漸衰敗，周邊小國虎視眈眈，可謂是外憂內患，百姓們怨聲載道。

秦樂從小由顧閏教導，品行端正，等登上帝位之後，由顧閏輔政，定能治理好國家。依顧閏的能力與手段，不出幾年就能夠平定天下。

她就是捨不得秦樂。

不過每個人都有自己的命數，秦樂生在帝王之家，本就身不由己，就算他想置身事外，身分暴露後，其他人也未必會放過他。對他來說，當皇帝也未必就是一件壞事。

想清楚之後，雲裳心裡就釋然了。「我會保護好你和秦樂的。」

顧閏笑了笑，算是應了她的話。

等擦好了劍，他停下手，看著雲裳，認真道：「雲裳，我們成親吧。」

雲裳雙手一僵。

半晌過後，她緩緩抬起頭，見顧閏的眼神格外的溫柔，眼裡噙著笑。

這樣的笑容，她不是第一次看見了，好像上一次，是顧閏當初救她時落下的舊疾復發的時候，她守在他身旁照顧了兩日看到的。

雲裳心跳得厲害，思緒萬千，她呆呆的望著顧闫，不知道該說什麼。或者說，她想聽顧闫說出理由，一個可以說服她的理由。

顧闫忽然笑了。「以前不是老嚷嚷著要與我成親嗎，怎麼現在就怕了？」

雲裳垂下眼，不去看他。「怎麼突然就想起成親的事情了？」

「回到北冥，總會出現變故，就想早些將婚事定下。」

雲裳沈默。

她不知道顧闫為何要挑在今日提起婚事，但既然提了，有些事情便要說個明明白白，不然就像一根卡在喉嚨裡的魚刺，讓人難受。

「那謝鶯呢？」她皺眉問，聲音很輕很輕。

謝鶯是顧闫上輩子的妻，他們倆伉儷情深的事情傳遍了市井，不知讓多少人羨慕不已。沒有聽到顧闫的答覆，雲裳以為他猶豫了，心裡莫名的失落和悵然，不過也就是轉瞬的事情，她慢慢抬起頭來，仔細觀察著顧闫的神色變化，含著幾分探究。

顧闫並沒有避開她的目光，與她對視，臉上依舊是溫柔的笑容。

「雲裳，每個人都有選擇的權利。」他不緊不慢，一字一句的對她說。「有重新選擇的權利，為何還要回頭呢？回頭的路，並不就比眼前的好。」

雲裳一愣。

半晌過後，她垂下眼，仔細琢磨著顧闫這句話的意思。

顧闓不用多說，她便明白他的意思了。是啊，他們上一世是同類人，都是被身邊最親、最信任的人害死的，因心有不甘，所以再世為人。

上天給了他們一次新的機會，這一次，她挑了顧闓，就再也沒回頭。

那麼顧闓呢？

她以前總覺得，顧闓的心裡一直住著謝鶯，或許直到現在還是如此，可誰能保證，他這一世還想娶謝鶯呢？

雲裳抬眼，正色道：「你可想好了？我的性子你也是知道的，若娶了我，這輩子便不能再打謝鶯的主意了。」

顧闓輕笑了一聲，似乎知道她心中的疑惑和顧慮，他認真的點頭。「知道。我的性子，妳也是明白的，一旦決定的事情就不會再更改。我既認定了妳，就不會變。」

頓了頓，顧闓一字一頓，鄭重道：「所以雲裳，妳願意嗎？」

聞言，雲裳再次呆了呆。

她和顧闓在某些地方十分相像，都是眼裡容不下沙子的人。既然顧闓給了承諾，就一定會遵守，這輩子只娶她一人。

她之前不是沒有想過，跟隨顧闓去北冥的話，他們兩人之間的婚事要怎麼辦。如果沒有什麼意外，大公主和謝鶯都會心悅顧闓，成為她與顧闓之間的攔路石。

若不成親，到時候皇帝知道她立了軍功，又是影石族的少族長，一定會隨便挑個人幫她許配婚事。

她至今都沒想好對策。

沒想到，是顧闓提起了成親的事情。

同甘共苦多年，她與顧闓共同經歷的事情不比謝鶯少。況且，顧闓和謝鶯這一世未曾真正見過，誰也不知道謝鶯在北冥城會有什麼境遇。

這些年，顧闓對她，未嘗沒有男女之情。

但因為一心認為顧闓心裡存著謝鶯，她不願多想。而現在，她明白顧闓的心意了。他因為沈慕而吃醋，不就說明他心裡已經有了她的位置嗎？

既然如此，她就不應該再庸人自擾。想明白後，雲裳一身輕鬆，點頭說了一句好。

聽到她答應，顧闓嘴角勾起笑容。「那我們近日就把婚事辦了。」

說到這兒，他忽然嘆了口氣。「但是雲裳，此時婚事只能從簡。我如今不能用八抬大轎娶妳，只能讓妳先受些委屈了。等回到北冥，所有事情都塵埃落定後，我顧闓，一定會用八抬大轎，風光娶妳進門。」

「這些都無妨。」雲裳淺笑道。

「明日去南丹城，讓衡王做我們的證婚人。」

雲裳點了點頭。

有衡王為證，這樁婚事便是鐵板釘釘的事情，到時候就算皇帝想賜婚，也別無他法。

說到衡王，雲裳現在已經不恨他了，反而十分敬重他。

他算得上是她的伯樂，這些年因為雲裳在軍營裡戰功累累，何衙司早就將刑捕衙交付給她。透過手下，經過暗探一番查探，當年父母親跳火身亡的真相已經解開。向皇帝提出這個主意的人是當朝宰相薛安，為了挑撥離間，他將此事嫁禍給衡王。衡王當年確實是認識父親的，他們還是很好的朋友，正因如此，衡王才允許她上陣殺敵，又讓她擔任校尉一職。

若繞開王爺的身分，衡王算得上是一代英豪，他有勇有謀，受到百姓愛戴。雖然當年在皇儲之爭中落敗，但才能過人，這些年帶兵打了不少勝仗，守護著百姓們的安危。

皇帝忌憚他，一直尋找辦法除掉他。但衡王聰明，他知道帝王的心思，尋了生病的藉口到江南居住，多年不踏入北冥，後來皇帝因為擔心他會策反，派人將他接回北冥監視。

為了永除後患，在北狄人進犯的時候，皇帝故意封衡王為大將軍，讓他領兵攻打北狄。原本皇帝是想既給自己在天下人面前贏得大方、關愛幼弟的美名，又可以利用南丹城這個地方悄無聲息除掉衡王的，沒想到衡王不僅沒死，還打了勝仗。

不過皇帝這些年也沒閒著，為了自保，衡王才自斷一條腿，只為打消皇帝的疑慮。

雲裳自認她這輩子敬重的人沒有幾個，所敬佩的都是豪傑，而衡王，算其中一個。有他主婚，也算臉上添光了。

回北冥城的那一天，天還沒亮，一行人就啟程出發了。

沈慕站在營帳外等候。「雲姑娘。」

雲裳點點頭，看見玉奴牽馬過來，她問道：「你可會騎馬？」

「未曾騎過。」沈慕搖搖頭，老實作答，想了想又道：「以前還說等雲姑娘有空了讓妳教我騎射呢，以後怕是再也沒有機會了。」

「這有何難？回去這一路上，我保准你能學會。」雲裳接過玉奴遞過來的韁繩，她上戰場多年，騎術精湛，思及回去這一路肯定會有刺客出現，因此選擇騎馬而不是坐馬車，這樣比較方便保護顧閆。

俐落的翻身上馬後，她朝沈慕伸出手。「來，我教你騎馬。」

沈慕一怔，半刻後，笑著伸出手。

「阿福，你說校尉和沈大夫是不是要湊成一對了？竟同騎一匹馬。」冉黎悄聲道。

阿福聞言，瞪了他一眼。

「你這麼看著我做什麼？」冉黎覺得莫名其妙。「我是實話實說啊，校尉對沈大夫，實在是太不一般。」

話音未落，馬車裡傳出了顧閆的咳嗽聲。

冉黎的臉頓時僵住，剩下的話全都嚥回肚子裡，連忙改口。「開玩笑的，這不是太安靜了，讓人悶得慌，就想隨便說幾句打趣的話嘛。」

阿福白了他一眼，沒回答，扭頭問道：「公子，沒事吧？」

幾年過去，他還是習慣稱呼顧閆為公子，參軍這稱呼太生疏了，他不喜歡。

顧閆掏出手帕，放在嘴邊又咳了兩聲。「病犯了。」

阿福連忙掀開車簾，和顧閆對視了一眼，發現他臉色陰鷙，但並無犯病的跡象，心裡正納悶著，忽然之間就反應過來了，這是心病。於是道：「公子的身子一直是由雲姑娘照看的，我就只會打打殺殺，不懂醫理，我把雲姑娘叫過來。」

雲裳聽到顧閆病又犯的時候，連忙把韁繩遞給旁邊的一個將士，縱身下馬，折身回來看他。

上了馬車，她還沒來得及查看顧閆的病情，就著急的翻開藥箱。「好端端的，病怎麼又犯了，吃過藥了嗎？」

顧閆握住她的手腕。「不用吃藥，就是老毛病犯了，身子骨疼。」

雲裳停下手，看了看他，他的病根是在幾年前被毆打的時候落下的，一到凍日就會復發，渾身疼痛，臉色蒼白無血色，但是現在見他面色紅潤，並沒有任何異常之處。她探了下他的脈搏，心跳也很平穩。

不過她並沒有任何懷疑，因為現在顧閆無論受了多重的傷，眉頭都不會皺一下，他太能隱忍了。「哪兒疼？」

顧閆輕輕的捶了捶腿。「這兒疼。」

「我幫你揉揉。」雲裳低下頭，認真的幫他疏通筋絡。「等回了北冥，找個太醫幫你看看。」

「好。」顧閆的嘴角微微上揚，從旁邊的小匣子裡掏出一根假指，然後拉起雲裳的手，雲裳停下來，疑惑的看著他。

顧閆將她手上的假指取下，戴上自己為她重新訂做的那根。「這是我讓人幫妳做的，妳看看喜歡嗎？」

雲裳摸了下新的假指，比以前的還要精巧，於是點了點頭。

見她點頭，顧閆道：「既是如此，舊的就不需要再留著了。」

話剛說完，他掀開車簾，把原來的假指丟了出去。

「哎……那是沈慕送的。」雲裳剛想阻止，卻是來不及了，蹙眉問道：「你怎麼把東西丟了？」都不問一下她的意見。

顧閆面不改色的回道：「妳如今已是我的妻子，戴著其他男人送的東西，讓人知道了，會說閒話。」

雲裳愣了一下，見他眉頭蹙著，剎那間明白了什麼，放下手。「你剛才故意裝病的是不是？」

話落，沒得到答案，反倒是顧閆的身子就壓了上來。兩人的身子貼得很近，臉只有一寸的距離，這種壓迫感讓雲裳心裡生出了一股異樣的感覺，她吸了口氣，鼻間全都是顧閆的氣息。

顧閆說：「雲裳，妳是我的妻。」

既是他的妻，就不能與旁的男人接觸，不能接受其他男人送的東西，更不能和其他男人同騎一匹馬。

聞言，雲裳呆住了。顧閆這是吃醋了？

反應過來後，她突然心跳得很厲害，看著顧閆近在咫尺的臉，她感覺自己的臉有點微微發燙。與此同時，心中有股說不明的情緒。

她自然明白一個男人在什麼樣的情況下才會對別的男人吃醋，顧閆心裡已經有她了，意識到這點後，她的臉上情不自禁的露出笑容。

她朝顧閆揚起笑臉。「好，以後只收你送給我的東西，別人送的都不要。」

顧閆眉頭舒展，終於笑了。「誰送的都不能收。」

「知道了。」一個大男人，心胸這麼狹窄，雲裳在心裡暗暗腹誹。

不過一想到顧閆剛才故意裝病吸引自己的注意，又特別準備了禮物，她心裡就感覺甜滋滋的。

第三十一章

北冥城的顧家府邸內，雲裳坐在窗前，憂心忡忡的望著皇宮的方向。「宮中那邊可有消息了？」

「宮中封鎖了消息，我們的人沒有打聽到什麼。」玉奴搖頭，隨即又寬慰道：「不過小姐放心，老爺他正當寵，皇上不會對他做什麼的。」

雲裳蹙眉。「顧閆昨天晚上就進宮了，這都第二天了，按理早該回來了。」

即便成了親，雲裳還是沒有改變對顧閆的稱呼。

「或許是皇上病情太嚴重，把老爺留在宮裡了。」玉奴一貫都把事情往好的方向想。

雲裳不語，她現在心裡忐忑不安。

昨夜宮中傳來消息，說是皇帝病重，宣顧閆覲見。顧閆現在雖是寵臣，可到底是新寵，皇帝還沒有完全信任他。治病是太醫的事情，召見顧閆能有什麼用？

而且據宮中安插的眼線回稟，皇帝這幾日身子好轉不少，都能下床走動了，怎麼會突然又復發了呢？

雲裳越想越不對勁。

她又想起了前兩日與謝鶯相見時的對話——

「雲姑娘，我這人從小要風得風，要雨得雨，從不喜歡別人沾染我想要的東西。若東西不屬於我，那我便只能毀了它。」

她面上帶著一貫溫柔的笑容，但目光冷到了極點，孤傲且不屑，還帶著一股毀滅般的狂熱與瘋狂。

返回北冥半年，他們幾乎可說是親眼見謝鶯一步步崩壞，雲裳相信，這個人是真的什麼都能做得出來。

謝鶯現在可是皇帝最喜歡的國師，皇帝對她幾乎是言聽計從。若她要為難顧閆，讓皇帝強留顧閆在宮中，那是能解釋得通的。

謝鶯為何要針對顧閆呢？

事情還得從半年前說起。

她和顧閆剛回到北冥城的時候，就收到了從影石城傳來的書信，顧興病去了。

顧興並沒有跟隨顧翰回北冥城，當年在顧閆和雲裳離開之後沒多少時日，顧興的身子就徹底病倒了。為了避免路途顛簸，一直留在影石城內安養。

顧閆知道了顧興去世的消息，並沒有太難過，因為這一世顧興的結局比上一世好許多，並且多活了幾年。

顧興離世前，還給自己在北冥城的所有故友寫了書信，讓他們幫忙照拂顧閆。可以說他離開的時候，已沒有任何遺憾。

顧家重回北冥，顧閆又立下軍功，成為皇帝的新寵臣，朝堂上針對他的人數不勝數，想要虛情假意巴結他的也不在少數，但也有一些人是真心實意支持他的。

顧興一離開，他越發想要在北冥城站穩腳跟，暗中聯絡顧興的那些舊友，加上謝太傅的美言，很快就升為戶部尚書。

與上一世一樣，他一回到北冥城，受到了謝太傅的賞識，謝太傅想要提拔他，隔三差五就派人請他到謝家一聚。

謝太傅作為皇帝的老師，皇帝十分信任他，在朝中幾乎是一手遮天。他紆尊降貴邀請顧閆，顧閆自然不敢不去。

在謝家的時候，自然也結識了謝鶯，不過這一世，顧閆始終和謝鶯保持距離，分寸拿捏得當。而謝鶯是動了心思的，委婉的表達過她的心意，被顧閆回絕了。

說回謝鶯此人，她自從三個月前就頻頻出入宮中，向皇帝獻上神丹妙藥，而且她不知道從哪兒找來了神醫祁立，這個人不同於江湖神棍，確實有些本事，把皇帝哄得團團轉，還被封為仙醫。自從祁立負責為皇帝治病後，皇帝的身子確實好轉了不少。

而謝鶯，因為舉薦祁立有功，被皇帝封為國師。皇帝不上朝已有多時，如今都是謝鶯代為轉達他的意思。

朝中大臣議論紛紛，暗中揣測，但無人敢與謝家為敵。只能任由謝鶯成為國師，攪亂朝堂，現在可以說是權傾朝野。

雲裳想了下，開口問玉奴。「謝鶩昨晚可在宮中？」

「聽報信的人說，謝國師前夜就在皇宮裡待著了，一直沒有回謝府。」

雲裳眉頭皺得更深了。

按理謝家這些年在朝中獨大，依皇帝多疑好功的性子，是斷然不會給謝鶩這麼大的權勢的。

怪就怪在皇帝封謝鶩為國師，而不是納入後宮，難不成真的只是因為祁立能製出神丹妙藥的緣故？

祁立的身世，她讓刑捕衙的人查過，祁家世代為醫，他的父親被稱作華佗再世，曾為先帝醫病，後來雲遊四方，晚年生下了祁立。

據說謝鶩是在江南遇到祁立的，因為改道去了曲蘭鎮，染上了疾病，加上舟車勞頓，水土不服，病重在途中，被祁立救下。因為這個緣故，兩人結下了不解之緣。

謝鶩與祁立相識的具體細節不得而知，但祁立確實是神醫之後，雲裳見過他兩次，看起來是個不重名利之人，閒雲野鶴般的人物，竟會為謝鶩效勞。

不過這些都是過去的事情了，現在最重要的是，謝鶩正當寵，而眼下的局勢對顧閆十分不利。

雲裳心亂如麻，想著玉奴也許能看透一些她看不出來的事情，於是問道：「玉奴，妳覺得謝鶩有何奇怪之處？」

「謝國師確實是怪怪的。」玉奴低頭認真想了想，好半會兒後方道：「有件事是奴婢一直琢磨不透的，謝國師如今都年過二十了，卻一直未嫁。」

在蒼梧國，女子大多及笄之後便會考慮婚事了，謝鶯這個年紀已經算老了。就算她是名門之後，心高氣傲，可這北冥城裡也不乏優秀的貴族子弟。有那麼幾個，還是能配得上謝鶯的。

求親的人都快把謝家的門檻踏破了，可謝鶯卻看都沒看那些人一眼，難道真的是眼光太挑剔了？

玉奴斟酌著用詞，謹慎道：「小姐，恕奴婢直言，奴婢總覺得，謝國師看老爺的眼神，就像是在看自家夫君一般。」

雲裳點了點頭。

玉奴也經歷了男女之事，對女子的情意看得通透，而她的想法，和玉奴是一樣的。

其實謝鶯對顧闓生情並不是什麼意外的事情，可讓她百思不解的是，多年前看過那一本閒文，近幾日又在北冥城廣為流傳，她也收到了一份。

那本閒文的再次出現，究竟是巧合，還是有人故意為之呢？

雲裳心裡突然冒出一個可怕的念頭，也就是這個時候，她腦海裡陡然間想起一件事情來。

大公主驕縱高傲，見了顧闓幾次以後，心悅於顧闓，要皇帝拆散顧闓和雲裳。她是皇帝最受寵的女兒，在蒼梧國要風得風要雨得雨，但皇帝並沒有答應此事，反而在一個月前匆匆將她嫁給薛宰相之子。哪怕大公主以死相逼，都沒有讓皇帝改變心意。

在大公主向皇帝表明自己心悅於顧閆以後，謝鶯去見過皇帝。大公主出嫁之前，謝鶯曾單獨去見過她，謝鶯從宮中出來後，原本大哭大鬧著要上吊的大公主突然就不鬧騰了，安靜嫁到薛家。

這件密事，是刑捕衙藏在宮中的眼線告訴她的，當時她覺得事情蹊蹺，還讓眼線暗中查探，果真打聽到了不少消息。

比如那段時日，有一本閒文流入宮中，不知怎的，就到了大公主手裡。

那本閒文便是當年她在影石族看的那一本，內容分毫不差，而且還出現了新的餘卷。餘卷她看過，講述的大概是公主想要橫刀奪愛，從貴女手中奪走書生，並且暗中給貴女下毒。貴女提前知曉此事，將閒文昭告天下，揭穿公主的陰謀詭計。百姓們對公主的歹毒做法議論紛紛，公主接受不了市井的流言蜚語，只得放棄書生。

而據探子所說，那本閒文最初是在北冥城出現的。

當初她懷疑是顧閆寫了這本書，為的是回到北冥城的時候，能夠解決大公主這個燙手山芋。

但顧閆並不知道有這本閒文，那是誰寫的呢？

那閒文裡的故事，可是與謝鶯、顧閆和大公主之間所發生的事情一模一樣。寫書的人，定是未卜先知的。

想到這兒，她焦灼的吩咐玉奴。「玉奴，妳讓人去查一查，那本閒文是從什麼地方傳出來的。」

玉奴點頭應是。

就在這時，門外有婢女要稟話，雲裳喚人進來。

得了允許，婢女急匆匆的跑進屋裡，上氣不接下氣的。「夫人，大事不好了，宮中傳來消息，老爺被貶為屠夫，打發到城西的肉鋪子了。」

「什麼？」雲裳驟然起身。「此事可真？」

婢女面色焦灼，憂心忡忡。「千真萬確，夫人，這可怎麼辦呀？」

玉奴覺得不可思議。「小姐，老爺正當寵，按理皇上就算要給他降罪，也不會讓他去做屠夫，奴婢讓人再去打聽打聽。」

雲裳擺擺手，她此時已經冷靜下來了，覺得這事十有八九是真的，又問那婢女。「老爺可有受傷？」

婢女回道：「不曾受傷。」

「這個消息是誰告訴妳的？」

「是沈太醫，奴婢在宮門口遇到他，他吩咐奴婢，速速回來將此事告訴夫人。沈太醫還說……」說到這兒，奴婢似有疑惑，把沈慕的話原封不動的說出來。「沈太醫提了謝國師的名字，說夫人聽到後，便能知道他是什麼意思了。」

雲裳蹙了下眉頭。「沈太醫還說了什麼嗎？」

婢女搖搖頭，當時她聽到顧闖被貶的消息時，大吃一驚，還沒緩過神，就看見沈慕急匆匆的折回宮裡了。看模樣，沈慕是偷偷跑到宮門口告訴她這個消息的。

「那沈慕現在何處？」

「沈太醫還在宮裡，說是皇上的病又犯了，吩咐他留下來。」

雲裳點頭，深知事有蹊蹺，又聽到顧闖沒有受傷，懸著的心落了地，重新坐了下來。如今顧家的一舉一動都在其他人的監視之中，她不能自亂陣腳。

皇帝只是把顧闖貶去做屠夫，沒有要了他的命，那此事便還有轉圜的餘地。

看見雲裳面色沈重，婢女和玉奴都不敢再說什麼。

就這樣過了一會兒，阿福進來稟話，言簡意賅。「夫人，老爺被皇上貶為屠夫，並下令不許任何與顧家有往來的人靠近老爺，老爺所在的肉鋪周圍有幾十個禁軍把守。」

在軍營裡歷練五年，阿福再也不是那個毛毛躁躁的小子了，做什麼事情都是深思熟慮，沈穩老到。

「你是跟著顧闖進宮的，可知到底發生了何事？」

「當時屬下守在門外，屋子裡頭的談話內容並不知曉。但當時屋裡除了祁仙醫、老爺，還有謝國師。」

那此事便跟謝鷟脫不了干係了。

「顧閆被貶後，謝鷟什麼反應？」

阿福想了想，把自己看到的事情盡數告知。「謝國師神色平靜，老爺被禁軍押走後，國師回了謝府。」

雲裳垂眼，仔細梳理這件事的頭緒，半晌後便有了主意，她將視線落在玉奴身上。「備一輛馬車，去謝府。」

解鈴還須繫鈴人，事情既然是謝鷟引出的，那便只有她才能讓皇帝收回成命。她倒想看一看，謝鷟做了這麼多的事情，到底目的何在？

玉奴和阿福退了出去。

雲裳吩咐房中的婢女去轉達幾句話給顧翰和顧夫人，然後換了一件衣裳，往謝家去了。

才到謝家，拜帖還沒讓人送給謝鷟，謝家的下人一看到雲裳，就把她迎進門，將人帶到後花園。

雲裳見到謝鷟的時候，她正抓著魚食，餵食池裡的魚。

聽到下人稟報說雲裳來了，謝鷟的頭轉都不轉一下，仍舊氣定神閒的給魚投食。

她周圍站著四個婢女，皆是畢恭畢敬的低著頭。雲裳認得那個手托著盤子的奴婢，那是謝鷟的貼身婢女，仃蘭。

仃蘭只是淡淡看了她一眼，目光便繼續追隨著池中蜂擁搶食的魚。

雲裳打了聲招呼，見謝鶯不應，就在一旁站著，她沈得住氣，安靜的看著池裡的魚。

出乎意料的是，沒有等多久，謝鶯就開口了。

「雲姑娘真是稀客，好像這是妳第一次來謝家吧？」謝鶯說著話的功夫，手裡又撒了一把魚食，那些餓壞的魚瞬間擁上來，密密麻麻的。

雲裳收回目光，淺笑道：「我素來不愛走動。」

「哦。」謝鶯掏出帕子擦了擦手，轉過頭來，奇道：「那是什麼風把雲姑娘吹到我這兒來了？」

這北冥城裡誰都知道，年少得志的戶部尚書顧闓已經娶妻，其妻是影石族的新任族長，而影石族地位特殊，雲裳的身分也算是郡主。見到雲裳的人，都會尊敬的稱她一聲顧夫人。可謝鶯從頭到尾，都只叫她雲姑娘，似乎不知道她與顧闓已經成親的事實。

雲裳也沒在意，面上依舊掛著淡淡的笑容。「心中有惑，聽說謝小姐聰慧過人，便過來讓妳提點一二。」

聽到這兒，謝鶯忽然笑了笑。「雲姑娘謬讚了，解惑應該到寺廟裡求籤，來謝家是走錯地方了。」

「是嗎？」雲裳反問，她也不急，與謝鶯繼續說著漂亮的官腔。「可我聽人說，謝小姐有著通天一般的本事，上知天文下知地理，就連皇上有惑，都讓妳解答。」

謝鶯一雙鳳眼彎著，似笑非笑。「若真像雲姑娘所說，我只為皇上解答疑惑，那雲姑娘有何本事，能讓我幫忙解心中之惑呢？」

雲裳似乎沒有聽出來她話中的嘲諷之意，莞爾一笑。「若說本事的話，那便是搶走了原本不屬於自己的男人？」

話到這兒，謝鶯臉上的笑容瞬間就變淡了。

雲裳觀察著她的神色，繼續道：「謝小姐心裡是不是也有許多疑惑，若是單獨談，或許我也能為謝小姐解答一二。」

謝鶯緘默，她若有所思的看著雲裳好一會兒，轉頭給仃蘭使了一個眼色。仃蘭會意，帶著其他婢女退下，玉奴也跟著退了出去。

涼亭裡，只剩下雲裳和謝鶯。

謝鶯的臉上又浮現出了笑容，看起來是笑，卻涼颼颼、陰森森的，彷彿周圍的溫度都降下去了。

「雲姑娘想說什麼？」

雲裳懶得與她再打啞謎，開門見山。「前些日子我從下人手中得到了一本閒文，左看右看，都覺得書中寫的貴女是謝小姐，不知道謝小姐可有看過這本閒文？」

「哦？」謝鶯挑了挑眉頭，饒有興致道：「還有這樣一本閒文？改日有空，我得讓仃蘭尋來瞧一瞧。」

她的情緒隱藏得極好，看不出什麼。

雲裳不知道她是裝糊塗，還是真的沒看過，徑直坐在她對面，嘆了口氣。「謝小姐可知道，我這隻小指頭是怎麼斷的？」

話剛說完，雲裳便伸出手，拿掉假指，放在桌上。

謝鶯順著她的話瞟向她殘缺的手指，神情沒有什麼變化。「願聞其詳。」

雲裳不緊不慢道：「當年謝姑娘讓我拿著信物去無生寨找余神醫幫顧閆治病的時候，發現寨主烏左木與我阿爹有過節。他說除非我自斷一指，顧閆的性命才能保住。」

謝鶯打斷她的話。「雲姑娘的意思是，妳這隻斷指是為了顧尚書而斷的？」

雲裳沒有應答，她當著謝鶯的面，把衣裳解開，謝鶯也沒有阻止，面色淡然的望著她。

雲裳把肩膀和手臂露出來，起身背對謝鶯。「我後背的這塊疤痕，謝小姐看到了嗎？這是在軍營裡的時候，幫顧閆擋了一劍留下來的。後來用了許多去疤的藥，都沒能去除。」

說罷，雲裳把衣裳拉起來，穿戴整齊。

雲裳摩挲著斷指的缺口，感慨萬千。「不只是這兩處傷口，為了救顧閆和幫助他立下軍功，我還受了許多傷。」

謝鶯臉上的笑已經盡數消失，她望著雲裳，目光深邃，似有探究之意。

雲裳知道，她是個聰明人，有些話，不用說得太明白，於是緩緩抬起眼，正視謝鶯的目光。「說了這麼多，只是想告訴謝小姐一句話。我與你同為天之驕女，但為了顧閆，放著舒適的生活不要，毅然陪他去軍營。我為他付出的，是謝姑娘這輩子都比不上的。」

其實這些事情，雲裳是從不願向外人說道的。可是謝鶯不同，她心高氣傲，不過是做了點事情，就高高在上的認為自己付出了許多，要求別人回報。

雲裳要讓謝鶯明白，這世上，對顧閆好的不止謝鶯一人，而且自己所做的，謝鶯望塵莫及。

謝鶯倒沒想到雲裳這麼直白，她皺了下眉頭，似乎是不贊同雲裳的話。「雲姑娘是不是多想了，我對顧公子，可沒有半點染指之意。」

「有或沒有謝姑娘心中有數。」她要裝著端著，雲裳也不拆穿。「不過方才，有些話是我沒有說完的。」

頓了頓，她繼續道：「顧閆身上也有傷，而且不比我的少。當年在軍營的時候，聽到他人對我指指點點，他嚥不下那口氣，明明手無縛雞之力，卻衝上去與別人纏打在一起。被人逼著喝下毒酒的時候他都能忍下來，可偏偏對於我的事，卻忍不了。」

說到這兒，雲裳輕輕笑出聲來，眉眼彎彎。現在回想起來，還是覺得顧閆有點兒傻氣，不過她心中是甜的。

謝鶯儼然變了臉色，冷聲打斷她。「這些都是雲姑娘和顧尚書的私事，我並沒有什麼興致聽。」

話盡於此。

雲裳也不想再逗留，她起身，鄭重其事道：「謝小姐，木已成舟的事情是無力改變的，這世上總有許多變故是人為掌控不了的。若想逆天而行，遲早有一天會有報應。在這兒打攪謝姑娘多時，我家夫君還有些事情需要我回去處理，我就不繼續叨擾謝小姐了。」

後面的話，雲裳特地加重了語氣。

說完，她轉頭離開。

「方才池裡的魚爭食的場面，雲姑娘都看到了吧？」謝鶯忽然開口。

雲裳回首，知道她有話要說，便停了下來，但她不語，靜心等待著謝鶯開口。

謝鶯又恢復了高傲淡定的神色，她望著雲裳，慢悠悠的開口。「這池裡的魚，幾天都沒吃東西了，一看見吃的就爭先恐後的搶奪。有趣的是，大魚太餓就會吃掉小魚充飢。池中的小魚皆自危，不敢靠近大魚，生怕下一個被吃的就是自己。」

話到此處，謝鶯笑了笑，似在嘲諷那些小魚的膽怯弱小，轉瞬之後又嘆息道：「可是小魚不知道，真正掌控牠們生死大權的是我，而看似威風的大魚，也好像忘記了一件事情，只要我動一動手指，牠們全都會死。」

話罷，她抬起頭，皮笑肉不笑道：「我給雲姑娘變個戲法吧。」

一邊說著，謝鶯一邊從桌子上的茶杯底下掏出一張摺疊的小紙，她將紙展開，把裡面的粉末撒入池裡。那些魚撲通撲通的跳出了水面，濺起許多水花，不過很快就沈下去了，水面恢復平靜，不久，那些魚的屍首漂浮在池面上，密密匝匝。

謝鶯自顧自的說著。「我是這個魚池的主人，掌握著牠們的生殺大權。我高興和喜歡牠們的時候，牠們就能得到吃的。可我只要不高興了，牠們就活不了。」

雲裳望著那些魚的屍首，淺笑道：「這裡是謝家，怎麼處置這些魚自然是由謝小姐說了算。可若換成了別處府邸，主人也不一定會同意謝小姐這麼做。」

「那便得看府邸的主人要不要與謝家作對了。」謝鶯微笑著說，靜了靜，她惋惜道：「真是可惜了，原本養著牠們是覺得能給池子添點兒生機，如今死了，這池子就不乾淨了。我素來不喜歡好好的東西變髒了，雖然可惜，但也只能吩咐府中的下人，將這池子填平了。」

雲裳默不作聲，只是望著她，眼神中透著一縷同情。

謝鶯的執念太深，她走不出自己造的牢籠，最終也只會毀了她自己。

沈默須臾，雲裳對她微微一笑，便離開了謝府。

第三十二章

「顧尚書這些日子過得風光無限，重拾舊業，真的甘心嗎？」謝鶯笑著看顧閆，語氣很是輕柔。

顧閆抬起眼，默然道：「謝小姐想說什麼？」

聽著這話，謝鶯臉上的笑容猶如春風一般，轉瞬之間消失得無影無蹤。她的目光也跟著暗了下去，望著顧閆，就像在看一個陌生人。

從前他從不會這樣對她說話的。

他性子淡漠，不喜多言，但對她十分有耐心，無論她怎麼使性子，都是溫聲細語，從不生氣。

但這世間，只有她還記得從前的事情，顧閆並不知曉過去，因此也不能怪罪他。

誰能料想到，這一世半路會殺出一個雲裳呢。若她當年在曲蘭鎮的時候，能派人多方打聽，知道雲裳的真實身分，也不至於走到這一步。

如此想著，謝鶯嘆了口氣，往前走了兩步，深吸一口氣，笑容多了幾分。「顧公子可知道，五年前你在曲蘭鎮染上天花病危之時，是我給了雲姑娘信物，讓雲姑娘帶你到無生寨找神醫？」

「知道。」顧閆笑容淡然。「謝小姐的恩情，沒齒難忘。」
見狀，謝鶯的心揪緊了一下。她壓著情緒，又問：「除了給烏左木的信物，我還留下一塊木雕香佩，雲姑娘可交給你了？」
聞言，顧閆默聲，他垂下眼，半晌過後才點點頭。「給了。」
話到此處，他不禁在心裡暗暗嘆了口氣。
那是上一世，他用木頭刻出來的香佩，一分為二，有兩塊，一塊送給了謝鶯，另一半他自己留著。
當時他回到北冥城之後，被人陷害，再次被放逐，離開前便做了那塊香佩送給謝鶯，作為承諾。
為何是木的而不是玉的，或者金的、銀的，那是因為他覺得那些都是俗物，而木雕香佩雖然不值錢，但就像他一樣，曾經低人一等，但不屈於他人之下。
而當他從雲裳手中拿到香佩的時候，一切就不言而明了。
這塊香佩是他送給謝鶯的，可是兩人這一世還未碰面，謝鶯就拿出一塊一模一樣的送給他，只有一個說法能夠解釋。
謝鶯同他和雲裳一樣，也重生了。
即便她不知道他也留著前世的記憶，但那對香佩，就是他與謝鶯之間的牽絆。
就像他還沒離開影石城的時候，也請人重新做了一塊一模一樣的，只不過在離開影石城的時候，就將其銷毀了。

如果那塊香佩雲裳能早些拿出來給他，那麼他就會知道謝鶯也重生了，而且心裡還掛念著他，或許之後的一切選擇都會跟著改變。

但這世間，沒有假如二字。

雲裳沒有將香佩交給他，他之前也對謝鶯的事毫不知情，這一世便錯過了。

既是錯過，就不能再強求。

捫心自問，他怨雲裳嗎？

自是不怨的，因為雲裳為他所做的事情，一件件、一樁樁，那都是真情實意。在軍營那幾年煎熬的日子裡，他也生了情。

過去之事，已如過往雲煙，隨風而去，他既放下，就不會再拾起。

見他神色淡漠，謝鶯的心瞬間就涼了大半截。

「顧尚書可知道，五年前我贈予你這塊香佩的意思？」

顧闓沈默，許久之後，他不緊不慢的開口。「那塊香佩，是我當年送給妳的。」

此話一出，謝鶯神情錯愕，一臉不可置信，心臟劇烈的跳動，呼吸都變得艱難了。

「你、你說什麼……」她漂亮的鳳眼睜大，顯然不敢相信自己方才聽到的。

顧闓嘆息一聲，既然說出了實情，他也不想再轉彎抹角。「前塵往事不堪回首，我如今只盼著我們能夠各自安好。謝小姐，忘記了以前的事情吧。」

謝鶯心跳如擂鼓，她呼吸急促，踉蹌了下，險些摔倒，手撐在案上，愣愣的看著顧闓。許久之後，她嘴唇張了又閉，合了又開，反覆多次，才勉強穩住情緒。「你、你都記得前世的事情？」

顧闓微微點了下頭，算是應答。

霎時，一片死寂，良久之後，謝鶯才緩緩開口。「為什麼？你明明記得從前的事情，為什麼呢？」

既然記得，為何來了北冥，還和她形同陌路？他明知兩人之間的情分，不僅沒有相認，還娶了別的女人。

「過去之事，猶如一場夢，醒來之後，便忘了。」顧闓神色平靜，沒什麼多餘的思緒。

謝鶯靜靜的看著他，透過他清澈的眼眸，看到了自己不甘、憤怒、絕望的臉。她深吸一口氣，努力使自己的語氣聽起來鎮定平和些。「這些日子我所做之事顧尚書都看在眼裡，可有什麼想說的。」

「放手吧。」顧闓道。

「放手？」謝鶯的心涼到了骨子裡，猶如被人凌遲一般，一陣陣的抽痛，由悲轉怒，她冷笑一聲。「顧尚書應該知道，我謝鶯這輩子就沒有得不到的東西。我想要的，如果變成了別人的，那我就會不擇手段的毀掉。」

顧闓望著她，彷彿看著一個素不相識的人。

怎麼可能不知道呢？這些日子，他一步步看著她墮入深淵，多次想要把她從泥潭裡拉出來，可她一去不回頭。勸阻，已經是他對她最後的情分了。

謝鶯心中憤懣不甘，可多年的涵養讓她無法將情緒完全展現在他人面前，只能嘲諷的笑著。「顧尚書可真是個無心之人，這一世攀附了雲家，是為了能早些爬上高位吧？」

顧闓愣了一下，隨後，無奈的搖頭輕笑。「謝小姐可知道，我上一世是怎麼死的？」

說罷，謝鶯臉色僵住。

「從前我絞盡腦汁都沒想明白，直到昨天晚上，我突然有了答案。」顧闓的語氣一如既往的溫和，沒有埋怨，只有知道真相後深深的無力感。

他沒有說出來的是，謝太傅惜才，不會無緣無故殺了他。

捨得對他下手，自然是因為謝鶯的緣故。多年夫妻，他豈會不知謝鶯的脾性。她心高氣傲，不容許任何人沾染自己心愛之物一分一毫。

若有人意圖染指，她寧願毀了，也不讓別人得到。正所謂寧為玉碎，不為瓦全。

「喝了謝太傅遞來的酒之後，我才知道被下了毒。」顧闓頓住話頭，悵然道：「臨死前我問他為什麼，但他並不願意告訴我。我想，這個答案，謝小姐是心知肚明的。」

他到現在還記憶猶新，謝太傅看著他痛苦萬分的模樣，眼裡滿是疼惜和遺憾，可直到他斷氣，也沒有改變主意。

謝鶯的臉色頓時沈了下去，藏在袖子裡的手緊緊攥緊。

殺死顧閆，是她臨死前的心願，是她請求阿爹為她做這最後一件事。

因為她就算在九泉之下，也不想看到顧閆再娶大公主為妻。

她謝鶯的男人，就算她死了，也不能與他人同享。這世間，誰都不能。

今生顧閆對她不理不睬，對雲裳情有獨鍾，她心中不甘，想毀掉他，卻沒讓皇上直接處死顧閆，而是建議皇上將他貶為屠夫。

因為她知道，顧閆那麼心高氣傲的一個人，此生最厭惡的就是被他人踐踏自尊。

畢竟死是一件非常容易的事情，難的是痛苦的活著。她要讓他知道，誰才是這世上唯一配得上他的人。

然而，顧閆已經不配了。

夜深時刻，雲裳派出去的暗探終於傳回了有關顧閆的消息，他被謝鶯轉移到了大牢裡，重兵看守。

剛支退了暗探，過沒多久玉奴就來稟。「小姐，聞夫人和穆夫人在外頭求見。」

雲裳聞言，吩咐玉奴將人帶進屋。

她不喜歡阿諛奉承，更不喜歡虛情假意，因此到北冥城後，很少與那些官家夫人往來。

玉奴口中的聞夫人，正是許清令。許縣令被皇帝提拔為大理寺丞後，舉家遷往北冥城，一年前，她嫁給了兵部尚書的獨子，現為尚書員外郎的聞羿。

雲裳初來到北冥的時候，第一個登門拜訪的就是許清令，兵部尚書與顧翰交好，而她又感念於顧閆當年的提醒之恩，便偶爾來顧家走動。兩個月前，太子被皇帝廢黜，許寺丞失勢，被貶回慶城。自那以後，雲裳就很少看見許清令了。

至於穆夫人，那不是別人，正是她的堂姊雲韻。

雲裳也是來到北冥城後，才知道他們兩人有牽扯，而且當時兩人已經成親了。穆司逸能夠那麼快回到北冥城，和雲韻有很大的關係。不過雲韻與穆司逸的感情看起來並不好。現在顧閆被貶，朝中大臣恨不得與他們撇清關係，也不知道這兩人深夜一同前來造訪，所為何事。

雲韻進到屋裡後，屈膝行禮，點明來意。「淑德郡主，顧尚書的事情我都聽說了。來到顧府一見，是想提醒您一句，東宮有異。」

淑德郡主是皇帝在收走雲裳手中的兵權後，為了安撫她，賜給她的封號。

雲裳賜座給她們。

聽了雲韻的話，雲裳問道：「堂姊如何知道東宮之事，又為何要特地告知我？」

即便雲韻已經嫁給了穆司逸，雲裳還是不願稱她為穆夫人。

雲韻偏頭望了望許清令，似有難言之隱。她和許清令是在門外偶然遇到的，有些話，不宜讓許清令聽到。

許清令是個聰明人，見她如此，主動開口。「說來也巧，我今日過來，也是想提醒顧夫人，南陽城也有異動，過不了兩日，這北冥城估計就會變天了。」

南陽城是明王所在的封地，皇帝有許多兄弟，但死的死，失蹤的失蹤，唯一活下來的，只有明王和衡王。

衡王不爭不搶，小時候曾經救過皇帝，早些年才沒有被處死，常年在南丹。而明王從小癱瘓，又患有哮喘，才僥倖存活下來。

雲裳有些詫異，她沒有料到，這兩人都是來通知她皇宮有危險的。

明王暗中招兵買馬，準備造反的事情她早就收到消息了，只是不知道什麼時候會動手。至於太子，她還未聽到任何消息，不過穆司逸和太子走得很近，也是被太子提拔上來的。

據傍晚沈慕傳來的消息，皇帝這一次是徹底病倒了，貶了顧闓以後便昏迷不醒，就連祁立的神丹妙藥都不管用。

明王和太子，這麼快就按捺不住了？

雲裳的目光越過雲韻，看向坐在她身後的許清令。「聞夫人這個消息可屬實？」

許清令點頭，十分確定。「若顧夫人信得過我，後日便帶人到皇宮裡等著，其餘的，我就不便再多說了。」

說到這兒，許清令站起身。「顧夫人，我深夜前來，深恐被人抓了話柄，就不久留了。言盡於此，還望顧夫人保重。」

雲裳吩咐玉奴送客。

許清令走後，雲韻看著她，欲言又止。

雲裳抿了一口茶，道：「堂姊，雖然如今妳我已嫁了人，但姊妹之間的情分還是在的，妳不必拘謹，有話但說無妨。」

「雲裳……」雲韻深受觸動，柔聲喚了一聲，懊惱道：「我真是蠢，妳離開影石城之前再三提點我，可我還是走上了錯路。」

雲裳聞言眼皮跳了跳，起身走到她旁邊，握住她的手。「堂姊可是在穆司逸那兒受了委屈？」

「阿裳，穆司逸這個狗賊，他欺騙我的感情，利用我回到北冥城，目的達到後，他不遵守承諾，竟聽從太子的吩咐，將阿爹殺了。」說完，雲韻眼角濕潤，自責道：「我雖然不喜阿爹寵愛阿娥，怨恨過他，可我從未想過要害了他的命。」

可她卻不聽勸，被穆司逸這個狗賊矇蔽了雙眼，丟了阿爹的命。

或許是血緣的關係，即便多年不來往，兩人之間的情分還是在的，如今雲韻也沒有知心人，只剩下雲裳這最後一根救命稻草，便把內心的話全都說了出來。

「阿裳，穆司逸恩將仇報，借用我的手回到北冥，成為太子心腹，又借太子之手除掉阿爹，我雲韻雖沒什麼本事，但也不能被人這麼踐踏。可惜我如今雖掌握了穆司逸和太子要造反的一些訊息，卻不能親手除掉他，這是我心中難平之恨。看在姊妹一場的分上，阿裳，妳幫幫我。」說到這兒，雲韻跪了下來。淚痕已被她盡數抹去，只剩下濃濃的恨意。

雲裳把她扶起來，連連嘆息。

她當初如何也沒想到，雲韻會跟穆司逸走到一起。不過依穆司逸的德行，一心想往高處爬，當時她不在城中，城中身分尊貴又同齡的也只有堂姊了。他把主意打到堂姊身上，也不是什麼難以理解的事。

只是沒想到，穆司逸依舊如此心狠手辣，得到手之後便棄之如敝屣。

雲裳從未想過要讓穆司逸安然享受榮華富貴，只是一直找不到好的辦法對付他，如今有雲韻幫忙，可謂是添磚加瓦。

不過，雲韻話中的可信度還有待她觀察，於是，她面上不動聲色，將雲韻扶起來。「堂姊所說，可有證據？」

雲韻聽了，將早就準備好的證據呈給她瞧。她這次前來找雲裳幫忙，揭穿太子和穆司逸的陰謀，是做了跟穆司逸魚死網破的準備。

看完了那些證據，雲裳心中大致有數，安慰了幾句，便吩咐忠信送雲韻回去，讓她耐心等待自己的消息，雲韻千恩萬謝的走了。

兩日後的傍晚。

「祁仙醫呢，哪兒去了？」望著床上情況越來越不對勁的皇帝，掌事太監焦灼的詢問身邊待著的最後一個宮女。

宮女直搖頭，表示不知情。「奴婢也不知道，半個時辰前，祁仙醫說去配藥，可讓人四處找過了，宮裡都找不著。」

「會不會是出宮回府去了？」掌事太監想到這兒，語氣急促。「快，派人去祁府請祁仙醫過來，就說皇上的病越來越重了。還有其他人呢，去哪兒了？將人喚進來伺候皇上。」

小宮女得了吩咐，匆匆忙忙離開。剛出殿門沒幾步，身後寒光一閃，她還未回頭，便瞳孔睜大，目露驚恐之色，倒在地上。直到死前，她也沒明白是誰把她給殺了。

小宮女的屍首被拖走後，皇帝的寢宮外又恢復了平靜，往日人頭攢動的長明宮，竟然空無一人，靜得可怕。

等到子時，掌事太監都沒等到人，眼看著半個時辰過去，皇帝的臉色蒼白如紙，寢屋裡竟還是沒有一個來伺候的人，他也察覺到了不對勁。

他從床邊退出去，高聲喚著外頭守門的婢女。「來人——」

無人應答。

掌事太監疑惑的皺眉，再次高喊。「春喜、春幸。」

還是沒人。

他感覺到詭異，快步走出去，剛打開門，有個小太監撲倒在他腳邊，虛弱的提醒。「公公，不好了，太子和明王都反了。」

「什麼？」掌事太監大驚失色，蹲下身子，提起小太監的衣領。「這到底是怎麼回事，給咱家說說。」

可還沒等到回話，小太監就歪著頭，倒在他的腳邊。掌事太監探了探鼻息，斷氣了。

看著腳邊的血泊和屍首，再掃了一眼空蕩蕩的寢宮，掌事太監不得不相信小太監剛剛說的話。他回頭望了床上的皇帝一眼，想了想，把門關上，準備出去查看情況。

剛走了兩步，一枝箭不知從哪個方向射了出來，穿透他的背部。

掌事太監低下頭，望著心口上的箭頭，剛想出聲叫人，從嘴裡流出來的卻是猩紅的血。

他扭過頭，模糊的看見了一個人影朝他走過來，等看清那人的臉以後，他大吃一驚。

「太……」未說出口的這句話，隨著他倒下的屍首，永遠長眠。

發生宮變，太監和小宮女們四處逃竄，想要逃出宮的，都一個接一個的被殺。剩下那些求饒的，被趕到一處，有的縮著身體瑟瑟發抖，有的哭泣，有的則驚嚇過度，呆若木雞。

一個將士舉劍抵在某個宮女的脖子上。「玉璽在哪兒？」

小宮女出聲求饒，說自己不知道。

劍光一閃，又倒下一個。

其他宮女太監人人自危，驚恐的望著，生怕下一個就是自己。

連殺幾個，那個將士似乎也倦了，把劍扔下，問旁邊的人。「情況如何？」

那人搖搖頭。

「一定要搶在明王之前拿到玉璽。」將士吩咐道，面色凝重。

誰都沒想到，明王竟在同一天逼宮，而他們所有人都被明王騙了，他裝了幾十年的病。皇上已經駕崩了，現在宮中大亂，誰先找到玉璽，皇位就是誰的。

心知地上跪著的宮女和太監地位低微，不知道玉璽藏在什麼地方，將士也懶得再問，招呼著其他人，準備去其他地方搜索。

哪知走了沒幾步，幾個人頭滾落到腳邊。所有人驟然停下，隨後，響起了太監和宮女的尖叫聲。

帶頭的將士順著人頭滾過來的方向望過去，看到是雲裳，面色一驚。「顧夫人？」

雲裳一手抱著秦樂，一手捂住秦樂的眼睛，朝他們緩緩走過來，待只剩下一段距離了，她停下腳步，掃視了他們一眼，一字一句道：「皇上駕崩，留下遺詔，傳位給六皇子。玉璽就在這兒，爾等還不快拜見新帝？」

聞言，沒有一人下跪，那些人皆是疑惑的看著雲裳，然後你看看我、我看看你，面色茫然。先帝什麼時候有六皇子這個兒子了？

茫然不解間，他們抽出了手中的劍。就在這時，周圍突然湧出一堆人馬，把他們團團包圍住。

忠厚手托起玉璽，而忠信手裡拿著聖旨。

「太子和明王意圖謀反，已被押入大牢。凡是抗旨不遵者……」說到這兒，雲裳瞟了他們一眼，冷聲道：「殺無赦！」

許清令和雲韻給的消息是真的，雲裳查探清楚虛實後，偽裝成宮女，在沈慕的幫助下，帶人提前潛伏在皇宮裡。

等太子和明王的人馬鬥得兩敗俱傷，她帶著自己的人出現，先抓明王，後捉太子。現在，宮中的人全都是她的了，只剩下這一處。

有些將士自知大勢已去，扔下兵器，跪在地上叩拜新皇。而方才帶頭的那個將士，望著忠厚手中的玉璽，以及被雲裳帶過來，正跪在地上的禁軍統領，也知道太子敗了，因為禁軍統領一直都是貼身保護在太子周身的。

他看了看雲裳，舉起手中的劍，往脖子上一抹，血花四濺，宮女們尖叫連連。

雲裳抱著秦樂的頭，捂住他的耳朵。

見帶頭的將士自刎，有幾個忠心的將士跟著自盡。剩下的人，沈默一會兒後，有人見機行事，高喊新帝萬歲。

隨後，宮中呼喊新帝萬歲的聲音此起彼伏。血流成河的皇宮，也漸漸恢復了平靜。

蒼梧永康八年，年僅七歲的新帝繼位，改年號為永平。

宰相薛安因謀反之罪被誅殺，新宰相顧閆輔政，大赦天下。宮變失敗的太子和明王病死獄中，早前和太子爭寵失敗，被先帝打入大牢的二皇子也在獄中自刎，三皇子和四皇子被封為王，各自前往封地。

與此同時，國師謝鷟於謝家自盡身亡，謝太傅告老還鄉。謝鷟死後，祁立不知所蹤。沈慕醫治先帝有功，被提拔為太醫之首。

永平三年，先帝喪期剛過，北冥城裡便傳出了一件天大的喜訊。宰相顧閆將以十里紅妝、八抬大轎再次迎娶已過門的妻子雲裳。

婚禮那天，整個北冥城鑼鼓喧天，百姓們駐足圍觀，街道上熱鬧非凡。當迎親隊伍從集市上走過的時候，百姓們卻發現，馬上沒有新郎官，不禁好奇的東張西望。

「新郎官呢？」

「不知道啊。」

「會不會是出什麼事了？」

沒有見到人，百姓們開始議論紛紛。

迎親隊伍似乎沒有聽到百姓們的話，依舊緩慢前行，朝著新娘出嫁的府邸走。

一個月前，顧閆為了讓雲裳風光大嫁，遵循三書六禮，特意買了一座新的府邸，代作雲裳的娘家，讓她從新府邸出嫁。

外邊的鑼鼓聲越來越近，新娘子卻還未出門，玉奴和徐嬤嬤一點也不急，就站在屋外候著。因為顧閆現在在屋裡，親自為雲裳梳妝。

雲裳透過銅鏡看身後的顧闓，笑道：「迎親隊伍就要來了，你作為新郎官，還不準備出去嗎？」

顧闓手裡正拿著木梳，為她梳髮，聽完後回道：「岳父岳母已不在人世，我是夫人的夫婿，亦是家人，理應代替岳母為夫人梳髮。」

話落，顧闓用剪刀剪了一縷髮絲，然後又取了雲裳的一撮頭髮，綁在一起。

「從今以後，我和夫人就如同這髮絲，一輩子都綁在一起。」

雲裳沒想到他心思這麼細膩，心裡湧過一陣暖意。想到兩人這幾年的坎坷經歷，她感慨道：「真沒想到，我們最終還是在一起了，這一路走來，真的不容易。」

一切都宛若一場夢，可眼前的人又那麼真切。

回憶起往事，顧闓也頗為感慨。「辛苦夫人了，為我受了這麼多苦。」

雲裳轉過頭，靠在他懷裡，佯裝握緊拳頭，恐嚇道：「所以往後得對我好一點兒，我現在武功可高了，你若是負我，這一拳下去，你就沒了。」

顧闓放下梳子，緊緊握住她的手，鄭重允諾。「我顧闓此生定不負夫人。」

妳為我吃了這麼多苦，我又怎捨得讓妳今後受一丁點委屈呢。顧闓心道。

雲裳與他十指相扣，笑了笑。

好不容易才走到一起，這輩子她都不會放開顧闓的。

番外一　軍旅

「掌廚的，我聽說你們廚營新來了幾個廚娘，是不是真的？」一個醉醺醺的士兵搭著掌廚田丁的肩膀，身子搖搖晃晃的，嘴裡哈出的都是酒氣。

田丁聞不了酒味，偏過頭，皺眉應道：「回副尉，確實是新來了幾個廚娘。」

「那個斷指的小廚娘叫什麼名字來著？長得水靈靈的。」

田丁一看就知道錢力看上雲裳了，這錢力是個好色之徒，營裡的軍妓都被他玩了一遍，而且嗜酒，不打仗的時候酒不離嘴，但是他官職在身，田丁不敢得罪，想了想，回道：「叫喻裳，才十歲哪。」

言外之意，年紀太小了，不能碰。

「才十歲？」錢力似乎不太相信。「她個子這麼高，怎麼說也有十三歲了，肯定是為了在廚營待著，故意隱瞞年紀的。她身邊那丫頭也不錯，待我問問她去。」說完，錢力扔下酒壺，踉踉蹌蹌的走了。

「副尉……」田丁欲把人喊住，轉念一想，這事跟自己沒什麼關係，而且錢力發起酒瘋來根本攔不住，就作罷了。

錢力問了好幾個人，才找到雲裳住的營帳。

「嘿嘿嘿，美人，爺來了。」他搓著手，已經是有些迫不及待了。

就在他準備直接闖入的時候，有兩個微醉的士兵走過來。「副尉，不是說好今晚不醉不歸嗎，你怎麼一個人跑這兒來了？」

「來，副尉，我們回去喝酒。」

「去去去，老子還有正經事要辦呢。」錢力一臉不悅。「別攔著老子。」

將士好奇道：「大晚上的，能有什麼事啊？」

望著兩個士兵疑惑的目光，錢力露出猥瑣的笑容。「喻裳，懂吧？」

他的脾性整個軍營全都知道，兩個士兵一點就通，跟著笑。

「副尉，這麼小的，你都下得了手啊？」

「我說副尉，你要挑也要挑個好一點的吧，那喻裳是個斷指的，不吉利。」

另一個士兵嘿嘿笑。「她那手指也不知道是怎麼斷的，你們說，會不會是在床上被男人咬斷的？」

說完，三個人哈哈大笑。喝了酒，就開始胡言亂語，不知道顧忌了。

「指不定啊，還是好多個男人一起咬斷的呢。」

話音剛落，一個拳頭砸到臉上，士兵直接倒在地上。

「哈哈哈哈，你小子醉了。」錢力意識有點不清醒，以為他是自己摔倒的，放聲大笑。

地上的士兵愣了一會兒，被這一拳打得清醒了不少，看見是顧閆，氣得破口大罵。「你小子有毛病啊，居然敢打老子？」

顧闓冷冷的看著他，沈聲道：「她的斷指，不是你們能議論的。」

「嘿，你小子，我想起來了。」錢力打了一個酒嗝。「是不是跟喻裳一起進軍營的那個小伙子。跟爺說說，這小丫頭滋味怎麼樣？」

話還沒說完，顧闓的拳頭就迎了上去。

錢力因為喝醉，竟被顧闓打倒在地。他在地上緩了一會兒，才反應過來發生什麼事。起來後，氣急敗壞的罵了一句。「狗娘養的，敢打老子？」然後就對著顧闓拳打腳踢。

另外兩個士兵也跟著動手。

此時，雲裳正在整理床鋪，聽到門外的動靜，放下被褥走出去，遠遠的就看見幾個將士在圍毆一個人，等看清是顧闓後，她趕緊叫停。「住手，快住手！」

那幾個人打瘋了，一心只想洩憤，哪裡聽得到她的話。

雲裳正猶豫著暴露自己會武功的事情會發生什麼後果，就看見田丁帶人過來，把鬧事的人拉開。

「校尉有令，不得在軍營內鬥毆。」

雲裳去軍醫營帳裡幫顧闓拿藥的時候，還聽到有人在議論這件事，知道了顧闓打人的起因，心裡有些無奈。

「這軍營裡大多是魯莽粗鄙之輩，閒言碎語聽聽就算了，以後不要再跟他們動手。你不會武功，動手只有吃虧的分兒。」

他們能成功混進軍營還是託了烏左木的福，這兩個月吃了不少苦頭，但他們一直都在忍著。原本以為是什麼大事把顧閆逼成這樣，結果只是幾個嘴碎的士兵議論她的斷指。

她知道，斷指一事顧閆始終心懷愧疚，但於她而言，不過是手上少了塊肉。這世間太多壞嘴之人，怎麼可能堵得住所有人的嘴呢？

藥滲入傷口裡，顧閆疼得皺了皺眉頭，他沈默著，似乎不想解釋。

雲裳幫他塗完傷藥，嘆了口氣。「我要是晚些出去，你命都要沒了。軍醫說你這傷至少要在床上養幾天。」

說到這兒，雲裳停頓了一下，淺笑道：「無論如何，我還是該跟你說聲謝謝。你今日護我，以後你的命就是我的了，我會護你一輩子的。」

「雲姑娘這句話，顧閆記下了。」顧閆鼻青臉腫的臉上扯出一抹不合時宜的難看笑容。

「你……」雲裳被他氣笑，看他這狼狽的模樣，心裡又有些感動。「就知道記住對自己有利的事情是嗎？不過我雲裳說話算話，以後你的命，是我的了。」

無論以後是敵是友，我都會護你一世周全，不讓你被世人所欺。

番外二 雲韻

雲韻即將滿十五歲那年，距離及笄禮還有一個月時，影石城也即將迎接盛大的收穀節，幾個長老找祭司算過日子，此次祭祀時間提前十日，正好與她及笄的日子差不多。

雲盛這兩年在族中權勢越來越大，將影石城治理得很好，百姓安居樂業，他威望漸高。正因如此，雲韻的及笄禮準備得十分隆重，府中下人早早就開始準備所需物品了。

一日，雲娥跑入屋中，拉著雲韻的手要出去集市逛逛。

雲娥快八歲了，她長得高，個頭都到雲韻的肩膀了，長了一副美人胚子的模樣。她還是像小時候那般活潑好動，很喜歡出去外面逛。

五歲之前，她很少與雲韻來往，姊妹之間十分生疏，直到她六歲左右，貪玩獨自出去找野果子，迷了路，在山上睡著了，黃昏時分醒來，嚇得哇哇大哭。當時雲韻已經開始幫雲盛處理商鋪的事，跟著商隊出去採購途中路過，聽到哭聲，把人帶回家。

從那以後，雲娥開始親近起雲韻來，有事沒事就往她房間裡跑。

雲夫人背地裡不待見雲韻，也不喜歡她，總是表面一套背後一套。但雲娥不同，她並沒有將雲韻視為以後會爭奪家產的仇敵，小時候不敢親近雲韻，是因為雲韻對她總是凶巴巴，雲夫人也千叮嚀萬囑咐讓她離雲韻遠一些。

她小時候不明白雲夫人的用意，長大了也不明白，但有了自我意識後，雲夫人也管不住她了。且隨著年歲的增長，雲盛不似以前那麼偏心，開始重視起雲韻這個長女來。

雲韻原先是不喜雲娥接近自己的，可隨著相處時日增多，越發覺得這個妹妹有些可愛，對她多了幾分真心實意。

見雲娥撒嬌，她無奈道：「妳昨日剛剛偷跑出去騎馬，差點從馬上摔下來，要是阿爹知道妳又出門，定要生氣。」

「阿姊。」雲娥搖著她的手。「只要我們不說，阿爹是不會知道的。而且我早上聽到府裡的下人嚼舌根，說阿爹有意將妳許給聶察司，妳就不想去看看未來夫婿是何模樣嗎？」

「什麼？」雲韻詫異不已，將手中的女紅放下。「此事可當真？」

雲娥肯定點頭。「我沒聽錯，下人都說聶察司是族中最優秀的男子，尚未婚配，是最適合阿姊的。」

雲韻一怔。

雲娥聽到的也許是真的，距離她及笄的日子僅剩一個月，前幾天阿爹就問了她可有屬意的男子。當時她並沒有想法，便說這件事情讓阿爹幫忙作主就好。

沒想到短短幾天，阿爹就有屬意的人選了。

聶察司她見過幾面，雖然一表人才，武功高強，可並不是她喜歡的類型，而且年紀也大了點。她喜歡溫文爾雅的書生，而不是那些整天只會耍刀弄槍，或者在衙門斷案的武夫。

雲韻心事重重，在雲娥的軟磨硬泡下，最終還是偷偷爬上了聶家的院牆。

雲娥探頭探腦，非常好奇。「阿姊，等會兒我幫妳仔細瞧瞧，這聶察司到底長什麼樣子，若是面貌醜陋，我就讓阿爹打消這個念頭。」

雲韻望著樸素的院落，屋簷上還掛著幾個搖搖欲墜的白燈籠，興致索然。

阿爹看上聶察司並非沒有緣由，他確實是城中數一數二的優秀男兒，不僅掌管刑衙司，還是新任副監軍。

這個府邸是他兩年前買下的，地方不大，卻布置得十分雅致，不過比起雲府，還是寒酸了些。

一年前，他的母親去世，如今還在守孝中。

孝順，能力出眾，其實配她綽綽有餘了，可惜，她不喜歡他。

就在雲韻出神的時候，雲娥拍了拍她的肩膀，指著遠處的一個身影，激動道：「阿姊，那個是不是聶察司？長得挺俊俏的，像個讀書人，一點也不像武夫啊。」

「小點聲，別被發現了。」雲韻說罷，順著她手指的方向望過去，一個溫文爾雅，長相清秀的青衣男子映入眼簾。

陽光映在他的臉上，把他的臉襯托得格外白皙，那一瞬間，她晃了神。

就在這時，那人似乎察覺到了她們，目光望了過來，四目相對，雲韻嚇得身子往後縮，因為太急，腳底一滑，從院牆上摔了下去。

「阿姊！」雲娥驚慌的往後看。

雲韻摔得眼冒金星，緩了好一會兒，才從地上坐起來。

一隻白皙的手出現在她面前，溫和的聲音響起。「沒事吧？」

雲韻抬頭一望，正是那青衣男子，她一時不知該做何反應，愣在原地。

那人淺笑道：「我姓穆，名司逸，妳沒有摔傷吧？」

穆司逸？這名字聽起來十分耳熟，可她就是想不起來在哪兒聽過，近身看，就連臉也是熟悉的，似乎曾經有過幾面之緣。

「沒摔傷吧？」穆司逸又問。

雲韻搖搖頭，鬼使神差的遞出手，站起身來。

很快，她便調整好了思緒，屈身道：「謝謝穆公子。」

所幸院牆不高，雲韻雖然摔了，但沒有受什麼重傷，只是左手骨折了。

而從第二日開始，穆司逸往府中送過幾次東西，並親自登門謝罪，說是自己在大街上騎馬把雲韻嚇到了，讓她摔倒，過意不去，特意送些禮來賠罪。

他是影石城的監軍，且家世顯赫，雲盛想與他交好還來不及，哪敢怪罪，以上賓之禮對待。

雲娥做了錯事，不敢明說那日去了何處，雲韻沒想到穆司逸幫她想好了藉口，心裡十分感激，同時覺得這人倒是體貼。後來，她頻頻遇到穆司逸，漸漸的，私交就多了起來。穆司逸是個謙謙君子，雖是監軍，卻喜歡詩詞歌賦，又經常給她送好吃的、好玩的。久了，雲韻隱約察覺到了什麼，女兒家的心事也跟著顯露出來了。

雲盛敲打過聶察司，聶察司以守孝不想婚娶為由，婉拒了他。

苦惱著郎君人選的雲盛，從旁人口中聽說了雲韻和穆司逸有私交之時，覺得雲韻不知廉恥，丟了顏面，罰她到祠堂跪著。

雲韻跪了一夜，穆司逸忽然上門提親，雲盛十分驚嚇，但兩人私會的事已經人盡皆知，為今之計，就是將雲韻嫁給穆司逸。

可雲盛並不想結這門親事，因為他覺得穆司逸並不是一個可以託付的良人。

於是，給了雲韻兩個選擇：若是她不想嫁，從今以後，二人不得再有任何接觸，城中傳言也不會再出現；若她要嫁，從今以後，無論出了何事，都與雲家沒有任何關係。

雲韻選擇了後者。

侍女花芙也覺得穆司逸不靠譜，曾經勸阻過她，可雲韻不以為然。

及笄之禮結束後，雲韻嫁入了穆家，半年後，跟隨穆司逸去了慶城，過了一段苦日子。

而那段時日，有人上書，檢舉雲盛與慶城侯師爺私交甚篤，意圖謀反，證據確鑿。雲盛被皇帝判了殺頭之罪，雲娥和雲夫人貶為庶民。

穆司逸把雲韻保了下來，就在雲盛死後的一個月，穆司逸被太子提拔回北冥，雖然只謀了個六品小文官，在宮裡的藏書閣做些閒活，但頗得太子器重，很快便成為太子的心腹，一時風光無限。

雖然雲家敗落，穆司逸飛黃騰達，可他還是像過去那般對待雲韻，雲韻十分感動，覺得自己沒有嫁錯人，尋到了真正的如意郎君。

可就在兩個月後，她從花芙口中得知，穆司逸時常出入青樓，還偷偷養了一個外室。與此同時，聶察司也送來了穆司逸陷害雲盛的證據。

一時間，雲韻萬念俱灰。

她帶著花芙偷偷跟蹤過穆司逸幾次，確認他在外頭真的養了外室，不僅如此，當初穆司逸故意接近她的事情也被她知道了。

她在聶察司家摔倒是意外，他上門賠罪不過是他接近她的一個契機。而他做這一切，不過是為了利用影石族，獲得太子的信任，重回北冥城。

證據擺在面前，雲韻不得不接受了這個事實。

而她跟蹤的事情也被穆司逸知曉了，兩人大吵一架，至此，穆司逸將她禁足，再也沒有進過她的房間。

雲韻心高氣傲，受不了這委屈，一度想對穆司逸下毒，報仇雪恨。

花芙忠心耿耿，做事冷靜，及時攔住了她，並勸阻道：「夫人，穆司逸如今是太子跟前的紅人，此事不可輕舉妄動。若夫人真想報仇，就裝作無事發生，討好穆司逸，取得他的信任，伺機蒐集證據，將他扳倒，才是大快人心的做法。」

經花芙這麼一勸，雲韻便冷靜下來了。

她跪在穆司逸門前，請求重歸於好，哭得梨花帶雨，說自己已經沒有了可靠的娘家，只剩下穆司逸一人了。到底夫妻一場，見她知錯，穆司逸沒有趕盡殺絕，解了她的禁足，不過還是將外室帶進了府中，納為妾室。

雲韻極力隱忍，一次，她偷聽到太子要謀反，便暗中蒐集證據，等待時機。

後來，雲裳回北冥了，她便將這消息和證據告訴了雲裳。

新帝繼位後，穆司逸被打入大牢，秋後處斬，任何人都不得探望。

雲韻去顧府求了雲裳，想見穆司逸一面。雲裳答應了她的請求，她道過謝後，仍是懊悔不已。

「若是當初我信了阿爹和花芙的話，也不至於此。」

雲裳安慰道：「堂姊，穆司逸不是良人，當初是他矇蔽了妳的眼，錯不全在妳的身上。往後的日子還是要過的，堂姊要保重，下一次再遇到心悅的，可就要擦亮眼睛了。」

雲韻朝她笑了笑。「阿裳，我真羨慕妳。」

顧宰相位高權重，寵妻如寶。如此良配，是她此生都無法奢求的。走錯了一步路，便是步步都錯了。

雲裳愣了愣，然後好似明白了她話裡的意思，笑道：「為了這宰相夫人的位置，我當初也吃了不少苦頭。」

雲韻看了眼她的假指，剎那間就釋然了。

沒有什麼東西是能夠輕易得到的，有些事，歷盡千辛萬苦才能修成正果。她自己以後，肯定還有很長的一段路要走。

再次拜了謝，方離開顧府。

穆司逸臨刑前，雲韻去大牢見了他最後一面。

她居高臨下的望著狼狽不堪的穆司逸，語氣平靜。「你可知道，林氏上吊自殺了。」

林氏，是穆司逸帶進府的妾室，是一個青樓女子，聽說原是罪臣之女，從小與穆司逸一起長大。

聽到這話，穆司逸灰敗的眼裡露出了悲傷的神色。

她給了穆司逸最後一擊。「大夫說，林氏已有四個月的身孕。」

穆司逸呆若木雞，望著她春風得意的模樣，似乎明白了什麼。「是妳殺了阿瑜？妳這毒婦！」

「毒婦？」雲韻冷笑一聲。「穆司逸，你有何臉面說這些話？你設計接近我，娶我的時候，心計是何等深。為了取得太子信任，你絲毫不顧我這個髮妻，將我阿爹逼上死路。

「後來呢，你覺得自己是太子跟前的紅人，意氣風發，就不將我放在眼裡了，違背當年的誓言，執意將林氏娶進門。你勾結太子，意圖謀反……」

雲韻將他的罪責一樁樁的數出來，穆司逸聽了震驚不已。

他不可置信道：「是妳向顧家透露了消息？」

「是。」雲韻沒有否認，大大方方的承認。

穆司逸跌倒在地，氣得渾身顫抖，無論如何都沒想到，竟敗在了枕邊人手中。「妳……妳……」

殺人誅心，見他如此，雲韻心中十分暢快，本著夫妻最後的情分，道：「穆司逸，我原本是想好好跟你過一生的，落到如今境地，是你自作自受。我們雲家女子，都有一身傲骨，眼裡容不得一丁點沙子，怪就怪在你低估了我。」

番外三　謝鶯

我叫謝鶯，草長鶯飛的鶯，我阿爹是當朝太傅，兩朝重臣，一人之下萬人之上。

我出生那年，國泰民安，因此阿爹為我取名鶯字，希望我像春光一般，一生燦爛，且像鳥一樣，自在飛翔，無憂無慮。

雖然阿娘在我三歲那年因病去世，我缺少了母親的愛，但阿爹給了我更多的愛。我從小錦衣玉食，被所有人捧在手心長大，只要我想得到的東西，沒有得不到的。

我阿爹是皇上的老師，因為幫助皇上奪得皇位，頗受皇上寵信，皇上也十分喜歡我，在我五歲那年，封我為郡主。

我從小就經常出入皇宮，和宮裡的皇子、公主一同長大。

在皇上的所有孩子中，我最喜歡的是五皇子，他為人敦厚，謙和有禮，可惜他從小體弱多病，我親眼看見他身邊的宮女在酒裡下毒，當時那宮女對我說是藥。

大皇子八歲就被封為太子，他和二皇子一樣，待我如親妹妹。我原先是喜歡他們的，直到我七歲那日，太子幫我摘桃子，我親眼看見二皇子搖晃扶梯，讓他摔倒在地。

太子骨折，二皇子說是我做的，我想說出真相，但是阿爹阻止了我，並讓我把這個秘密永遠爛在心裡。

皇上雖然沒有指責我，可從那日以後，太子就不怎麼與我親近了。我發現原來兄弟之間也會互相傷害，覺得他們虛偽，不再喜歡往宮裡跑。

我一直都順風順水，在我及笄後，北冥城裡所有同齡的士族子弟都到謝家求親，可我並不喜歡這些庸俗的男人。

十五歲那年，祖母病重，傳信到北冥城說想見我一面，我啟程去了江南。

途中，我救下了一個男人，他長得十分俊俏，彬彬有禮，他跟我說他是個讀書人，準備到北冥城趕考，被人迫害。他與我見過的男子都不同，他見到我的容顏時，毫無失態，目不斜視，我覺得他很特別。

我派身邊的婢女去打聽了他的消息，原來他是曾經的盛族顧家的公子，顧閆，因為顧家得罪了皇上，他們被貶到影石城。

三年後，我依舊沒有婚配，在北冥見到了他，當時他已有功名，被封了五品文官。

他才識出眾，與我接觸一直很有分寸，我與他經常討論詩詞歌賦，過沒多久，我就傾心於他，而他亦對我有意。

阿爹看出我的心思，也覺得他是個可造之材，將來必在仕途上有所作為，於是對他多加提拔。後來，我與顧閆成婚，可是他實在太過出眾，大公主看中他了。

我知道，他對我是一心一意的，毫無二心。可是皇權腳下，我根本無法做他唯一的妻。

大公主幾次鬧著想死，皇上心軟，召見了顧閆，有意提點他。

顧闓每次回府，都會說沒事，可我知道，皇上給他施壓，若是他不鬆口，只怕我二人的性命都有危險。

果不其然，大公主給我下了毒，我的身子一日不如一日，太醫都束手無策。

我隱瞞了顧闓這件事情，知道自己時日無多的時候，我請求父親為我做最後一件事情，如果我死後皇上下令讓他娶大公主，無論他答不答應，都要殺了他。

我這一生，心高氣傲，我喜歡的東西，即便是公主，也不能沾染半分。

然後，我重生了，重生到我十歲那年。

我沒想到自己能夠重活一次，但是老天既然給了我機會，這一世，我不會再重蹈覆轍。

我要讓大公主血債血償。

於是我一邊讓人查探顧闓的消息，一邊偷偷找了說書先生，把我前世的經歷寫成一個話本，並讓這個閒文廣為流傳。

我要提前布局，在顧闓重新回到北冥城之前，把大公主這個絆腳石徹底鏟除。

我曾經無數次想去影石城找顧闓，但是我都忍住了，因為我知道，他還不認識我，此行不妥。按照前世的情形，我只需要在十五歲那年去江南見祖母，救他一命，我們這一世仍然是夫妻。

於是我等啊等，等了整整五年。

江南一帶爆發了瘟疫，祖母病重，父親不讓我過去，可我不顧勸阻，還是去了。

我在上一世救下顧閆的地方等了兩天，都沒看到他的身影。我仔細回想他途經的地方，想著這中間可能出現了什麼變故，就讓仃蘭帶人去曲蘭鎮找人。

那是一個雨夜。

當我找到顧閆的時候，他染了瘟疫，昏迷不醒，而他身旁站著一個小女孩，這是我沒預料到的。那女孩目若星辰，長得十分英氣，她跟我說，她叫喻裳，是顧閆的妹妹。

我從那女孩眼裡看到了敵意，不知為何，我有些不安，這是我長這麼大從未有過的。

我沒有留下等顧閆醒來，給喻裳留了一塊香佩，讓她轉交給顧閆。無論顧閆記不記得前世之事，香佩都會成為我們的信物。

離開曲蘭鎮的時候，我越想越覺得不對勁，這一世許多事情都發生了改變，可我見過的人，都是記得的，就只有喻裳這個女孩，我毫無印象。

於是我囑咐仃蘭去查探喻裳的身分。

就在我再一次路過上一世顧閆暈倒的地方時，仃蘭告訴我，有個人倒在那兒了。我當時十分詫異，聽仃蘭說那人還有氣息，於心不忍，還是將人救下了。

那個少年年紀與我相仿，他說，他叫祁立，是個大夫。因為他暈倒在顧閆曾經暈倒的地方，我便記住了他。

就這樣又過了幾年，因為我年紀越來越大，求親的人越來越少了。即便我貌美如花，生長在一個權貴之家，可年紀大了，在婚嫁裡的劣勢就會越來越明顯。

阿爹很著急，他竭盡全力找了整個蒼梧國最好的男子讓我挑，甚至連二皇子、三皇子都考慮過了，可我並不喜歡他們。

因為我堅持，阿爹無可奈何，婚事就不了了之。

我知道，我在等，等著顧閆，這輩子除了他，其他男人無法入我的眼。

見到顧閆後的第五年，我派去南丹城的人終於查探到顧閆的消息，他因多次立下戰功，已經成為了參軍，皇上還下旨召他回北冥城。

然而傳信的人告訴我，他與一名叫雲裳的女子走得十分親近，是影石族的少族長，十分威猛，在軍營裡很有威信，她是隨著顧閆去南丹城的。

這幾年派出去的人杳無音信，我覺得這件事情很蹊蹺，讓人仔細查探，才發現原來雲裳就是當年我遇到的那小女孩，她故意欺瞞我。

隨著顧閆回北冥的日子越來越逼近，我的心裡越來越不安。

直到有一日，我從暗探的信中得知，顧閆和雲裳已經成親了，這個消息猶如青天霹靂，我感到不可思議。我覺得肯定是有人誤傳了，便派人多方打聽，同時趁顧閆還沒回到北冥城之前，把話本傳入宮中，讓大公主親自讀一讀，斷了她以後的念想。

一切，都在我的計劃之中。

然而我沒想到的是，顧閆真的成親了，一進北冥城，所有人都知道了這個消息。

我偷偷去見雲裳，遠遠的看著，她長得極美，英氣勃發，與我見過的所有女子都不同。

回到府中後，我失眠了幾日，我曾經料想過無數次與顧閆重逢的畫面，卻從未想過這一世會橫生變故，他還未認識我就娶了別人為妻。

我心有不甘。

聽說雲裳救過他許多次，我就想著或許他是為了報恩，或許是為了利用雲家的權勢回到北冥，才迫不得已娶了雲裳。於是我想方設法與他接觸，可是這一世，他正眼看都沒看過我一次。

阿爹說我病了，佇蘭說我變了。

是的，我變了。

我不甘心，我用大好年華等待顧閆，可他卻背叛了我，看著他與雲裳琴瑟和鳴，我心裡生了恨。

我不願看到他們過得如此美滿。

於是，我病倒了。

阿爹那幾日頻頻出入宮中，我聽說皇上也病了，而且在尋找長生之法。

宮中的太醫來看過我的病，卻沒法子治好，因為我這是心病。

在我病倒後的第八日，府裡來了一個大夫，自稱是神醫之後，我曾經救過他的命，他是來報恩的。

原來是祁立。

他自然沒有治好我，但我讓人查清了他的身分，他確實是神醫之後。

我聽說顧閆又升官了，現在已經變成了四品。雲裳自從被封為郡主後，日子過得十分瀟灑，每日不是騎馬射箭就是到酒樓裡逛逛。

我聽著這些消息，猶如萬箭穿心。

我不知道，到底是哪裡出了差錯，才導致如今的局面，但我可以斷定的是，我不願看到顧閆娶別的女子，更不願意看到他滿眼都是雲裳。

就在祁立進府以後，二皇子也來了，他向我示好，有意娶我為妻，說不介意我的年紀。我聽了覺得無比諷刺，這二皇子的心思昭然若揭，他不過是想利用謝家的權勢幫助他對抗太子罷了。

我回絕了二皇子。

我不喜歡他，就算得不到顧閆，我也不願意委身於他人。

興許是因為這個緣故，二皇子在朝堂上處處針對阿爹，阿爹連著幾日下朝都是愁眉苦臉的。

而我，徹底想通了，病也跟著好了。

我和祁立接觸了幾日，發現他對我有情，而他如今的身分可以成為我的棋子，一枚很好的棋子，於是我用了一點心計，讓他徹底臣服於我。

後來，我進宮覲見皇上，向他獻上祁立。

皇上知道祁立是神醫之後，非常高興，吃了兩服藥後，身子好轉，龍顏大悅，將祁立封為仙醫。就這樣，我漸漸取得了皇上的信任，皇上沈迷於仙丹妙藥和長生不老之法，對我幾乎是言聽計從。

我被封為國師，朝野震驚，百姓們議論紛紛。然而我並不理會那些流言蜚語，因為如今的我一手遮天，就連大公主和二皇子見到我都要畢恭畢敬，不敢有半點不敬。

女子不應在朝為官，更不應該插手朝堂之事，阿爹察覺到事態不妙，勸我抽身，祁立也勸我，我自然沒有聽。

我如今已經是天下最尊貴的女子，就連皇上都要聽我的。

可是，即便我成為國師，顧閆對我的態度依舊如同過去那般，不冷不熱，這讓我非常受挫。我三番五次提點他，可他並沒有把我放在眼裡，把我惹怒了。

後來，雲裳到府裡見我，與我說了她與顧閆之間的點點滴滴，我覺得十分可笑。她奪走了我的男人，還如此的理所當然。她救過顧閆，把身家都搭在顧閆身上，那我呢？我為顧閆賠付了一生，到頭來卻什麼都沒得到。

不過如今，我已經不想要這個男人了，於是我只是隨口提了一句顧閆的不是，皇上就把他貶為屠夫。

我去見了他，想看看他狼狽的模樣。

但是，令我震驚的是，他居然也重生了，他記得前世所有的事情，可他不僅沒有念及舊情，還讓我忘掉過去。我的心很痛很痛，可更多的是憤恨。

我怎麼可能忘得掉？

我救了他，他卻不仁不義，既然如此，我也不必手下留情了。

我要報復。

皇上就要死了，太子勢單力薄，且知道我在皇上身邊煽風點火，曾經派人暗殺過我，我是不可能扶持太子上位的。

後來，我找到了明王，用計煽動明王宮變。我要利用這場宮變，除掉顧家和雲家。

可結局是，雲裳擊退了叛軍，和顧闉一起扶持從未出現過的六皇子上位。得到這個消息的時候，我在府裡，並沒有想像中的驚訝。

尤其是雲裳之後帶人出現在謝府，以謀害先帝的罪名，要將我抓入大牢的時候，我反而鬆了一口氣。

唯一不爽的是，她看著我的時候，眼裡是帶著同情的。可笑，她有什麼資格同情我？我這一生，榮華盡享，擁有的是世間女人一輩子得不到的。

我失敗，不過是敗在了自己的執念中。

而如今，我已經沒有了活下去的念頭。不過是死而已，有何可懼？

我請求見顧闉最後一面，我以為雲裳會拒絕，沒想到她爽快的同意了。

我不想連累父親，更不想讓父親跟我一同赴死，他是無罪的，於是讓顧闉看在前世的情分上，放過父親一命。

我不想待在牢裡，那是我最不屑的地方，我謝鶩就算是死，也要風風光光的離開。

那日晴空萬里，天氣很好，我喝下了毒酒。

是我人生中喝的第一杯酒。

有點苦。

——全書完

2021年11月出版

寧富天下

文創風 1005~1007

人處於下風，想飛，自然得借勢。
她如今一無所有，能被當棋子是件好事！

金無足赤，人無完人，情卻有天作之合／鶴鳴

面對養父母一家的真摯親情，陳寧寧甩開原身的自私念頭，
拿出自小戴在身上的玉珮典當，解除家中的燃眉之急。
無奈禍不單行，當鋪掌櫃見她家可欺，便構陷她偷竊要強佔寶玉，
她只得衝向街上行軍隊伍的鐵騎前，以命相搏。
所幸為首的黑袍小軍爺明察秋毫，為她解了圍，還重金買下她的玉。
手頭有了足夠的銀兩，家中的困難可說是迎刃而解，
不過她仍是讓家人低調行事，畢竟家裡遭遇的災禍，並非偶然，
而是秀才哥哥先前仗義執言，惹了上頭的腐敗官員所致。
可如今從她躲在家種菜養魚，到她買下一座破敗山莊開始發展，
遇上的難題都會默默化解，彷彿她家從未遭受過打壓。
這讓她總覺得被人盯著，也不知想圖謀什麼，心裡不安穩。
直到那黑袍小將找上門，拿著一種解毒草的種子問她能否培育出來，
她頓時明白是誰在暗處幫忙，因為種藥草的手藝她並未外傳。
「軍爺是我家的救命恩人，為解令兄之毒，我自當全力以赴。」
人情債難還，如今這要求於她來說不過舉手之勞，何樂而不為呢？

2021年10月出版

扶瑤直上

文創風 1003～1004

既然從現代回到古代，那可不能浪費腦中的知識！
沒有手機、看不到電視、上不了網都無所謂，
智慧深植於骨子裡，她要勇往直前，翻轉世人對女子的印象……

俏皮文風描繪達人／若涵

要說有什麼比「穿越」這件事更令人匪夷所思的，
那肯定是她原本就是個道地的古代人，
只是靈魂不知怎麼的跑到現代，
還害別人在丞相府默默代替她活了十六年吧……
不過夏瑤向來想得開，就算一睜眼即是洞房花燭夜，
她也能「從容就義」、「視死如歸」……
等等，這位新郎官長得會不會太帥了一點啊？!
行行行，既然老天賜了個讓人看了就流口水的丈夫，
那她就「勉為其難」地待在這副身體裡不走，
努力宣揚新時代女性自立自強的思想，
當個「驚世駭俗」的超猛人妻！

2021年10月出版

三寶娘親正走運

文創風 1000～1002

在上蒼所示的預言書中，她和兒子們不只沒有主角光環，
還淪為陪襯「正主」好命的淒慘配角——不是早死，就是身殘，
好在為母則強，要扭轉這一切，就由她努力改命活下來，
勢必要把孩子們的人生，從敗部復活翻轉為勝利組！

親娘要改命，養兒大轉運／慕秋

因為一場夢，喬宜貞意外窺見預言未來的金色大書，
才知道自己這個世子夫人竟然只是跑龍套的配角！
她短命也就罷了，沒想到丈夫還拋家棄子跑去當和尚，
放任三個兒子人生崩盤，一死一殘一重傷，都沒有好下場，
嚇得她從鬼門關前直奔回來，決定花重本養好自己的身子，
畢竟當娘的人有責任管好孩子，先求不長歪，再來講究成材。
孰不知，她挺過這場死劫之後，福運就連綿不斷接著來，
先是陰錯陽差地尋回失散的公主，後又將流落在外的皇后送回宮，
惹得皇帝龍心大悅，一道分家聖旨下來，直接讓丈夫襲了爵，
她一夕之間晉升為侯夫人，往後人生徹底遠離了惡婆婆，
閒散的丈夫也脫胎換骨，對內待她忠貞不二，在外為官頗有清名，
她有信心，夫妻倆攜手養兒的人生，將會活成令人豔羨的神仙眷侶！

風 文創
1011

孤女當自強 下

國家圖書館出版品預行編目資料

孤女當自強 / 盧小酒著. --
初版. -- 臺北市 : 狗屋出版社有限公司, 2021.11
冊 ; 公分. --（文創風 ; 1010-1011）
ISBN 978-986-509-269-6（下冊 : 平裝）. --

857.7　　110016640

著作者　盧小酒
編輯　黃暄尹
校對　黃薇霓
發行所　狗屋出版社有限公司
地址　台北市104中山區龍江路71巷15號1樓
電話　02-2776-5889～0
發行字號　局版台業字845號
法律顧問　蕭雄淋律師
總經銷　知遠文化事業有限公司
電話　02-2664-8800
初版　2021年11月
國際書碼　ISBN-13　978-986-509-269-6

本著作物由北京晉江原創網絡科技有限公司授權出版

定價260元
狗屋劃撥帳號：19001626
網址：love.doghouse.com.tw　E-mail：love@doghouse.com.tw